La mémoire des Bastide

FRÉDÉRICK D'ONAGLIA

La mémoire des Bastide

ÉDITIONS FRANCE LOISIRS

http://frederick.donaglia.site.voila.fr

Ce roman est une œuvre de fiction.
Toute ressemblance avec des personnes ou des lieux existant ou ayant existé est purement fortuite.

Édition du Club France Loisirs,
avec l'autorisation des Éditions Belfond

Éditions France Loisirs,
123, boulevard de Grenelle, Paris
www.franceloisirs.com

ISBN : 978-2-298-01593-5

À toi, Maman.
Merci de m'avoir appris à être heureux.
Je t'aime.

LIVRE PREMIER

1950-1959

1

Avignon, 1950

Alexis s'éloigna de la fenêtre, soudain honteux. Que lui arrivait-il ? À vingt-neuf ans, il perdait ses moyens comme un adolescent en train de vivre son premier chagrin d'amour. Il devait se ressaisir. Chassant de ses pensées les mauvais sentiments, il se dirigea vers sa table à dessin où étaient posés les plans de la future usine. Alexis devait rendre un dernier avis à l'architecte, ce qui exigeait de sa part une concentration absolue. Inscrire la vénérable manufacture Bastide dans l'ère moderne était le but de sa vie. Ce vaste projet ne l'effrayait pas, c'était sa contribution à quatre cents ans d'histoire familiale, celle des indiennes, les fameux imprimés sur coton qui avaient fait la réputation de la famille depuis des générations. Sous son impulsion, elles connaîtraient un nouveau rayonnement. Il se le jurait. Et de là-haut, son père serait fier de lui.

Un bruit très vite étouffé capta son attention. Alexis se redressa, hésita, certain de la réaction qu'allait provoquer sa curiosité. La tentation était trop forte, il retourna à son poste d'observation.

Derrière les persiennes closes, une lumière aveuglante inondait le parc de L'Amédoune, la résidence des Bastide, où seul le chant lancinant des cigales venait troubler la quiétude des lieux. À travers les lamelles de bois brûlantes, Alexis remarqua l'animation, près de la piscine. Sa nièce Louise prenait un bain de soleil en compagnie de son père, Benjamin Braunstein, qui se protégeait des éclaboussures lancées contre lui par une autre baigneuse. Tessa… Tour à tour rieuse, taquine ou tentatrice, une femme hors normes, aussi désirable qu'intelligente, mais avant tout… son autre nièce. D'un geste agacé, Alexis souleva sa chemise plaquée contre son dos par la sueur. Il aurait bien apprécié la compagnie de sa famille, venue passer une semaine de vacances à L'Amédoune, et il aurait aimé lui aussi se rafraîchir dans l'eau claire, rire en toute liberté avec eux, nager ou leur lancer des défis. Pourtant, jusque-là, c'est à peine s'il avait pris le temps de leur parler, préférant se tenir à l'écart, cloîtré à l'étage de longues heures d'affilée, dans le seul but d'éluder l'évidence. Mais cette réclusion dans la fournaise de son bureau ne le protégeait en rien de la fièvre qui enflait ses veines. La vérité lui rongeait le cœur. Il était amoureux de Tessa.

Alexis s'épongea la nuque. Insidieusement, le souvenir de leur rencontre le perturbait à nouveau. C'était au maquis, quelques années plus tôt. À cette époque, ils ignoraient leur lien de parenté, leurs rapports étaient tendus. Puis, avec le temps, il avait été conquis par la force de caractère de la jeune femme et l'énergie communicative qu'elle dégageait.

Tessa séjournait rarement à L'Amédoune, mais à chacune de ses visites, Alexis voyait naître et grandir un drôle de sentiment. Et en ce début de semaine, cette sensation avait pris des proportions inquiétantes. Plus rien ne comptait, ni la chaleur, ni les personnes environnantes, ni même l'œuvre à accomplir à l'usine. Incapable de se dominer, il était obsédé par la jeune fille, se nourrissant exclusivement de sa présence.

« Prends sur toi, se reprocha-t-il. Montre-toi à la hauteur. »

Alexis pensa à Tatiana, sa mère, qui déplorait les absences quotidiennes de son fils, le comparant souvent à son défunt mari, Virgile Bastide, qui, lui aussi, avait été toute sa vie accaparé par le travail. Alexis culpabilisait. Cette comparaison lui faisait trop d'honneur au regard des véritables motifs qui le retenaient loin des siens. Il avait grandi à l'ombre de ce père, Maître Bastide comme on le surnommait avec respect en Avignon. Cette figure emblématique lui avait enseigné le sens de l'honneur et l'amour du travail bien fait, des valeurs qu'il avait défendues jusqu'à son dernier souffle. Alexis s'en voulait d'être frivole : jamais son modèle n'aurait agi de la sorte.

Il dévala les marches de l'escalier pour rejoindre les ateliers. Ceux-ci avaient été construits en longueur, au bord de la Sorgue. Ils se prolongeaient par un passage couvert jouxtant l'hôtel particulier des Bastide. En tirant la lourde porte de l'entrée, Alexis fut ébloui par la forte luminosité et saisi par la chaleur, accablante. Quand ses yeux se furent adaptés à la clarté, il voulut s'approcher du transat où reposait Benjamin, son beau-frère, mais il fut soudain stoppé dans son élan. Face à lui, près du figuier, Tessa sortait du bassin. D'un geste lascif, elle lissa ses cheveux en arrière. Le soleil à son zénith sublimait ce corps pailleté d'eau, aux courbes gracieuses et sensuelles. Alexis déglutit avec peine. Tessa ne l'avait pas vu. Elle porta un regard autour d'elle en quête d'une serviette, fit quelques pas, la démarche souple, avant de disparaître derrière le massif de lauriers-roses.

Alexis reprit ses esprits. Pourquoi elle ? Pourquoi maintenant ? À l'âge où bon nombre de ses amis étaient mariés et pères de famille, il demeurait un célibataire endurci. Bien sûr, il avait connu quelques histoires sentimentales et une liaison avec la fille d'un riche exploitant viticole des Alpilles. Mais il n'avait pas franchi le cap des fiançailles, ses ambitions se concentrant alors sur l'avenir de la vieille manufacture.

Bien décidé à refouler des sentiments aussi déraisonnables, il revint sur ses pas en direction de L'Amédoune et s'y enferma. Immobile, il resta adossé un instant à la porte du hall d'entrée, les mains sur les tempes, cherchant à retrouver un semblant de sérénité. Par un contraste saisissant, l'atmosphère tranquille de cette maison, à peine perturbée par le tic-tac de l'horloge, atténuait sa fièvre. Le jeune homme suivit du regard la trajectoire d'un rai de lumière échappé des vitraux de l'entresol et venu se fondre sur une porte close. Personne ne pénétrait dans la chambre du rez-de-chaussée, celle où son père avait vécu à la fin de sa vie. Instinctivement,

Alexis baissa les yeux et se rembrunit. Au sol, on devinait encore les traces du plan incliné qui servait autrefois au fauteuil roulant du patriarche. C'est ici que, dans un ultime élan de courage, Virgile était mort, imprégnant de son sang les dalles à cabochons...

Face à cette pièce condamnée s'ouvrait le grand salon. Baigné d'une lumière diffuse, l'endroit embaumait la lavande, le parfum de sa mère, l'âme de cette demeure. Chaque après-midi, aux heures chaudes, c'est ici que Tatiana trouvait refuge. Elle prenait place dans une bergère, près de la fenêtre aux volets toujours tirés. À cinquante-trois ans, l'épouse de Maître Bastide conservait une distinction propre aux personnes de sa condition. Droite et silencieuse, cette aristocrate russe s'immergeait dans les souvenirs en composant des albums pour chacun des enfants de la famille. En pénétrant dans la pièce, Alexis nota l'expression nostalgique et la pâleur de son visage. Sa mère était penchée au-dessus d'une boîte en fer remplie de photographies sépia.

— Je ne voulais pas te déranger, maman.

Dans un gracieux sourire, Tatiana considéra son fils.

— Tu ne me déranges jamais.

Puis, hésitante, elle ajouta :

— Veux-tu rester un peu avec moi ? Je suis en train de préparer une surprise pour Louise. Je pense qu'elle sera heureuse de repartir en Algérie avec cet objet.

Alexis prit place à son côté tandis que sa mère lui tendait un ouvrage relié de cuir bordeaux. Avec précaution, il tourna les premières pages. Le papier intercalaire crissa sous ses doigts, dévoilant une série de clichés au charme suranné. Avec le recul, Alexis eut l'impression de remonter le temps. Il se trouva soudain projeté à la Belle Époque, vivant les dernières heures d'un siècle flamboyant, avant que la Première Guerre ne mette l'Europe à feu et à sang.

— C'était sur la Riviera, au cours d'une soirée féerique de l'hiver 1911, commenta sa mère, émue. Là, au premier plan, ce jeune homme est Benjamin. À ses côtés, Virgile et moi. Regarde comme ton père était séduisant. Je suis tombée amoureuse de lui ce soir-là. Il avait si fière allure en habit.

Tatiana avait été la deuxième épouse de Maître Bastide, veuf depuis des années et père de deux enfants, Martial et Apolline, lorsqu'il avait rencontré la jeune femme. Et malgré une différence d'âge de trente-cinq ans, le couple avait vécu un amour infini. Leur histoire restait un exemple.

— Et puis là, souffla-t-elle, le cœur lourd, laissant sa phrase en suspens, là, tu reconnais...

Alexis eut une pensée émue au souvenir de sa demi-sœur Apolline, la mère de Louise. Deux ans plus tôt, elle avait trouvé la mort en rejoignant son mari Benjamin, à Monte-Carlo. Renversée par un camion, elle avait succombé à ses blessures lors de son transfert à l'hôpital.

— Ici, tu vois, c'est la salle de bal, enchaîna Tatiana. Ah ! Cette nuit de réveillon était vraiment magique... Imagine toutes les dorures, la musique, les toilettes élégantes...

— C'était à Cap Amiral ?

— Oui. Cap Amiral...

Par respect, Alexis ne posa plus de questions, conscient que certaines blessures ne cicatrisent jamais. Sa mère était la seule survivante des Oulianov, des aristocrates russes massacrés en 1917, à Saint-Pétersbourg, pendant la révolution. Son mariage avec Virgile lui avait permis d'oublier cette tragique période. Mais depuis son veuvage, elle se sentait de plus en plus seule et éprouvait le besoin de se confier à son fils. Après tout, cette partie de l'histoire appartenait elle aussi à la mémoire des Bastide. Sans se départir de sa dignité, elle poursuivit, émue :

— Cette photo-là a été prise à l'occasion du quinzième anniversaire de Louise. Tu es juste à côté d'elle. Tu veillais sans cesse sur ta nièce, toujours prêt à la défendre, à la protéger. Les choses n'ont guère changé...

Les pages de l'album défilèrent, elles dévoilaient d'autres photos illustrant les événements marquants de la vie de Louise : sa première voiture, une Simca rouge offerte par Benjamin, son mariage avec Arnaud Lombrage, puis le baptême de leur fille Françoise...

— Je suis certain qu'elle sera très touchée par cet album, conclut Alexis en le refermant.

— Je le pense aussi, répondit Tatiana, soudain intriguée par une photo qui était restée dans la boîte en fer.

— Tiens, je vais rajouter celle-là. C'est la première que nous ayons eue d'Arnaud. Louise nous avait présenté son futur mari le soir où cette photo a été prise. Te souviens-tu de cette réception, ici même ?

— Bien sûr, c'était pour le lancement de « Confluences », notre première collection.

Surpris par la question de sa mère, Alexis ajouta avec douceur :

— Il n'y a que deux ans de cela, maman.

— Tu as raison. Mais la vie peut se révéler tellement injuste. L'habitude du malheur nous a fait oublier ce qu'est la saveur des bonheurs fugaces. L'après-guerre et son parfum de renouveau… Cette soirée a aussi marqué la fin d'une génération.

Son fils sourit avec tendresse à cette remarque typiquement slave, dramatique et nostalgique à souhait. Cependant, en quelques mots et sans le savoir, elle venait de résumer le but secret d'Alexis, celui de perpétuer la mémoire et les traditions familiales. Rien ne le détournerait de son objectif, et certainement pas des élans sentimentaux sans lendemain. N'était-il pas un Bastide ?

Il déposa un baiser sur le front de sa mère puis se dirigea vers la porte où il croisa Mireille, la remplaçante de leur vieille gouvernante, morte l'année précédente.

— Monsieur Alexis, je ne vous avais pas entendu, fit-elle en baissant les yeux. Voulez-vous déjeuner ?

— Non, merci, Mireille. Je dois retrouver nos invités.

— Ah, souffla-t-elle, déçue, tandis que la silhouette du maître de maison disparaissait dans la lumière blanche de l'extérieur.

Cette fois encore, Mireille ne le séduirait pas avec un de ses plats délicieux dont elle avait le secret.

Près de la piscine, le calme était revenu. Benjamin s'abandonnait à une sieste, un dossier financier sur les genoux, Louise à la lecture d'un roman, non loin du berceau de la petite Françoise. Quant à Arnaud Lombrage, son époux depuis un an, il se concentrait sur des mots croisés.

— Tu viens nous rejoindre, mon Lanou, se réjouit Louise à voix basse afin de ne pas réveiller le banquier. Viens t'asseoir près de nous.

Mon Lanou. Depuis sa plus tendre enfance, Louise affublait Alexis de ce sobriquet. Il incarnait pour elle le grand frère idéal, tour à tour confident ou mentor. N'avait-il pas été le seul à ne pas la juger lorsque, adolescente, elle s'était rebellée contre les siens ? En pleine Occupation, apprendre qu'elle était la fille de Benjamin Braunstein, un banquier juif, avait été pour elle une sévère humiliation et un dangereux passeport. Elle l'avait rejeté.

— Non, Tessa n'est pas là, précisa-t-elle, comme si elle eût deviné les pensées qui taraudaient son oncle. Personnellement, j'aurais bien aimé qu'elle se noie. Mais il semblerait que le destin en ait décidé autrement.

Alexis lui jeta un regard sévère.

— Bon, d'accord. Ma très chère cousine est partie se doucher, se rattrapa Louise.

— Mais je ne la cherchais pas, rétorqua Alexis, soudain sur la défensive.

— Chut ! Pas si fort. Tu vas réveiller Braunstein.

Louise ne parvenait pas à appeler Benjamin « papa ». Toute sa vie, elle avait cru être la fille d'un aviateur anglais, le premier mari d'Apolline, disparu pendant la guerre. Et il y a sept ans, lorsque sa mère lui avait avoué que son vrai père était Benjamin, sous le choc de cette révélation, Louise avait haï les deux amants. Puis, avec le temps, elle avait compris son injustice. De bâtarde, elle était devenue l'enfant de la passion.

— Tiens donc, tu ne la cherchais pas ? reprit-elle, taquine. Pourtant, tout porte à croire le contraire…

Alexis haussa les épaules et fit un pas en arrière.

— Arrête, mon Lanou. Je plaisantais. Pardon. Viens t'asseoir. Je t'ai vu si peu. Nous repartons pour Oran dans deux jours et c'est à peine si nous nous sommes parlé.

Bastide s'exécuta, maussade. Il ne savait rien refuser à sa nièce, et Louise avait raison sur toute la ligne. En outre, depuis qu'elle s'était installée en Afrique du Nord, elle lui manquait. Quelques mois après sa rencontre avec Arnaud, en 1948, elle avait annoncé attendre un enfant de lui, soumettant la famille à un mariage express.

— Es-tu vraiment enceinte ? lui avait alors demandé Alexis en aparté.

— Bien sûr ! Pourquoi cette question ?

— Parce que je te sais capable d'inventer une telle histoire dans le seul but de contrarier Apolline. Et… de lui ravir la vedette juste avant son mariage avec Benjamin. Pense à ton avenir. Ne gâche pas ta vie par simple vengeance. Es-tu certaine d'aimer ce garçon ?

— Absolument, avait-elle répondu, le regard fuyant.

Alexis croisa le sourire benoît d'Arnaud. Il n'avait jamais compris le choix de sa nièce. Certes, le jeune homme avait belle allure et se montrait aimant. Par ailleurs, il pouvait se vanter d'être l'héritier de la plus grande exploitation d'agrumes oranaise. Mais Lombrage était insipide, prévisible et soumis. Louise faisait preuve d'un enthousiasme surprenant. Son existence de femme de colon lui convenait à merveille et Arnaud la comblait. Ils envisageaient même d'avoir un deuxième enfant.

— Quand te décideras-tu à venir nous rendre visite ? demanda-t-elle à Alexis.

— Bientôt. C'est promis.

— À la bonne heure ! Mais si tu me parlais un peu de tes projets, de tous ces secrets qui te retiennent depuis notre arrivée…

— Des secrets ? Quels secrets ? Je n'ai aucun secret.

— Allons, lança-t-elle, espiègle, en enlaçant son bras. Parle-moi de ton travail, de la manufacture.

Alexis fut soulagé de ne pas être démasqué. Il se confia, ravi de pouvoir dévoiler à Louise tout ce qu'il comptait mettre en œuvre.

— Aujourd'hui, nous abandonnons les tampons, ils sont bien trop lourds. J'ai affiné ma technique de cadre à plat qui s'avère beaucoup plus rentable. Les balles de coton se déroulent, vierges, sur une longue table. Le motif vient s'appliquer comme un pochoir. La couleur se déverse dessus par passages successifs. Ensuite, il ne reste plus qu'à laisser sécher. Tu vois, c'est simple.

— Tu es un génie, mon Lanou.

— Et toi beaucoup trop indulgente avec moi.

— Parce que je t'aime, mon Lanou.

Alexis prit sa nièce adorée dans ses bras, comme au temps de leurs chagrins d'enfants, et la berça. Un peu plus jeune que lui, Louise avait grandi à ses côtés. Elle était sa petite sœur de cœur, celle en qui il avait toute confiance, à qui il avouait ses rêves les plus fous sans jamais craindre le jugement. Alexis lui résuma son idée.

Lors du débarquement en Provence, en 1944, il avait sympathisé avec Ron Howard, le fils du fondateur d'*Howard's*, une enseigne de luxe implantée sur la côte ouest des États-Unis. De concert, les deux hommes envisageaient aujourd'hui d'exporter l'art de vivre provençal vers l'Amérique du Nord, convaincus que l'avenir de la vieille manufacture passait par la création d'une ligne de produits complète.

— Sais-tu comment nous allons baptiser notre marque ?

— *Bastide* ? se hasarda-t-elle.

— Non. *L'Amédoune*, l'amande, en provençal.

— Comme la maison ?

— Oui. En hommage à Virgile et Tatiana.

— Tu as raison. C'est très beau.

L'attention d'Alexis fut attirée par un mouvement, de l'autre côté de la terrasse. Une silhouette familière venait de disparaître sous la pergola couverte de clématites d'où émergeait le toit d'une réserve de jardin. Alexis s'excusa auprès de Louise puis se dirigea vers la dépendance.

— Tu cherches quelque chose ? lança-t-il en arrivant sur le seuil.

Lentement, Tessa se retourna et le fixa. Après un lourd silence, elle murmura d'une voix grave :

— Sans doute la même chose que toi. Inutile de nous mentir.

Tout en parlant, elle s'approcha d'Alexis, la démarche féline. Le jeune homme vit tous ses scrupules pulvérisés un à un, incapable de se ressaisir. Elle s'immobilisa tout contre lui, faisant naître le désir interdit. Alexis sentait son souffle chaud, s'enivrait de l'odeur de sa peau. Depuis l'arrivée de la jeune femme à L'Amédoune, il redoutait cet instant. Son intuition ne l'avait pas trompé. Pourquoi avait-il pris le risque d'aller à sa rencontre ? Tessa suivait ses instincts, il devenait sa proie. Alexis ferma les paupières au contact de la première caresse, à peine un effleurement mais lourd de conséquences.

— Alexis ? l'interpella Benjamin de l'extérieur.

Son beau-frère approchait. Bastide ne sut pas s'il était soulagé ou irrité d'être interrompu.

— Tatiana nous invite à prendre le thé, lança le banquier en pénétrant dans la réserve.

Il marqua un temps d'arrêt à la vue de Tessa. Afin de dissiper le moindre doute, Alexis tenta une explication, mais ne parut pas convaincu lui-même.

Mireille avait dressé la table à l'ombre du tilleul. Benjamin, Louise, Arnaud, et leur fille, la petite

Françoise, entouraient Tatiana, heureuse de voir les siens réunis. Elle profitait de chaque instant comme de précieux présents, sachant qu'ils lui seraient ravis sitôt les vacances terminées. En voyant Alexis et Tessa assis côte à côte, silencieux, la tête basse, ses doigts se crispèrent sur la délicate théière. D'instinct, elle comprit. Leur attitude était celle d'enfants pris en faute.

Au cours du goûter, la conversation porta sur la bataille juridique dans laquelle était impliqué Benjamin. Le banquier avait entamé une procédure afin de recouvrer ses biens, qui avaient été confisqués pendant la guerre.

— Le système judiciaire est trop lent, confia-t-il. Voilà cinq ans que je me bats, en vain. Je compte recentrer mon énergie sur d'autres projets et rapatrier une partie des capitaux placés chez mes cousins anglais afin de racheter La Cybiline. Les propriétaires actuels cherchent un repreneur depuis la Libération.

Dans les années 1920, les Braunstein étaient parvenus à bâtir un empire financier sur la Côte d'Azur. Enrichi par les profits générés par leur banque, Benjamin avait créé, sur les hauteurs de Nice, le premier studio de cinéma français. Mais au décès de son père, pour pallier un contexte économique difficile, il avait dû s'associer à un mystérieux actionnaire qui l'avait dépossédé.

— Et toi, Tessa ? s'enquit Tatiana, cachant mal son inquiétude. Que comptes-tu faire, à présent ?

— Je retourne à Paris. Je viens de recevoir une proposition intéressante.

— Dis-nous tout, lança Louise, piquée dans sa curiosité.

— La maison Valrins me propose un poste au sein de son équipe de direction.

L'assistance exprima son admiration. Avec Pierre Balmain et Christian Dior, François Valrins comptait au nombre des couturiers les plus prometteurs de sa génération. Son nom rimait avec élégance et modernisme. Pour Tatiana, il signifiait avant tout le départ de Tessa pour la capitale de la mode. Loin d'Avignon, loin de son fils. Cependant, sa satisfaction fut de courte durée.

— Sais-tu, annonça Alexis, que nous avons l'intention de lancer une ligne de nos produits dans le monde entier ? Tes compétences pourraient nous être utiles.

Tessa reposa sa tasse, et humecta ses lèvres avec la pointe de sa langue avant d'ajouter :

— Le désir ne remplace pas l'expérience. Pour l'instant, laisse-moi apprendre chez Valrins. Un jour, je me rappellerai ta proposition.

Encore tourmenté par la discussion de l'après-midi, Alexis s'agitait dans son lit. Il se reprochait de ne pas avoir engagé une conversation avec Tessa. Il devait en finir avec cette situation. Pour le bien de tous et par respect de la morale, aucune aventure entre eux n'était concevable. Furieux de ressentir des pulsions condamnables, il rejeta ses draps humides et se leva. Arrivé dans le couloir, son vœu fut exaucé : Tessa était face à lui.

— Toi aussi tu as du mal à t'endormir ? lança-t-elle, en nage. Il fait si chaud.

— Tessa, il faut que je te parle.

Elle se tenait immobile, à quelques mètres, une main sur la poignée de la salle de bains. Comment rester insensible à la délicatesse de son cou, au galbe de ses seins ou à la cambrure de ses reins ? Tout en elle respirait la sensualité, appelait à l'amour.

— Nous devons oublier cette attirance, se surprit-il à dire. Ce n'est pas raisonnable.

— Raisonnable ? Qui parle de raison ?

Elle fit un pas en avant. Alexis l'arrêta d'une main autoritaire.

— Non, Tessa. Je suis ton oncle. Tu entends, ton oncle ! Virgile, mon père, était ton grand-père. Le même sang coule dans nos veines.

— Je vois, lança-t-elle, irritée. Mais est-ce la seule raison qui te retient ? Ne crains-tu pas davantage que tes sentiments ne te détournent de ton but : entretenir la mémoire des Bastide ?

Alexis tourna la tête.

— Avoue que j'ai raison, poursuivit-elle. Renoncerais-tu à suivre tes désirs ?

Puis, d'une voix sourde et lourde de reproches, elle conclut :

— Tu es libre de tes choix. Libre de rester prisonnier de ta cage dorée. Mais au bout du compte, seras-tu plus heureux ? Tu ne peux pas nier ce qu'il y a entre nous. Et tu le sais...

Alexis regagna sa chambre, sans répondre à cette dernière provocation.

Le lendemain, pendant le petit déjeuner, il prétexta un rendez-vous et prit congé de ses invités.

Les vacances étaient terminées. À son retour, tout le monde serait parti et tout rentrerait dans l'ordre. La manufacture de son père resterait sa seule maîtresse. Il allait sans plus tarder programmer une longue tournée en Italie à la recherche de nouveaux partenaires. Milan, Florence, Venise ou Rome parviendraient sans doute à effacer l'image de Tessa…

2

Vérone, 1950

— Crois-tu qu'ils seront nombreux pour nous accueillir ? s'inquiéta Bianca.

— Selon mes prévisions, une cinquantaine, s'enthousiasma Vittorio. En bon impresario, je me suis arrangé afin que l'arrivée de la plus prometteuse des *soprani* américaines ne passe pas inaperçue.

— Bien sûr...

Depuis leur départ de New York, la jeune femme refoulait son angoisse qui grandissait au fur et à mesure que le transatlantique approchait du Vieux Continent. Et plus les côtes se dessinaient, plus il lui était difficile d'y parvenir. La porte de Gibraltar se refermait derrière eux, obligeant Bianca à regarder son destin en face. Tant d'épreuves l'avaient chassée d'Europe. Qu'éprouverait-elle en foulant le sol italien ? Comment ses compatriotes l'accueilleraient-ils ? Outre-Atlantique, on reprochait le chauvinisme et la spontanéité de ce public de mélomanes. Dans le milieu du bel canto, l'exigence côtoyait l'intransigeance, jusqu'à outrager de célèbres cantatrices dont l'interprétation avait pu laisser à désirer. Certains soirs, la salle interrompait même le récital et reprenait l'aria à la note juste. Quelle humiliation ! Ce peuple de nature bouillonnante s'enflammait pour l'art et ne badinait pas avec les *amatori*.

— J'ai organisé une conférence de presse pour notre descente du bateau, à Gênes. Ils seront tous là, des grands critiques aux petits échotiers mondains. Il faut que ton arrivée soit remarquée. Ton statut de diva en dépend.

Bianca tira sur la veste de son tailleur afin de dissimuler ses rondeurs. Elle aimait le chant. Plus qu'un métier, être soprano était une vocation. Mais la perspective de se voir métamorphosée en star hollywoodienne lui glaçait les sangs. Chaque fois qu'elle s'en plaignait à Vittorio, il entrait dans une rage noire et lui reprochait son ingratitude. À bout d'arguments, Bianca s'effaçait, consciente des sacrifices qu'il avait faits pour elle. N'était-ce pas une magnifique preuve d'amour ? Vittorio Giglione était son époux, elle lui devait obéissance.

Bianca Cavaldi avait grandi en Calabre auprès de sa mère, Rina, une femme au cœur aussi aride que la terre dont elle arrachait leur maigre subsistance. Orpheline de père, Bianca s'était vu rejeter dès sa naissance, en 1917, par sa mère, qui avait espéré un fils pour l'aider plus tard dans les travaux aux champs. La fillette s'était accommodée de cet état en s'évadant dans un monde de rêves. En secret, sa voix, d'une pureté céleste, avait exprimé ses souffrances et la piété qui l'habitait. À l'âge de sept ans, elle avait connu sa première heure de gloire lors de la *confrunta* de son village. À l'issue de cette procession commémorant la Transfiguration du Christ, son *Ave Maria* avait charmé les villageois qui avaient vu en elle un ange, et non plus une pauvre paysanne au physique ingrat. De retour chez elle, Rina lui avait administré une solide correction pour avoir délaissé leurs chèvres efflanquées. Bianca avait grandi dans la crainte des coups, des cris et des quolibets. Elle crut trouver un allié en la personne de don Bastista, l'homme le plus riche de Pazzano. Lorsque Rina s'était installée chez lui, la fillette avait bondi de joie, mais elle ignorait alors les événements qui avaient poussé à cette union. Au fil des années, Bianca s'était familiarisée avec les éclats de voix du couple en se réfugiant sous les oreillers. Puis était venu ce jour atroce où l'homme qu'elle avait aimé comme un père avait tenté de l'abuser. Paniquée, l'adolescente s'était débattue avec rage, laissant son agresseur pour mort. Spectatrice immobile, Rina lui avait craché sa haine à la face. Bianca s'était échappée et n'avait plus jamais revu sa mère.

— Rentrons, décréta Vittorio, je veux que tu apprennes deux ou trois répliques pour les journalistes.

— J'arrive.

Avant de quitter le pont, Bianca s'enivra de l'air iodé du grand large. Elle aurait aimé admirer un instant le lever du soleil, voir le détroit de Gibraltar disparaître derrière eux, inondé de lumière et caressé par les eaux tièdes de la Méditerranée. Mais Vittorio en avait décidé autrement. Bianca s'éloigna donc à regret. Par soumission, elle renoncerait à ses rêves de traversée romantique. Docile, elle suivrait la discipline de Vito, apprendrait sa leçon et la réciterait aux journalistes.

Sur la coursive supérieure, Bianca répondit au salut d'un couple élégant. Nul à bord n'ignorait l'identité de la soprano, Vittorio y avait veillé. L'impresario s'était arrangé avec le commandant afin que Bianca donne un récital dans le grand salon. Giglione avait repéré sur la liste des passagers le nom du directeur de la Scala, Flavio Spilone. L'opportunité était trop belle. Chanter à Milan serait la consécration pour la *prima donna* américaine que l'Europe boudait.

— Voilà tes notes. Lis-les. Apprends-les par cœur. Tu as quatre heures devant toi. Nous déjeunerons à la table du commandant. Spilone sera là.

— Qui est-ce ?

— Voyons, Bianca ! Spilone est le directeur de la Scala. Il ignore mes appels depuis deux ans. Malgré mes contacts avec les plus grandes scènes d'Italie, ni la Fenice de Venise, ni le San Carlo de Naples ou le Mai florentin ne détrôneront la Scala. Nous devons l'amener à revoir ses positions.

— Sans doute.

Bianca avait répondu d'une voix absente. Son esprit se concentrait sur le feuillet déposé dans sa cabine. Elle l'examina. Fidèle à ses habitudes, Vittorio n'avait omis aucun détail, jusqu'à ajouter un plan de la ville en dernière page. La jeune cantatrice pourrait ainsi, au cours du déjeuner, donner l'impression de connaître la cité comme sa poche.

L'impresario pensait à tout, se méfiait de tout le monde et se montrait redoutable quand il s'agissait de défendre les intérêts de son épouse.

— Parfait, Vito. Je vais m'en sortir.

Bianca ôta ses chaussures puis s'installa sur son lit.

Le couple Giglione occupait une luxueuse suite sur le pont supérieur. Chacune de leurs chambres était séparée par un vaste salon lambrissé et percé de deux hublots. Si Bianca passait son temps à étudier dans son coin, Vittorio restait dans la pièce commune à fumer cigarette sur cigarette, le nez plongé dans ses dossiers. Sa stratégie consistait à noter la moindre information sur un petit calepin qui ne le quittait jamais. Âpre au gain, il avait obtenu des organisateurs du festival de Vérone la prise en charge de leurs frais depuis New York. Il appliquait la même règle à tous ses interlocuteurs : le talent de sa protégée méritait un confort de première classe. Et, il en était certain, après son passage à la Scala, son statut serait incontestable.

— J'ai fini, lança-t-elle une heure plus tard.

— Vraiment ?

— Oui.

— Tout, vraiment tout ? Annexes comprises ?

— Oui, Vito. Tout.

— Laisse-moi vérifier.

Il se leva, lui retira les documents et l'interrogea tel un maître d'école. L'élève avait bien retenu sa leçon.

— Je suis impressionné par ta facilité d'assimilation.

— Ce n'est pas très difficile, je t'assure.

Gênée par le compliment, Bianca rougit, heureuse de faire plaisir à son mari. Elle osa soutenir son regard, se sentant maladroite pour exprimer ses désirs. Elle aurait aimé qu'il reste dans sa cabine jusqu'à l'heure du déjeuner, qu'il la prenne dans ses bras, l'embrasse tendrement. Qu'il l'aime ! Depuis leur départ, Vittorio n'avait pas profité de la traversée. Ensemble, ils ne faisaient que travailler à façonner une image. Et si Bianca chantait l'amour et l'interprétait à travers ses rôles, elle se heurtait à la réalité : la passion n'existait pas dans leur couple.

Lorsqu'elle avait quitté la Calabre, elle s'était fait remarquer par un agent artistique français. Il s'appelait Gonzague du Plessis de la Tour et cherchait de nouveaux talents pour son ami producteur Benjamin Braunstein. Par son intermédiaire, Bianca avait fait la connaissance de Tessa, dont la carrière d'actrice décollait. Mais la guerre, dans sa cruauté, avait brisé tous ses espoirs. Traquée par don Batista, qu'elle croyait mort, Bianca avait dû fuir à nouveau. Arrivée sur la pointe des pieds à New York sept ans plus tôt, elle en repartait aujourd'hui sous les vivats du public. Le magicien de cette métamorphose se nommait Vittorio Giglione.

Ils s'était rencontrés en 1943, dans les couloirs du Met, le fameux Metropolitan Opera de New York, où Bianca venait de décrocher un engagement pour un second rôle. Passionné d'opéra, Vittorio avait immédiatement été conquis par la voix de cette Calabraise un peu ronde et lui avait proposé de prendre en main sa carrière. Fils d'épiciers siciliens débarqués à Ellis Island juste avant la Première Guerre mondiale, il avait fait fortune dans la distribution de produits alimentaires en provenance d'Italie. Pour les nombreux exilés en mal du pays, les enseignes Giglione représentaient l'emblème de la mère patrie. Au moment de sa rencontre avec Bianca, le sexagénaire était à la tête d'un véritable empire.

La jeune femme avait travaillé dur afin de satisfaire son mécène. Si les gens aimaient sa voix et la considéraient, c'était au prix d'efforts dignes d'une athlète. Bien vite, les premiers sacrifices avaient été payants, par un premier engagement au Met dans le rôle-titre de *Lucia di Lammermoor*, de Donizetti. Les succès s'étaient enchaînés, et la cote de Bianca Cavaldi était montée en flèche. Vito avait veillé dans l'ombre, l'esprit focalisé sur l'autre côté de l'Atlantique. Seul le Vieux Continent consacrerait Bianca et ferait d'elle une star de renommée mondiale.

Par ambition, l'impresario avait délaissé ses affaires, et bientôt, l'entreprise de distribution Giglione, criblée de dettes et poursuivie par le fisc, avait été mise en liquidation. Afin d'éviter le scandale, Vittorio s'était arrangé pour la revendre contre une poignée de dollars. Sa petite protégée deviendrait une source de revenus bien plus profitable…

— Veux-tu m'épouser, Bianca ? lui avait-il demandé alors.

La soprano avait fondu en larmes, lui avouant qu'elle rêvait de cet instant depuis longtemps. Et le 23 septembre 1949, Bianca Cavaldi devint la *signora* Giglione devant Dieu. Un mois après leur mariage, elle avait connu sa première désillusion. Pas de lune de miel. Selon les termes d'un contrat d'importance, elle avait dû embarquer pour l'Argentine pour neuf semaines de représentations. Vito, lui, était resté à New York où il avait peaufiné ses projets, la conquête de l'Europe.

La sonnerie du téléphone interrompit leur bref instant d'intimité. Bianca baissa les yeux, déçue, tandis que Vittorio gagnait le salon avec un air préoccupé. Elle se laissa glisser sur le lit, mélancolique.

Vous les aurez... Ses mots attirèrent l'attention de Bianca qui se dirigea sur la pointe des pieds vers la porte entrebâillée. Le ton de la conversation était grave.

— Laissez-moi quelques jours de plus, suppliait Giglione. J'aurai l'argent. Je vous le jure. J'attends un gros contrat. Vous aurez votre fric.

Bianca retourna précipitamment dans sa cabine en l'entendant raccrocher.

— Tout va bien, Vito ? lui demanda-t-elle.

— *Molto bene, cara mia.*

— Tu es sûr ?

Incapable de mentir à son mari, elle lui avoua qu'elle avait entendu toute la conversation. Vittorio hurla.

— Tu épies aux portes, maintenant ?

Bianca eut un mouvement de recul devant le geste menaçant de son mari.

— *Basta*, siffla-t-il. Je préfère sortir. Tiens-toi prête pour le déjeuner.

La porte de la suite claqua. Bianca fondit en larmes.

— Je suis une grosse idiote.

Pendant plus d'une demi-heure, mortifiée, elle fut en proie à des remords. Elle était un poids pour Vito. Au lieu de le soutenir, de le seconder dans l'épreuve, elle le contrariait alors qu'il se donnait tant de mal pour elle. Bianca se ressaisit, bien décidée à changer de comportement. Mais son reflet dans le miroir lui renvoya une piètre image d'elle-même.

— *Mama* avait raison. « Tu as le regard du diable, Bianca Cavaldi. »

D'un geste circulaire, elle nettoya les traces sombres sous ses yeux aux prunelles ambre. Elle se détestait. Comment pouvait-on l'aimer ? Elle se trouvait laide avec ses cheveux couleur jais qui encadraient un visage lourd au nez proéminent. La mode était aux blondes platine, aux jolis minois. Bianca ne remplissait pas ces critères, seul son talent la démarquait des autres. Vito avait été le premier à pressentir ses capacités, il avait eu confiance en elle et l'avait métamorphosée. Bianca se jura de ne plus lui faire honte. Pourtant, elle aurait renoncé sur-le-champ à la gloire pour un élan d'amour, un bonheur ordinaire auquel elle n'avait pas droit.

Quelques instants plus tard, Vittorio réapparut, une gerbe de roses rouges à la main.

— *Cara*, implora-t-il en l'enlaçant, je te demande pardon. Je suis très tendu en ce moment.

— Sois tranquille, je te pardonne, mon Vito.

Bianca se retint de ne pas fondre à nouveau en larmes. Trop heureuse, elle s'élança dans ses bras, sans remarquer le soulagement de son mari. Sans elle, il n'était rien.

Avant leur arrivée à Gênes, prévue en fin d'après-midi, le commandant de bord convia ses hôtes de marque à sa table pour le déjeuner de clôture. À la demande de Giglione, le couple fut placé de part et d'autre de Flavio Spilone. Vito tentait des approches, mais chacune d'elles se solda par une forme d'indifférence polie de la part du directeur de théâtre. De son côté, Bianca, rêveuse, ne se lassait pas d'admirer l'immense verrière de la salle à manger des première classe, une coupole dont les motifs évoquaient un tableau de Botticelli. En Italie, elle avait bien l'intention de visiter les musées de chacune des villes qu'ils traverseraient.

— Pouvons-nous nous rencontrer à Milan ? demanda Vito, en ultime recours.

— Pourquoi pas…

— La semaine prochaine ?

Spilone le considéra d'un air supérieur.

— Rien ne presse. La programmation est bouclée pour la saison.

— Toute la saison ?

— Toute.

— Laissez Bianca auditionner pour le rôle éponyme de *Norma*. Vous le montez en fin d'année, n'est-ce pas ? Elle est l'une des trois voix les plus prometteuses de sa génération.

Le directeur considéra son interlocuteur d'un air amusé.

— Voyons, Giglione. Sachez qu'il n'y a qu'une Norma, c'est Constanza Beruti ! Depuis Guiditta Pasta, aucune *prima donna* n'a eu une voix aussi ample ni une telle présence dramatique. Inutile d'insister, mon cher.

Non sans plaisir, Flavio Spilone se gargarisa.

— La Scala représente l'excellence musicale depuis sa création. Ce qui relève du sublime dans une arène peut se révéler désastreux dans une salle comme la nôtre. Le public ne pardonne pas les ruptures trop nettes. Encore moins la libre interprétation d'une partition. Nous pouvons nous revoir, certes. Dans quelques années... lorsque votre épouse aura perfectionné sa technique de chant. Pour l'heure, je crains que nous ne perdions notre temps...

— Le prétentieux ! fulmina Vito, sitôt revenu dans leur cabine. Comment ose-t-il ? Et pour qui se prend-il avec ses grands airs ? C'est inacceptable !

— Voyons, mon chéri. Il a sans doute...

— Toi aussi, tu es responsable. À plus d'un titre.

— Moi ?

— Oui, toi. Combien de fois t'ai-je demandé de suivre les partitions sans les réinventer ? Ton talent doit être au service de l'art, et non l'inverse. Ta technique n'est pas au point non plus. Dès notre arrivée, nous trouverons un professeur de chant digne de ce nom.

— Bien. Si tu veux, Vito.

— Arrête donc de te comporter ainsi. Tu dis *amen* à tout mais tu n'en fais qu'à ta tête au bout du compte. Je t'avais placée à la droite de Spilone pour le séduire. Tu n'as fait que rêvasser la tête en l'air et tu ne m'as été d'aucune aide.

La mauvaise humeur de l'impresario ne devait plus le quitter de la journée. À leur débarquement à Gênes, il eut la désagréable surprise de constater qu'aucun journaliste ne s'était déplacé.

— Comment ont-ils osé ? explosa-t-il, tandis qu'une Lancia noire s'immobilisait à sa hauteur.

Spilone en abaissa la vitre arrière.

— Avez-vous un ennui, Giglione ? Besoin d'une voiture ?

— Non, merci, répondit Vittorio les dents serrées. Notre limousine va arriver.

— *Bene*. Dans ce cas, peut-être à tout à l'heure, au Bristol Palace.

— Le Bristol ?

— Oui, *LA* Beruti y donne une conférence de presse à l'occasion de son récital en ville. Tout le gratin sera présent, siffla-t-il, avant de faire un signe à son chauffeur de démarrer.

Vittorio venait d'essuyer un camouflet cinglant. En silence, il fomentait déjà sa revanche, et Spilone serait sa priorité. Pour l'heure, celui-ci se jouait de lui, mais Giglione n'avait pas dit son dernier mot. Il le ferait plier, vite, très vite, car sa situation financière le pressait.

Le couple partit pour Vérone dans l'anonymat le plus total. À bord de leur voiture, Bianca se taisait, soulagée de ne pas avoir eu à affronter la presse. Elle retrouvait son pays natal, ses origines, sa véritable identité. Elle n'était plus une déracinée. Son cœur vibrait à la vue de ces vallons arides plantés d'oliviers. Le soleil embrasait le paysage, transformant l'habitacle de l'auto en fournaise. La jeune femme se souvenait de son village natal, Pazzano, de la *confrunta*, et de don Batista. Elle n'avait rien oublié, pas plus les moments tragiques que ses rêves d'enfant.

Vérone dévoila ses charmes sous la lumière dorée de la fin d'après-midi. Le cours sinueux de l'Adige dessinait ses méandres au cœur d'une ville édifiée de palais Renaissance en marbre rose. Bianca porta son regard sur les arènes, au centre de la piazza Bra. Sa respiration s'accéléra. Dans quelques jours, les dieux romains l'accueilleraient pour son baptême du feu dans *La Gioconda*. Elle réajusta ses lunettes et tendit le cou par la fenêtre de la voiture. L'édifice était impressionnant. Serait-elle à la hauteur ? Elle l'espérait et donnerait le meilleur d'elle-même, en souvenir de ses rêves de petite fille. La voiture contourna la place bordée de terrasses animées, avant de s'immobiliser devant le Colombo d'Oro, le palace où le couple avait prévu de séjourner.

— Quel luxe, Vito ! C'est merveilleux. Je suis si heureuse.

Impulsivement, elle se jeta dans les bras de son mari.

— Un peu de tenue, voyons. Nous sommes ici pour travailler, je te le rappelle. Ce n'est pas le moment de penser à autre chose. L'enjeu est d'importance.

Bianca se ravisa, une fois de plus. Elle aurait préféré l'amour de son mari à l'enthousiasme du public. Et la maternité à la gloire…

Les répétitions débutèrent le lendemain. Le rôle de Gioconda, une artiste des rues se suicidant par amour, était d'une intensité dramatique particulière. Bianca maîtrisait son personnage dans les moindres nuances. Avec une facilité déconcertante, elle lui prêtait sa voix à la perfection. Dans l'assistance, les techniciens s'interrompirent. En coulisses, les autres interprètes restaient suspendus à ses lèvres. Passerait-elle les notes périlleuses du final ? Les dernières mesures laissèrent place au silence. Un silence impressionnant. Bianca retrouva son souffle, le cœur battant, pressée de connaître le verdict de la salle. Et ce fut un tonnerre d'applaudissements. L'orchestre se leva pour la saluer. Son chef, pourtant réputé colérique, était manifestement subjugué par son talent.

— *Bravissimo*, s'écria-t-il, les larmes aux yeux. Tu as couronné le *dolce* du « Voce di donna » d'un remarquable si bémol. Enchaîner de la sorte avec un aigu *pianissimo* est l'apanage de deux ou trois *prime donne* ! Quant aux phrases montantes, à la fin des actes I et III… c'était tout simplement *divinissimo* !

Mains jointes sur la poitrine, Bianca remercia le maestro avec humilité. Elle chercha Vito du regard, voulant partager avec lui cet éloge. Mais il était absent…

Non loin de là, une Alfa Romeo venait de s'immobiliser devant le palazzo Barbieri. Sans ménagement, Vittorio fut jeté à l'extérieur du véhicule.

— N'oublie pas, Giglione, menaça le passager, tu as un mois pour réunir l'argent. La prochaine fois, la promenade sera moins courtoise.

À terre, Vittorio vit la berline s'élancer dans un crissement de pneus. L'étau se resserrait sur lui. Il devait passer à nouveau à l'offensive auprès du directeur de la Scala. Sitôt rentré à l'hôtel, il se rua sur le téléphone et demanda une communication avec Milan.

— Vous allez filer un homme, dit-il à son interlocuteur. Il s'agit de Flavio Spilone. Je veux connaître le moindre de ses faits et gestes. S'il a des secrets inavouables, trouvez-les. *Presto !*

3

Nice, 1950

Grisés de champagne, Tessa et Benjamin basculèrent sur le lit. Leurs rires s'estompèrent dès les premières caresses. Puis leur esprit s'échauffa, chacun s'empressant de dénuder le corps de l'autre. L'alcool les avait libérés, leur permettant de savourer un goût d'inachevé. Les ongles de Tessa se plantèrent dans le dos de son ami. Paupières closes, avide de désir, la jeune femme s'abandonna au plaisir.

— Oh, je t'aime, *Alexis* ! gémit-elle.

Elle ne prit pas conscience de ses propos, pas plus qu'elle ne comprit pourquoi Braunstein se détachait d'elle et roulait sur le côté, l'air ennuyé.

— Qu'y a-t-il ? Pourquoi t'arrêtes-tu ? lui reprocha-t-elle.

— Pour rien.

Tessa glissa une main maladroite dans sa chevelure défaite.

— Allez, dis-moi… C'est parce que j'ai trop bu ? Tu sais, je ne suis pas ivre, juste un peu pompette.

— Sans doute…

Séductrice, elle n'admettait pas qu'un homme la boude. Elle opta pour une nouvelle approche, et fit courir la pointe de sa langue de la nuque à l'oreille de son compagnon avant de lui en mordiller le lobe.

— Arrête.

— Chuuut !

— Arrête, je te dis.

Devant le mouvement de recul de Braunstein, Tessa le retint par l'avant-bras puis le fixa droit dans les yeux, déterminée à parvenir à ses fins.

— C'est une erreur, Tessa. Nous sommes amis. Ne gâchons pas cette amitié. Par ailleurs, je n'ai pas le droit de profiter de la situation. C'est à un autre que tu penses.

La jeune femme se glaça, le défiant du regard.

— Ah bon ? Et à qui ?

— À Alexis. Tu as dit : « Je t'aime… Alexis ! »

Tessa resta figée un bref instant puis se laissa retomber sur le dos, vaincue. Elle s'était trahie sans le vouloir. Désormais, un proche connaissait son secret.

— Je présume que tu vas lui en parler ? lâcha-t-elle après un long silence.

Benjamin s'était déjà relevé et réajustait sa chemise dans son pantalon. Avant de répondre, il prit le temps d'allumer une cigarette, d'inhaler profondément et de souffler la fumée d'un trait.

— Ça ne me regarde pas. Je m'inquiète seulement pour vous deux. Vous êtes…

— Je sais, nous sommes parents.

Agacée, Tessa lui retira la Dunhill des doigts et arpenta la pièce, totalement nue.

— Crois-tu que je l'ignore ? Crois-tu que la situation ne me rende pas folle ? Je suis amoureuse de mon oncle ! Je l'ai dans la peau. Je suis une fille perdue, c'est ça que tu veux dire, hein ?

Les inquiétudes de Benjamin avaient eu sur elle l'effet d'une douche glacée. Elle était indignée à l'idée que les gens la considèrent comme une débauchée s'adonnant à l'inceste.

— Je ne te juge pas, reconnut Benjamin. Toi, en revanche, tu sembles mortifiée. Veux-tu que nous en parlions ?

— Non ! rétorqua-t-elle. Je me fiche de ta compassion.

— Comme tu veux, ajouta-t-il avant de se retirer. Sache seulement que je suis là, si tu as besoin de parler.

Tessa enfila son chemisier tout en observant à travers les rideaux de la fenêtre les lumières de la ville, le long de la baie. Combien d'hommes et de femmes s'aimaient-ils en ce moment ? Combien goûtaient à l'ivresse et s'abandonnaient sans limites au plaisir ? Vivre seule dans un tel endroit, sans espoir de caresses et avec pour unique compagnon la solitude, n'était pas concevable pour Tessa. Alexis l'habitait. Elle n'aurait jamais dû accepter de revenir dans le Sud.

Une semaine plus tôt, elle avait téléphoné à Braunstein pour lui annoncer son arrivée avec François Valrins, son employeur. Ils avaient été invités par le couple Rita Hayworth-Ali Khan, en villégiature sur la Côte d'Azur. À la demande du couturier, Tessa était restée trois jours de plus à Monaco afin d'étudier les possibilités d'implantation d'une boutique Valrins sur le rocher. Benjamin lui avait proposé de l'héberger à Château Braun.

Lorsqu'elle avait pénétré dans le vaste salon, elle avait tremblé au souvenir de son dernier passage ici, quelques années auparavant. Benjamin l'avait rassurée. Le passé était le passé. Tessa avait retrouvé la villa aux lignes futuristes de Le Corbusier. Dans les années 1930, elle avait été un lieu incontournable pour une génération d'artistes avant-gardistes. Dali, Buñuel, Cocteau, Picasso, Braque, Breton ou Man Ray, tous, à chacun de leurs passages, avaient laissé entre ces murs des témoignages. Ici, des fêtes somptueuses et excentriques avaient été organisées de main de maître par la première épouse de Benjamin. Château Braun – ainsi baptisé par Coco Chanel – était l'endroit le plus sélect de la Côte avant guerre, jusqu'au décès tragique, en 1938, de Mme Braunstein.

Tessa vit son reflet dans la baie vitrée. Où en était-elle avec ses sentiments ? Qu'allait-elle devenir ? Allait-elle se jeter dans les bras de n'importe qui, juste pour s'imaginer dans ceux d'Alexis ? Décidément, elle haïssait Martial Bastide, son père, dont les erreurs passées pesaient lourd sur le destin de chacun. Martial, ce fils maudit, celui dont les Bastide taisaient le nom. Martial, le demi-frère d'Alexis… Tessa espérait de toutes ses forces que son géniteur grillait en enfer. Elle n'était qu'une bâtarde, l'enfant de la honte et le fruit d'un viol. Même mort, son père l'empêchait d'être heureuse. Alexis ne serait jamais à elle. Deux mois plus tôt, à L'Amédoune, elle l'avait confondu pour s'assurer de leurs sentiments mutuels. Depuis, elle vivait avec ce refus. Pourtant, elle ne demandait pas à Alexis de l'épouser, ni même de fonder une famille, ayant du mal à s'imaginer dans le rôle de mère, mais elle voulait juste laisser s'exprimer leur amour réciproque, ce qui aurait suffi à son bonheur. Alexis en avait décidé autrement. Elle s'était inclinée.

Revenu dans sa chambre, Benjamin n'arrivait pas à trouver le sommeil, l'esprit tourmenté par le souvenir d'Apolline. Depuis son décès, il n'avait pas ressenti le moindre désir pour une autre femme. À son âge, le quinquagénaire se croyait immunisé contre les choses de l'amour. Il se leurrait. Tessa était différente. Mais elle en aimait un autre…

Sur la terrasse, Tessa profitait du soleil matinal, enroulée dans un peignoir en éponge. Elle ferma les paupières, tous ses sens en éveil. Près d'elle, une odeur de café chaud et de viennoiseries, plus loin, celle épicée des topiaires de buis provenant du jardin cubique imaginé par Guevrekian, et enfin, l'iode du large. La jeune femme percevait le ressac, au pied de la falaise, elle devinait l'écume blanche et salée, mémorisant cet avant-goût de paradis avant son retour à Paris, prévu dans quelques jours. Elle ouvrit les yeux. Malgré le soleil qui inondait la baie d'une lumière azurée, ses pensées s'assombrirent. Le Sud représentait le décor de tous les échecs de sa vie affective. Amours à sens unique pour Benjamin des années plus tôt, illicites à présent avec son oncle, comme si son cœur se complaisait dans les interdits. Tessa était-elle condamnée à rester éternellement une femme sulfureuse, redoutée des hommes et jalousée par leurs épouses ? Par dépit, elle revendiquait son statut de femme libérée, convaincue qu'un jour prochain la société lui donnerait raison. Sans doute devançait-elle son époque... Elle se reprochait néanmoins son comportement de la veille et réalisait les conséquences de son aveu. Elle qui ne buvait jamais, pour une fois qu'elle avait fait une entorse à sa règle, s'était bêtement trahie devant Braunstein qui, enthousiasmé par sa *ré*acquisition de La Cybiline, l'avait invitée dans le meilleur restaurant de la Côte.

Dès que Benjamin la rejoignit pour le petit déjeuner, elle lui présenta ses excuses.

— C'est oublié. Nous nous sommes égarés tous les deux, lança-t-il avant de lui proposer une visite des studios.

Tessa aurait aimé que ce fût aussi simple pour elle...

La Cadillac de Braunstein longea la Promenade des Anglais puis s'aventura sur une route escarpée, à l'est de la ville. L'air était doux et le soleil magnifique. Pourtant, Tessa ne profitait pas de cette quiétude, renouant avec de pénibles souvenirs. Au sommet de la colline, le cabriolet ralentit devant l'agent de sécurité en faction à la grille. La barrière se leva. Le cœur de Tessa se resserra. Rien n'avait changé. L'avenue principale, bordée de hauts palmiers, desservait les immenses hangars aux façades Art déco d'où surgissait parfois un centurion romain en conversation avec une vamp décolorée et un page médiéval. Cette ville d'illusions avait été une idée de la mère de Tessa, la Grande Zoé, une femme fantasque de la Belle Époque. Mais le destin l'avait dépossédée de son projet, la condamnant à une misérable agonie dans un taudis londonien. Et c'est la vengeance qui avait amené Tessa à croiser la route de Martial Bastide.

— Je te garantis que cette fois-ci, je mènerai seul cette entreprise, annonça Benjamin tandis qu'il garait sa voiture devant le bâtiment de direction.

— Tu as retenu la leçon ?

— Elle m'a coûté assez cher.

— À ce propos, poursuivit Tessa, je ne comprends pas ton attitude. Tu renonces à ta banque ?

Benjamin haussa les épaules en signe d'impuissance.

— Je crois qu'il est temps pour moi de passer à autre chose. Voilà des années que je me bats en vain. L'expérience enseigne la sagesse, non ? Un homme ne peut pas tout faire, et ma volonté de multiplier les affaires a bien failli me ruiner.

Tessa ne releva pas. Elle avait du mal à concevoir que l'on délaisse une partie de sa fortune par lassitude. La bataille juridique pouvait être longue, certes, mais l'enjeu en valait la peine.

— Quels sont tes projets ?

Benjamin débordait d'énergie. Son ambition était de relancer la production cinématographique française avec des comédies, des films à suspense, des péplum à grand spectacle. Tous les genres de fiction l'intéressaient tant que ceux-ci étaient populaires et de qualité.

— Je compte acquérir les terrains plus loin, aux pieds du massif. Avec de tels décors, nous pourrions tourner des westerns.

— Des westerns ? Ça ne marchera jamais.

— Détrompe-toi. Nous en reparlerons dans quelques années.

Benjamin invita son amie à le suivre dans le bâtiment de direction.

— Le décor n'a pas changé, ici, avoua-t-elle en pénétrant dans le gigantesque hall de marbre.

— En effet. Se retrouver chez soi a du charme, non ? dit-il en ouvrant la double porte du bureau.

Entre les deux baies vitrées qui surplombaient la ville, les portraits des actrices ayant fait la renommée du studio ornaient le mur. Tessa reconnut sa photo, sur la droite.

— Tu as encore cette vieillerie ?

— Tu oublies que tu as été l'une de nos plus grandes vedettes de l'entre-deux-guerres !

Tessa se souvint de l'époque où, jeune comédienne, elle avait été présentée à Braunstein par Gonzague du Plessis de la Tour, son agent. Ziggy avait été un ami fidèle sur lequel elle avait pu compter, et sa disparition dans un camp de concentration avait été pour elle une cruelle épreuve.

— Tout ça me semble si loin, à présent, ajouta-t-elle avec mélancolie.

— Allons, je suis certain que tu ferais un tabac si tu revenais sur le devant de la scène.

— Je suis trop vieille !

— Ne dis pas de sottises. Bon nombre de femmes de trente ans voudraient te ressembler.

— Benji, tu es un incorrigible gentleman, reconnut la quadragénaire, touchée par le compliment.

Le téléphone sonna. Benjamin s'excusa auprès de son amie et prit la communication. Malgré elle, Tessa devina qu'il s'agissait de sa cousine Louise, retournée à Oran. Elle nota le rapprochement entre le père et sa fille. Louise avait de la chance. Pourquoi les Bastide paraissaient-ils si soudés et réussissaient-ils là où elle échouait ? Personne, à L'Amédoune, ne prenait son manque affectif en considération. Tatiana, Benjamin et Alexis la jugeaient forte quand Louise, cette *pauvre Louise*, recueillait toute leur attention. Tessa détestait cette situation.

Braunstein raccrochait le combiné lorsqu'une femme, vêtue d'un tailleur strict, fit son entrée. C'était Alice Roussan, la secrétaire de direction. L'employée porta sur Tessa un regard critique avant de s'adresser à son patron.

— Votre rendez-vous de dix heures est en avance, monsieur. Voulez-vous que je le fasse patienter ?

Tessa profita de cette intrusion pour s'éclipser. Elle en avait assez. Cette visite l'avait perturbée plus qu'elle ne l'aurait imaginé. Par la portière du taxi, elle suivit du regard l'allée de palmiers qui longeait la chaussée, contrariée à l'idée d'être la moins bien lotie des Bastide. D'une mère ruinée et d'un père escroc, elle n'avait rien obtenu en héritage, si ce n'est l'interdiction de vivre sa passion avec l'homme de sa vie. Quelle injustice !

— Je réussirai, se répétait-elle à l'envi. Chacun est maître de son destin, je réussirai.

L'expression de son visage se durcit.

Les jours suivants, Tessa ne s'attarda guère à Château Braun, concentrant son énergie à trouver l'endroit idéal où installer une boutique Valrins, à Monte-Carlo. C'est avec brio qu'elle conclut une transaction immobilière. Réconfortée par ce succès, elle découvrit l'effet grisant de la réussite. Elle aimait ces drôles de picotements au bas du ventre, ces bouffées de chaleur capables de lui arracher des cris de joie. L'excitation lui donnait envie d'esquisser des pas de danse en pleine rue. Belle et intelligente, elle savait ce qu'elle voulait. Le monde lui appartiendrait.

Sur le trottoir, Tessa guettait un taxi lorsque son regard se posa sur le cantonnier, de l'autre côté de l'avenue. Elle resta figée, tandis que ses gants lui glissaient des mains.

— Zig... Ziggy, souffla-t-elle, incrédule.

Tessa n'en revenait pas. Elle aurait voulu traverser la chaussée, s'assurer qu'il s'agissait bien de son ancien agent. Elle aurait voulu lui parler, mais le trafic l'en empêcha et la silhouette disparut au passage d'une camionnette.

Plaquée contre la porte de son petit deux-pièces, en centre-ville, Alice Roussan remerciait sa bonne étoile. Fuir Paris avait été une merveilleuse idée. Ici, nul ne la démasquerait sous ses tailleurs stricts, ses lunettes et son chignon austère. À son poste de secrétaire de direction, elle ne ménageait pas ses heures, restant souvent au-delà du temps réglementaire. Peu lui importait. Elle aimait son travail et ne connaissait personne à Nice. En outre, elle appréciait les heures silencieuses de la fin de journée où, du coin de l'œil, elle surveillait le filet de lumière sous la porte de son patron. M. Braunstein n'était alors que pour elle. Ce soir-là, le grand homme l'avait invitée dans son bureau. Consciencieuse, Alice s'était déplacée avec son bloc-notes.

— Entrez, l'avait-il priée. Installez-vous et laissez papier et crayons de côté, pour une fois. J'aimerais partager un verre avec vous, mademoiselle Roussan.

Alice avait rajusté ses lunettes, confuse de cette déclaration.

— Je tiens à vous dire que vous faites un excellent travail. Je suis très satisfait de vos services.

— C'est bien normal.

— Mais vous n'êtes vraiment pas obligée de rester aussi tard.

Un frisson d'angoisse l'avait parcourue.

— Cela vous importune-t-il ? avait-elle demandé en resserrant sa veste de coton jetée sur ses épaules.

Alice ne pouvait oublier ce merveilleux instant partagé en compagnie de son patron. Benjamin était si séduisant. Dès qu'il la fixait de son regard, elle se sentait mise à nu. Au cours de la soirée, le champagne aidant, la pauvre Alice avait manqué chavirer devant son sourire dévastateur. Elle l'aurait regardé pendant des heures, sans rien dire, juste pour contempler le contour de son visage, ses tempes grisonnantes, tandis que le soleil se couchait sur la baie des Anges.

Alice traversa son appartement, dégrafa le col de son chemisier, puis libéra ses longues mèches rousses de leur chignon. Dans le miroir du buffet, elle vit la cicatrice à la base de son cou. Bien que la journée lui eût souri, les fantômes du passé la hantaient, comme chaque soir. Allaient-ils la rattraper ?

— Je t'assure que je l'ai vu ! insista Tessa à son retour à Château Braun.

Benjamin demeurait sceptique.

— C'est impossible, Tess, Ziggy est mort à Treblinka. Souviens-toi, c'est toi-même qui me l'as appris.

Comment aurait-elle pu oublier ? Après avoir mis fin à sa jeune carrière d'actrice, Tessa avait épousé Edgar Beaumont, un industriel collaborateur. Pendant des années, elle avait fermé les yeux sur les agissements de son mari, acceptant de recevoir à leur table des SS et des membres de la Gestapo. En 1942, alors qu'elle venait de perdre un bébé, elle avait retrouvé son amie chanteuse, Bianca Cavaldi, et l'avait aidée à s'échapper des griffes de don Batista. Gonzague du Plessis de la Tour, leur agent, leur avait prêté main forte à l'époque. Mais il avait eu moins de chance que Bianca. Dénoncé pour ses « déviances sexuelles », il avait été arrêté et déporté. Tessa avait usé de toute son influence auprès d'Edgar pour intervenir en sa faveur. Ziggy était devenu sa priorité. Puis un soir, par hasard, elle avait découvert que son mari avait joué un rôle dans cette arrestation. Pire, il avait passé sous silence la déportation, puis la mort de Gonzague à Treblinka. Écœurée, elle avait quitté son mari, emportant avec elle des papiers compromettants pris dans son coffre. À la Libération, elle avait fourni ces documents à la justice. Son mari, accablé par les preuves, n'avait pas eu le courage d'affronter ses juges et s'était pendu dans sa cellule.

— Je t'assure, c'était bien lui ! J'en mettrais ma main à couper. Il faut que l'on se renseigne.

Tessa pencha la tête de côté et insista, d'une voix douce.

— S'il te plaît, Benjamin.

— C'est entendu, je m'en charge.

Cet après-midi-là, Tessa flâna sur la terrasse, profitant de son dernier jour de soleil avant de retrouver l'agitation parisienne. Elle ne s'arrêterait pas en Avignon sur le chemin du retour et ne reverrait pas Alexis. À quoi bon ? Leur histoire ne connaîtrait aucun lendemain. Au cours de son séjour sur la Côte, Tessa avait découvert un dérivatif tout aussi excitant, le monde des affaires. À défaut d'être heureuse en amour, elle se laissait griser par les sensations du pouvoir et consacrait son énergie à bâtir une carrière. N'était-elle pas une Bastide, elle aussi ?

Benjamin vint la chercher pour l'accompagner à la gare. Alice avait insisté auprès de son patron sur l'heure du départ, trop heureuse de voir s'en aller Tessa.

— Quand reviens-tu, Tess ?

— Je ne sais pas. Je risque d'être très occupée. Mais on reste en contact, promis.

Benjamin acquiesça avant que Tessa monte dans le train.

Par la fenêtre de son compartiment, Tessa regardait le paysage défiler, rêveuse. À l'heure du déjeuner, la jeune femme gagna le wagon-restaurant. Tandis qu'elle s'installait à sa table, la voiture tangua. Projetée brusquement sur la gauche, la voyageuse trébucha. Une main secourable la retint.

— Restez parmi nous, lui lança un inconnu, les cheveux plaqués en arrière.

— Je vous remercie de votre bienveillance, monsieur.

— Drac. Henri Drac, mademoiselle.

L'homme venait de s'incliner devant elle et s'apprêtait à baiser sa main. Tessa lui trouva un certain charme et accepta son invitation à partager son repas. Peut-être était-ce un signe du destin ? Nouvelle vie, nouvelles relations, nouveaux projets... Peu lui importait. Elle devait oublier Alexis.

4

Milan, 1951

— C'est à prendre ou à laisser, trancha Alexis.

— *Ma... Signor* Bastide. C'est un risque considérable que vous me faites courir !

L'homme d'affaires italien se posait en victime dans le but d'obtenir un pourcentage plus élevé. Bras au ciel, il grimaçait, singeant d'atroces souffrances. Alexis n'était pas dupe.

— Une boutique franchisée. Entrée séparée. Personnel indépendant. C'est mon dernier mot. Si vous voulez distribuer mes produits, ce sera à ces conditions.

— *Mamma mia !*

Alexis glissa une main amicale sur l'épaule de son interlocuteur.

— Voyons, Alfonso, nous savons tous les deux que votre investissement sera rentable, et vite. Je ne serais pas surpris que vous programmiez d'ici peu de nouvelles ouvertures.

— Si mon banquier me prête vie...

Une poignée de mains scella leur engagement, qui donnait naissance à la première boutique L'Amédoune à l'étranger. En hommage à ses parents,

Alexis avait repris le nom de leur hôtel particulier afin de distinguer la nouvelle entité des productions de la vénérable manufacture. La force du chef d'entreprise résidait dans son sens de l'observation. Depuis la fin de la guerre, la vie avait repris ses droits, les jeunes ménages s'installaient dans du neuf et se débarrassaient des armoires de grand-mère. C'est à eux que s'adressait L'Amédoune, à ceux qui souhaitaient créer un intérieur chic et moderne. L'art de vivre provençal se déclinait sur des supports contemporains réalisés dans de nouveaux matériaux, comme le Plexiglas, et imprimés à l'image des célèbres indiennes. Trois ans plus tôt, une première collection baptisée « Confluences » avait servi de test. Devant le succès de l'opération, Alexis avait décidé de lancer sa marque sur le plan international. L'héritier des Bastide voyait grand. Il envisageait de positionner L'Amédoune comme un label de luxe, et d'implanter des points de vente dans les plus grandes villes de la planète. Le monde appartenait aux audacieux. Les clients italiens avaient été les premiers à réagir et, après de longues tractations par téléphone, Bastide s'était rendu sur place et avait rencontré différents interlocuteurs.

— Êtes-vous libre vendredi prochain ? lui demanda l'homme d'affaires italien. Constanza Beruti interprète *Norma*. Un grand moment en perspective. Flavio Spilone, le directeur de la Scala, est un de mes amis, je pourrais vous le présenter. Impossible de quitter Milan sans découvrir son théâtre, *signor* Bastide. De plus, un homme d'une telle influence peut servir nos intérêts communs.

— C'est très gentil à vous. Je dois me rendre à Rome cette semaine, mais je m'arrangerai pour rentrer un jour plus tôt.

— *Bene. Molto bene.*

Alexis prit congé et regagna son hôtel à pied. À chacun de ses déplacements, il aimait flâner dans les rues et s'imprégner des nouvelles tendances. Dès ses premiers pas sur la piazza Duomo, il nota le raffinement des Lombards et leur intérêt à surveiller l'avancée des travaux de réfection de leur ville, ravagée par les bombardements de 1943. Les Milanais se flattaient de voir les autocars déposer les touristes au pied de leur cathédrale. Le commerce reprenait. Alexis longea les échafaudages et s'engouffra sous l'arc de triomphe de la galerie Vittorio Emanuele II. Il fut saisi. C'est ici, dans ce lieu majestueux, qu'il devait ouvrir une boutique. Deux allées richement décorées de fresques se croisaient sous une verrière haute à donner le vertige. Le monde affluait autour des enseignes de luxe.

Une jeune femme sortit d'une boutique, une boîte à chapeau en main. Sa silhouette se découpait en contre-jour. Elle portait une longue robe noire et un minuscule sac à main qui se balançait à son avant-bras. Bastide l'imaginait dans son quotidien. Peut-être habitait-elle un luxueux appartement sur le parc Sempione, ou rejoignait-elle son amant, un artiste du quartier de Brera ? Elle tourna sur la gauche, en direction de la piazza dei Mercanti. Sous les arcades de brique rouge, ses pas résonnaient, réguliers et vifs. Soudain, Alexis perçut un cri strident, s'élevant à hauteur du pilier derrière lequel elle venait de disparaître. Il accourut, vit la boîte à chapeau à terre tandis qu'un jeune garçon s'enfuyait avec le sac à main de l'élégante Milanaise. Alexis s'élança à sa poursuite et revint vers elle quelques instants plus tard avec le Gucci.

— *Grazie*, murmura-t-elle en réajustant ses lunettes de soleil en forme de papillon.

Alexis lui sourit, incapable de s'exprimer en italien. Il la salua et s'en alla, sans un mot.

Bianca le vit s'éloigner, touchée par la douceur qui émanait de cet homme...

— Ce n'est pas la peine d'insister, Giglione. Votre protégée ne chantera pas dans mon théâtre !

Vittorio considéra une nouvelle fois son interlocuteur. Spilone incarnait la suffisance dans toute sa splendeur. Giglione venait pourtant de lui laisser une dernière chance. Il lui restait à abattre sa carte maîtresse.

— Maintenant, si vous le permettez, reprit le directeur de la Scala, j'ai une montagne de travail qui m'attend.

L'agent artistique ne semblait pas vouloir bouger de son siège.

— Je ne vous raccompagne pas. Vous trouverez la sortie tout seul...

Sans ciller, Vittorio le transperça d'un regard froid comme un glaive. Avant cet entretien, il avait pris quelques dispositions et il n'était pas venu les mains vides. Giglione savait qu'il lui faudrait exercer une grosse pression sur l'inflexible directeur de théâtre. Le monde artistique obéissait aux mêmes lois que celui de la rue d'où venait Vito. Seuls les forts parvenaient à leurs fins. Vittorio avait trop à perdre, et ce n'était pas cet arrogant qui lui donnerait des leçons. Il devait de l'argent à des gens qui n'hésitaient pas à couler des chaussures en béton à leurs débiteurs avant de les envoyer nager dans les eaux du Pô, au nord de la ville. Il n'avait plus le choix et devait user ses dernières cartouches et faire fléchir Spilone. Depuis le succès de Bianca à Vérone, Vittorio avait signé pour une tournée dans les plus prestigieuses places italiennes. Chacun des cachets perçus reculait l'échéance mais n'annulait pas la dette. Pour en finir avec cette épée de Damoclès, il devait frapper un grand coup.

— Je déplore que M. le maire ne puisse pas entendre la voix de ma chère Bianca. Je suis certain qu'il en serait charmé.

Spilone leva un œil intrigué. Giglione poursuivit :

— En effet, je pense qu'il vous pardonnerait vos frasques avec son épouse si votre attitude professionnelle servait la noble cause de sa ville…

— Comment êtes-vous… ?

Le directeur de la Scala perdait toute contenance : son visage devenait cramoisi comme les tapisseries de son bureau.

— C'est de la diffamation !

— Vraiment ?

— Vous bluffez ! Vous tentez de m'impressionner en colportant des ragots.

— Vous croyez ?

Vittorio s'avança sur son siège et retira de la poche de sa veste une série de photos qu'il jeta avec négligence sur la table de marqueterie.

— Je présume qu'il n'apprécierait pas ces « petits » écarts de conduite. Pensez au scandale ! Bien sûr, si vous accédez à ma demande, tout ceci sera vite oublié.

— Vous n'êtes qu'un...

— Allons, le coupa Vittorio d'un geste impérieux, ne vous salissez pas davantage en devenant vulgaire. Nous sommes entre gens de bonne compagnie.

— Très bien. Vous avez gagné. Dites-moi quelles sont vos conditions.

— Bianca reprend le rôle de *Norma* dès la première représentation.

Spilone s'insurgea. Il ne pouvait renvoyer Constanza Beruti pour la saison. Vittorio lui concéda un partage de l'affiche.

— Une représentation sur deux, en alternance. Bien sûr, le cachet de Bianca sera l'équivalent de celui de votre *prima dona.*

— Vous me le payerez, Giglione. Je vous jure que vous me le payerez !

— Allons, Spilone. Un homme de votre classe... Vous me décevez beaucoup.

Après le départ de Giglione, le directeur de théâtre resta seul dans son cabinet de travail. Comment ce grossier personnage pouvait-il se permettre d'agir ici comme dans une rue mal famée de Palerme ? Spilone se vengerait. C'était à lui que revenait le privilège de propulser une artiste lyrique sur la scène internationale. On lui imposait Bianca Cavaldi ? Il n'allait pas accepter cette humiliation, il briserait cette femme !

Alexis se contempla dans le miroir. Il avait fière allure en smoking et aurait aimé découvrir la Scala en compagnie de Tessa.

— Tu penses à nouveau à elle alors que tu es en train de l'oublier, se reprocha-t-il en nouant son nœud papillon.

Tout au long de la semaine il avait traversé Rome, Gênes et Florence, signé des contrats prometteurs, il allait remonter en Avignon avec les ouvertures prévues. Ce voyage italien lui avait permis de se consacrer pleinement à son projet et de tempérer sa passion pour Tessa. Depuis son retour de Rome, dans l'après-midi, il avait maintes fois voulu annuler cette soirée. À quoi bon s'y rendre seul ? De plus, il connaissait peu le registre classique et l'appréciait avec modération. Mais son client milanais se réjouissait de cette perspective.

Norma lui ferait passer un bon moment.

Bianca ouvrit les yeux, lentement, avec un sentiment de crainte mélangé à l'exaltation de l'instant. Rêvait-elle ? Face à elle, la salle de concerts, avec ses hauteurs de balcons, formait un écrin feutré, réceptif au moindre souffle. Pour une soirée, elle serait la prêtresse du temple de l'opéra. La Scala... Serait-elle à la hauteur de son exigence ? Elle devinait le public plus qu'elle ne le voyait réellement, handicapée par sa myopie qui l'obligeait à mémoriser chaque centimètre de la scène. Mais le flou la rassurait, l'isolant dans son univers, celui du personnage qu'elle campait. Elle avait entendu en coulisses qu'un certain nombre d'abonnés avaient boycotté la représentation, furieux de voir une inconnue reprendre le rôle de leur *prima donna* préférée. Bianca n'avait pas droit à l'erreur, cette chance ne se représenterait pas une nouvelle fois. Mais ce défi lui tenait à cœur. Plus qu'une performance vocale, la pauvre paysanne de Pazzano partagerait ses émotions avec l'un des publics les plus exigeants du monde.

Le décor représentait une forêt mystérieuse. Norma, druidesse gauloise, coupait le gui sacré avant de conduire la prière à la déesse lune, Casta Diva, et poursuivait son rite par un appel pour le retour de son amant. Le chœur religieux chantait son espoir du jour où la Gaule serait libérée du joug de la tyrannie romaine. Bianca se laissa envahir par la profondeur du livret.

Chaste déesse qui teint d'argent ces antiques forêts sacrées,
Tourne vers nous ton beau visage, sans nuage, sans voile.
Modère encore le zèle hardi, modère le zèle des cœurs ardents,
Répands sur la terre cette paix que tu fais régner au ciel.

Alexis frissonna. Était-ce la musique de Bellini ou la voix sublime de son interprète qui le troublait ainsi ? Il ne parvenait pas à détacher son attention de la soprano, si belle dans les voiles vaporeux de son costume antique. Bianca… Ce prénom résonnait à ses oreilles comme un instant de pure magie.

Lorsque le rideau de scène retomba, devant un public en liesse, Alexis eut le sentiment d'avoir vécu une expérience unique. L'émotion l'avait transporté dans une autre dimension, révélant en lui une sensibilité qu'il n'aurait jamais soupçonnée. Bianca en était l'initiatrice. Dans le foyer, il fit la connaissance de Flavio Spilone par l'intermédiaire de son interlocuteur italien. Le couple Giglione les rejoignit. Alexis et Bianca se fixèrent, transportés de manière foudroyante dans un autre monde, loin de tous et de tout.

— Votre prestation a été un enchantement, se décida enfin à dire Alexis. Une révélation.

— J'en suis ravie. Je vous devais bien cela.

— À moi ?

— Oui. La semaine dernière, piazza dei Mercanti. Le voleur de sac.

— C'était vous ?

— C'était moi.

— Moi qui pensais que vous ne parliez pas ma langue. Votre français est parfait.

— Merci. Mais je n'ai aucun mérite, j'ai vécu en France. À Paris, puis sur la Riviera quelque temps. Mais ma piètre carrière dans le cinéma a vite tourné court. Ensuite, il y a eu la guerre…

Alexis nota l'embarras soudain de la soprano lorsqu'elle évoqua ces souvenirs. Il changea de conversation.

— J'ai un ami dans le cinéma. Il est patron de studio. Peut-être le connaissez-vous, il se nomme Benjamin…

— Braunstein ! le coupa-t-elle.

Bianca venait de faire le rapprochement.

— Votre nom m'était familier, monsieur Bastide. Je sais pourquoi maintenant. J'ai démarré ma carrière avec votre nièce, Tessa. Ensemble, nous partagions un petit appartement dans le Quartier latin.

— C'est exact, Tessa habitait le Quartier latin.

— Elle me parlait souvent de vous. Comment va-t-elle ? Je n'ai guère de nouvelles en ce moment. Je suis souvent en déplacement.

— Elle vient d'entrer chez Valrins.

— J'en suis ravie ! Tessa a toujours su ce qu'elle voulait faire.

— Oui, répondit Alexis, étrangement détaché à l'évocation de sa nièce.

Giglione vint s'immiscer dans leur conversation, perturbant ce moment de complicité. De concert, ils se rendirent tous les trois au buffet et, tandis que Bianca choisissait un petit four, Alexis se faufila derrière elle pour lui signifier à l'oreille son désir de la revoir.

— Je vous attendrai demain après-midi à seize heures, parc Sempione, lui murmura-t-il.

Le lendemain, Bianca mentit à Vittorio pour la première fois, lui laissant croire qu'elle partait dévaliser les boutiques de la galerie marchande. En réalité, elle allait retrouver ce Français au regard si clair. Malgré ses remords, elle était incapable de résister à l'envie de le revoir. Bianca réajusta le foulard qui dissimulait ses cheveux et pressa le pas en direction du parc Sempione, inquiète à l'idée que l'on puisse la reconnaître.

Il se tenait sur le pont, dans un costume de lin à la coupe impeccable, jetant des miettes de pain aux cygnes gourmands.

« Tu es folle, ma pauvre fille, se dit-elle en se dirigeant d'un pas hésitant vers la rive. Rebrousse chemin. Il est encore temps. » Cette idée lui était impossible à mettre en œuvre tant elle se sentait attirée par cet homme. Elle s'avança. Il se retourna, lui tendit la main, l'air grave, et l'emmena s'asseoir sur un banc isolé. Bianca s'étonna de la confiance qu'il lui inspirait. Si les convenances le lui avaient permis, elle aurait pu anticiper chacune de ses réactions. Alexis était un homme direct.

— Je veux vous revoir, Bianca. Je le voudrais vraiment.

— Je ne peux pas, implora-t-elle en détournant la tête.

Alexis se contenta de lui remettre une carte de visite sur laquelle il avait mentionné les coordonnées de son hôtel à Milan et son adresse en Avignon.

— Je serai là jusqu'à la fin de la semaine, ajouta-t-il avant de disparaître.

Bianca resta seule, incapable de bouger tant Alexis lui manquait déjà. Comme il devait être doux d'être courtisée par cet homme et de laisser libre cours à ses sentiments... Dans son regard acier, Bianca avait lu le désir qu'elle inspirait en tant que femme et non pas en tant que diva. Alexis venait de le lui prouver. Le souffle court, elle revenait peu à peu à la réalité, bien décidée à conserver farouchement son empreinte au plus profond d'elle-même.

Reconnue par un admirateur, Bianca dut fuir afin d'éviter l'émeute qui se profilait. Elle se retrouva devant la porte de sa suite et, confuse, entra dans le salon. Pour une fois, Vito ne se trouvait pas derrière sa table de travail. C'était sans doute mieux. Bianca ne se sentait pas la force d'affronter son indifférence. Elle se plaça devant le miroir, ôta son foulard, ses lunettes et contempla son reflet avec fierté. Pouvait-elle se reprocher d'être vivante ? Depuis combien de temps Vittorio ne l'avait-il pas aimée ?

Un son étouffé attira son attention.

— Vito ? Tu es là ? s'enquit-elle

Elle se dirigea vers la chambre. De nouveau, des bruits feutrés l'interpellèrent.

Alexis se félicitait de son voyage. L'Italie lui avait réservé de nombreuses surprises. Un télégramme lui confirmait l'ouverture prochaine d'une boutique L'Amédoune à Rome, d'une autre à Florence. Il but une gorgée d'amaretto, le regard perdu sur les sculptures en dentelle de la cathédrale qu'il apercevait de sa fenêtre. Comme si elle avait deviné ses pensées, la radio diffusa un air d'opéra interprété par Bianca, enregistré à Vérone. La *Gioconda* arrachait l'âme d'Alexis des griffes de Tessa et l'emmenait pour son plus grand plaisir vers des rivages inconnus. Mais là encore, la situation n'était pas facile, et Bastide se refusait à détruire un couple. La sonnerie du téléphone mit fin à sa rêverie. À l'autre bout du fil, Bianca lui annonça d'une voix blanche qu'elle acceptait sa proposition. Elle venait de découvrir Vito dans les bras d'une prostituée...

Le vaporetto passait non loin de la place San Marco quand Bianca s'abandonna dans les bras d'Alexis et répondit à son baiser. Depuis leur arrivée à Venise, en début de matinée, ils avaient cherché cet instant autant qu'ils l'avaient redouté. Mais l'un et l'autre entendaient déguster chaque seconde de ce week-end improvisé. Il serait peut-être le dernier.

De son côté, Vittorio Giglione ne comptait pas voir une petite incartade sans importance briser ses plans de carrière. Bianca était sa femme. Elle allait se soumettre. Elle lui devait tout. Il chargea son détective de la surveiller. Cet homme, rencontré lors de la première de *Norma* à la Scala, avait-il un rapport avec le brusque changement de comportement de Bianca ? Peut-être avaient-ils fugué ensemble ? Si tel était le cas, les relations de Vito dans le milieu se chargeraient de régler très vite cette affaire...

5

Cannes, 1952

Dès qu'elle l'aperçut, Tessa sentit sa belle assurance l'abandonner. Alexis, debout à l'autre extrémité de la salle, captait l'attention d'un groupe de personnes s'empressant autour de lui auxquelles il s'adressait comme si chacune était unique. D'une élégance naturelle, il affichait la même aisance en smoking que dans toute autre tenue, tour à tour désinvolte ou distingué. Il tourna la tête vers sa nièce et lui adressa un sourire simplement amical. Tessa fut vexée par cette réaction. Elle s'attendait à ce qu'il perde ses moyens. Pourquoi une telle distance ? Lors de leur dernière entrevue à L'Amédoune, elle se souvenait d'un homme refoulant avec peine des sentiments que sa morale réprouvait. Elle s'approcha de lui, presque intimidée. Son capital de séduction n'opérait-il plus sur son oncle ? Alexis jeta sur elle un regard malicieux, la plaçant dans le rôle de complice quand jadis ses yeux clairs la dévoraient avec gourmandise.

— Salut, toi ! lança-t-il en l'embrassant.

Même la chaleur de ces mots ne revêtait plus le trouble d'antan. Déstabilisée par la confirmation de ses craintes, Tessa bredouilla quelques propos banals qu'elle se reprocha aussitôt. « Reprends le contrôle », lui soufflait une voix intérieure. Mais son esprit ne parvenait pas à donner le change. Alexis passa un bras conquérant dans son dos, et l'invita à se rendre au buffet. Dépitée de voir son pouvoir chanceler, Tessa se soumit, incapable de penser à autre chose qu'à cette main contre son épaule, dont le frôlement à peine perceptible exerçait sur elle une pression dominatrice.

— Voilà un bail que tu n'es pas descendue à L'Amedoune, dit-il poliment. Tu nous as manqué.

Si elle en avait eu la force, elle aurait pu le gifler. Pourquoi ce *nous* résonnait-il avec autant de détachement à ses oreilles ? L'espace d'une fraction de seconde, elle le suspecta d'ajouter une dose de cruauté à la situation afin de prendre une revanche éclatante sur elle. Mais l'impact de ses doigts dans son dos l'en dissuada. Elle aurait voulu qu'ils ne se détachent jamais d'elle. Cependant il se retira, la rejetant dans un rôle pour lequel elle ne s'était pas préparée.

— Que viens-tu faire dans la région ? lui dit-il en lui tendant une flûte de champagne.

— Remplir mes fonctions, répondit-elle sèchement. Je suis chargée du développement chez Valrins. Dorénavant, notre promotion sera assurée par des vedettes. Jean-Claude Pascal a été modèle chez nous. Son image nous est utile, à présent. Nous aimerions habiller Martine Carol dans le prochain film de Christian-Jaque. Je suis ici pour le rencontrer. Il présente son *Fanfan la Tulipe*, avec Gérard Philipe.

Tessa retrouvait son assurance en évoquant sa réussite professionnelle.

— Et toi ? Tu es loin d'Avignon ?

— C'est vrai. Mais moi aussi, je consolide mes positions.

— L'Amédoune ?

— L'Amédoune.

— J'ai suivi ton parcours, reconnut la jeune femme. Très impressionnant.

— Ne t'avais-je pas proposé de travailler avec nous ?

Alexis plissa les paupières de manière irrésistible et, pour la première fois, Tessa crut discerner une pointe de nostalgie dans sa voix. « Ne fléchis pas », lui dictait sa conscience.

— C'est vrai. Mais je crois t'avoir répondu que le désir ne remplaçait pas l'expérience et qu'il valait mieux que je fasse mes preuves.

— À cela, tu avais ajouté qu'un jour ou l'autre tu me rappellerais ma proposition. Alors, toujours pas décidée ?

Courtisée de la sorte, Tessa se sentit prête à toutes les folies afin de le reconquérir, mais avant qu'elle n'ait pu répondre, Alexis poursuivait :

— Ton hésitation est naturelle compte tenu du malaise qui existait entre nous. Sache que tout ceci est terminé. Je suis amoureux. Je me sens un homme neuf à présent.

Neuf… comme le calibre de la balle de neuf millimètres qu'il venait de lui tirer dans le ventre… Tessa blêmit. Pour se donner une vague contenance, elle lissa une mèche de son chignon, le félicitant de cette heureuse nouvelle.

« Sois maudit, Alexis Bastide ! » hurlait-elle en son for intérieur. Elle aurait souhaité l'arracher de son cœur, sauter dans le premier train pour Paris, ne plus revenir. Mais elle n'appartenait pas à l'espèce des faibles, elle était de la race des dominateurs. Elle transformerait son amour en haine et retournerait contre lui ce dangereux sentiment.

— Qui est l'heureuse élue ?

Alexis parut ennuyé par la question.

— Est-elle si laide que ça ? Vieille ? ou... célèbre ?

— Je ne peux rien dire.

— Elle est donc mariée, se hasarda-t-elle à demander. Je la connais ?

— Tessa... n'insiste pas, s'il te plaît.

— Je vois. Personne n'est au courant.

Inutile de s'obstiner, il ne dirait rien. La mystérieuse inconnue venait cependant de s'attirer une solide inimitié au sein de la famille Bastide.

— Toi qui disais que tu ne souhaitais pas être détourné de tes buts professionnels...

— J'ai changé d'avis. Crois-tu que je l'aie cherché ? L'amour m'est tombé dessus. Sans préavis.

— Je le constate.

— Ne le prends pas ainsi, dit-il en lui saisissant le poignet de manière affectueuse.

— Je te le répète. J'en suis très heureuse pour toi.

Tessa repoussa la main d'Alexis. Pour qui se prenait-il, ce briseur de cœurs ? L'atmosphère de cette soirée devenait irrespirable. Elle prétexta avoir aperçu Christian-Jaque pour s'esquiver sans autre formalité. Un peu de distance calmerait l'emportement qui grondait en elle, mais n'atténuerait en rien sa haine. Tout cela était la faute de son père, Martial, dont le sang coulait dans les veines d'Alexis. Le sang des Bastide, la seule chose qu'elle avait en commun avec cette famille. Elle les méprisait tous.

Très impressionnée, Alice Roussan descendit de la limousine et foula le tapis rouge. Elle était en train de vivre un rêve éveillé, avec à son bras Benjamin Braunstein, le propriétaire de studios, qui l'avait choisie comme cavalière à la soirée d'inauguration du festival de Cannes. Derrière les barrières, badauds et journalistes détaillaient sa longue robe en crêpe blanc. Le feu aux joues, elle s'agrippa à son patron et monta les marches du palais. En sa compagnie, rien de plus merveilleux ne pouvait l'atteindre.

Elle avait passé sa journée en essayages dans les salons du Carlton. Sa robe, signée Givenchy, était un cadeau de Benjamin.

— La promotion de notre studio mérite que vous portiez une tenue de rêve, avait-il lancé.

Notre studio... L'idée de partager quelque chose avec celui qu'elle aimait en secret la comblait. Sans se faire prier, la secrétaire de direction s'était laissé dorloter telle une vedette de cinéma, là même où Elizabeth Taylor et Rita Hayworth avaient leurs habitudes. Coiffeurs, esthéticiennes, manucures et couturières s'étaient affairés autour d'elle tout l'après-midi. Elle vivait un conte de fées.

Depuis un an, ses rapports avec son employeur s'étaient resserrés. Braunstein n'avait confiance en personne, sauf en elle. Il lui arrivait souvent de lui demander son avis à propos des options qui s'offraient à lui. Alice laissait de côté ses *a priori* et répondait avec simplicité. À plusieurs reprises, après la signature d'un contrat, Benjamin dans son enthousiasme avait embrassé sa collaboratrice. Elle était, selon son propre aveu, sa bonne étoile. Alice aimait la fougue de ces précieux instants. Elle rentrait chez elle l'âme amoureuse, puis le quotidien reprenait le dessus. Seule dans son appartement, le soir, elle revivait ces moments, craignant que n'éclate un jour la vérité à son sujet. Le spectre du passé ruinerait ses espoirs.

Arrivé sur le perron, Benjamin salua la foule. Alice esquissa un sourire. Les flashes crépitèrent.

— Êtes-vous prête ? lui demanda-t-il avant de pénétrer dans la salle.

La question était inutile, Alice aurait répondu par l'affirmative à n'importe quelle sollicitation de sa part.

Bianca redoutait la confrontation avec son mari. Depuis un an, Alexis était présent à chacune des étapes de son tour de chant. Hier l'Italie, demain Buenos Aires ou New York. Vito finirait par découvrir la vérité. Récidiver à Cannes était de la démence !

Les Giglione séjournaient à Monte-Carlo, où Bianca avait donné un récital au profit de la Croix-Rouge. Elle avait insisté pour se rendre au festival.

— Tu as raison. C'est bon pour ta notoriété, avait confirmé Vito.

Soupçonnait-il quelque chose ? Bianca n'en pouvait plus de vivre dans le mensonge. Elle aurait aimé partager son bonheur avec la terre entière.

Alexis avait allumé en elle une telle passion ! Sans lui, la vie devenait impensable. Comment oublier ce week-end magique à Venise ? Par lâcheté, Vittorio n'avait pas commenté son retour ni demandé d'explication, honteux de sa propre tromperie. Depuis, leur relation s'était réduite à un partenariat professionnel où l'affection n'avait plus sa place. Bianca avait parfois l'impression d'être une bête à concours entraînée et soignée pour rentabiliser au maximum un placement. Elle acceptait difficilement cet état, mais le malaise ne durait jamais longtemps, car non loin de chaque théâtre, Alexis l'attendait toujours. Lors de leur dernière escapade sur le lac de Côme, ils avaient pour la première fois envisagé l'avenir ensemble. Bianca se souvenait. Elle se trouvait sur la terrasse de leur suite quand il l'avait demandée en mariage. La soprano avait accepté avec joie. Mais les difficultés étaient aussi insurmontables que la montagne aux cimes enneigées devant leurs fenêtres. Prisonnière de sa notoriété, elle ne disposait pas de sa personne. Il lui avait été impossible de flâner dans les rues de Bellagio, de profiter des eaux éclatantes du lac, ni même de se détendre dans le spa du Grand Hôtel Tremezzo où ils étaient descendus. Le moindre de ses gestes était épié. Pour préserver leur anonymat, Alexis et elle devaient ruser et ne jamais relâcher leur vigilance.

— Regarde, lui lança Vito, un sourire figé aux lèvres. Ils sont tous là à t'aduler. Fais-leur un signe. Après tout, tu es un peu chez toi, maintenant…

Que signifiait ce sous-entendu ? Faisait-il allusion aux débuts de sa carrière, ou à une autre forme de relation avec la France ? Inquiète, la soprano le considéra du coin de l'œil. L'amour réussissait à Bianca. En une année, elle avait fondu d'une trentaine de kilos, formé son goût aux toilettes élégantes et soigné son apparence avec plus de féminité. Cette métamorphose lui avait permis d'obtenir un vrai statut de diva. Désormais, la presse la nommait la Cavaldi.

— Que veux-tu dire au juste ? demanda-t-elle.

— À ton avis ?

— Vito, voilà bien longtemps que j'ai cessé de te comprendre. Je sais que tu es capable du pire comme du meilleur.

— Dans ce cas, tu n'auras aucune surprise.

Bianca frissonna. Vito l'effrayait. De quoi serait-il capable lorsqu'elle lui annoncerait son désir de le quitter ? La machine était lancée, elle ne reviendrait pas en arrière. Elle divorcerait.

Henri Drac promenait son regard d'aigle sur les invités. Rien ne lui échappait. Ni les approches de Benjamin en vue de séduire de nouveaux producteurs, ni l'attachement de la douce Alice, sans cesse dans le sillage de son patron, ni même la connivence entre Alexis et Bianca. Il connaissait les démêlés de chacun pour s'être intéressé à eux depuis longtemps. Mais c'est Tessa qui demeurait son sujet préféré.

Le quadragénaire avait fait fortune en Bourse. L'immédiat après-guerre lui avait offert des opportunités qu'il avait su saisir. Il pratiquait la spéculation comme un sport de tactique, misant autant sur la psychologie de son adversaire que sur les tendances du marché. Tout l'enjeu consistait à répondre le premier à une attente et, le cas échéant, à susciter la demande. À la Libération, il avait suivi la croisade de Braunstein lorsque ce dernier essayait de récupérer ses biens. Un véritable feuilleton à rebondissements ! La fin l'avait déçu. Abandonner une partie de sa fortune prouvait la faiblesse de Benjamin.

Lorsqu'il se consacrait à l'étude d'un sujet, Drac n'omettait aucun détail. Il avait pour règle de base de connaître les différentes facettes de la partie adverse. Ainsi avait-il pris ses renseignements à propos de l'entourage de Braunstein. Dans la famille Bastide, il avait plus particulièrement apprécié le dynamisme d'Alexis, au parcours prometteur et pour l'instant sans faute. Avec le temps, le jeune homme risquait de bâtir un empire intéressant. Drac le laisserait grossir. Il n'avait jamais aimé traquer du gibier d'eau.

Et puis, il y avait la belle Tessa… Depuis ce déjeuner à bord du Paris-Lyon-Méditerranée, ils s'étaient retrouvés à plusieurs reprises. Drac était un dandy élégant qui ne manquait jamais un rendez-vous là où le Tout-Paris influent échangeait médisances et délits d'initiés entre deux petits fours. À présent, l'heure avait sonné pour lui d'entrer dans l'arène…

— Cher Henri, lança Tessa, manifestement ravie de le voir. Vous êtes un incurable mondain.

— Serait-ce un reproche ?

— Allons, mon cher, voyez là plutôt un compliment. Venez, je vais vous présenter à mes proches.

Depuis le début de la soirée, elle n'avait pas perdu de l'œil la haute stature d'Alexis. Ravie de pouvoir venir à lui accompagnée, elle fondit d'un pas assuré dans sa direction, mais s'interrompit à la vue d'une ancienne connaissance, Bianca Cavaldi.

— Bianca ? s'exclama-t-elle. Mais tu es méconnaissable !

— Tessa ! Quel plaisir de te revoir. Cela fait si longtemps...

— Tu es sublime.

Tessa se tourna vers Alexis et lui fit un clin d'œil. Bastide couvait des yeux la soprano. Tous ces mystères enfin éclaircis...

— Henri Drac, poursuivit Tessa, voici mon oncle Alexis, ma meilleure amie Bianca, son époux Vittorio, Benjamin Braunstein et...

— Alice, lança la jeune femme à la robe blanche.

Tessa nota l'embarras de Mlle Roussan. Elle était devenue livide à la vue de Drac. Se connaissaient-ils, eux aussi ? Tessa l'aurait parié.

Benjamin rompit le malaise qui s'était soudain installé dans le groupe.

— Tessa, j'ai une surprise pour toi.

— Une bonne, j'espère, car j'ai eu mon compte de coups durs pour ce soir.

— Fais-moi confiance. Suis-moi.

En découvrant l'homme aux cheveux blancs vers lequel ils se dirigeaient, Tessa crut remonter le temps.

— Ziggy, murmura-t-elle avant de le serrer dans ses bras. C'est bien toi ? Oh ! Ziggy...

— Oui, Tessa. C'est moi, en chair et en os.

— Comment est-ce possible ? Dis-moi.

— Pas ici. Mais je te promets de tout t'expliquer.

— Je n'avais pas rêvé, l'autre fois. Le cantonnier, à Monaco...

— C'était bien moi.

— Tu ne m'avais pas reconnue ?

— Si.

— Alors ? Pourquoi avoir fui ?

— Je n'étais pas prêt à affronter le monde des vivants.

— Ziggy, si tu savais comme tu m'as manqué !

Elle enlaça son ami avec une profonde tendresse et l'accompagna auprès de Bianca. Gonzague du Plessis de la Tour reçut le même accueil de sa part.

Sans le vouloir, Tessa venait de jeter un pavé dans la mare. Elle observa la réaction de chacun. Vito déposa une main possessive sur l'épaule de sa femme. Bianca sembla désemparée. Quant à Alexis, la jalousie se lisait sur son visage. Cette fois, Tessa était fixée.

— Je ne m'en ferais pas pour vous si j'étais à votre place, lui glissa Drac à l'oreille.

Elle le considéra, incrédule.

— Pourquoi devrais-je m'en faire ?

— Vous voyez très bien ce que je veux dire. Mais sachez que les évidences d'un jour sont les doutes du lendemain. Comme au poker, la main peut changer...

Alexis sortit d'un pas alerte du domicile de Benjamin, chez qui il avait déjeuné. Les deux amis n'avaient pu s'empêcher de commenter la récente soirée cannoise. Bastide avait maintenant rendez-vous sur les hauteurs de Cannes avec un architecte, en vue de l'aménagement d'une boutique L'Amédoune sur la Croisette. Il s'installa au volant de sa Jaguar et s'élança sur la route sinueuse de l'arrière-pays. La vitesse le grisait. Ce parcours, il le connaissait par cœur pour l'avoir emprunté à chacune de ses visites chez Benjamin. Lors du déjeuner, il avait révélé à celui-ci son intention de partager sa vie avec Bianca.

Bianca... Vivre à ses côtés l'obnubilait. Il accéléra. Le paysage défilait à toute allure. Juste avant de négocier un virage en épingle, Alexis entendit un sifflement, puis le bruit d'un pneu qui éclatait. Il ne parvint pas à contrôler son véhicule. Le cabriolet s'encastra contre un rocher éclaboussé de soleil... et désormais du sang d'Alexis Bastide.

6

Paris, 1952

Dans un claquement sec, la portière de l'auto se referma sur Alice. La jeune femme était silencieuse. Comment aurait-elle pu se soustraire à ses obligations sans révéler son secret ? À Nice, Benjamin s'était montré enthousiaste à la perspective d'une escapade à Paris avec sa collaboratrice, et il avait insisté pour qu'elle l'accompagne. Mais en ignorant son passé, il la condamnait au supplice. Et la secrétaire de direction résistait à l'envie de pleurer de honte ou, pire, de s'enfermer dans sa suite luxueuse de l'hôtel Meurice. Si elle continuait à se comporter ainsi, elle allait perdre Benjamin…

— J'ai toujours aimé Paris en juillet, lança-t-il joyeusement en s'installant au volant.

Alice ne releva pas. Ils ne partageaient pas les mêmes souvenirs.

— Après notre rendez-vous avenue Montaigne, nous dînerons au Plaza Athénée. Vous verrez, c'est à deux pas. Nous pourrons nous y rendre à pied si vous le désirez. Vous découvrirez ce que l'on nomme le Triangle d'or.

S'il savait… Cette nouvelle bombe venait de la terrasser.

La Cadillac remonta la rue de Rivoli en direction de la place de la Concorde. Le Louvre, les Tuileries, l'obélisque de Louxor... Alice voyait défiler, vivace, une existence passée qu'elle aurait voulu sortir de sa mémoire. Elle retenait ses larmes, le regard perdu dans les jardins longeant l'avenue des Champs-Élysées, qu'ils remontaient à présent. Dans la contre-allée, une nurse promenait un gros landau anglais à l'ombre des platanes, manifestement ravie de profiter de cette magnifique journée dans la plus belle ville du monde.

— Nous arrivons, annonça le conducteur alors qu'il dépassait le rond-point des Champs-Élysées.

L'avenue Montaigne n'avait pas changé. Pourtant, ce quartier aujourd'hui respectable avait dissimulé les pires exactions durant les heures sombres de l'Occupation. À cette époque, les Mercedes des officiers allemands étaient stationnées devant les immeubles haussmaniens surveillés par des gardes en faction, mitraillettes au poing. Alice en frémissait encore.

— Est-ce la perspective d'assister à votre premier défilé qui vous met dans cet état ? lui demanda Benjamin en s'arrêtant devant la boutique Valrins.

La secrétaire fit mine de fouiller dans son sac afin de cacher son trouble.

— Soyez sans crainte, vous êtes sublime.

— C'est gentil à vous, monsieur Braunstein, bredouilla-t-elle.

— Voyons, Alice, nous sommes amis. Vous pouvez m'appeler Benjamin.

Elle baissa la tête, bouleversée par cette marque d'amitié qu'elle ne méritait pas. Comment trouvait-elle la force de ne pas fondre en larmes ? Comment pouvait-elle envisager une relation bâtie sur le mensonge ? Elle n'était pas celle qu'il croyait. « Ma pauvre fille, tu n'es qu'une usurpatrice », se reprochait-elle. Mais il était si doux de se sentir appréciée, et si difficile de révéler la vérité. Dès que l'opportunité se présenterait, elle lui avouerait tout.

Depuis son retour du festival de Cannes, Tessa avait accepté toutes les invitations d'Henri Drac. Désormais, Alexis et tous les Bastide appartenaient au passé. Cette famille maudite ne comptait plus pour elle. Son destin lui appartenait, elle était libre de vivre au gré de ses succès, de ses envies. À quarante ans, cette femme épanouie était respectée dans l'univers du luxe, où ses talents de négociatrice forçaient l'admiration. Rien ne l'impressionnait. Elle avait gravi tous les échelons de la profession, le monde s'offrait à elle.

Pour Tessa, Drac représentait son alter ego masculin. Il dégageait de la puissance et, face à ses interlocuteurs, il révélait sa redoutable intelligence. En sa compagnie, elle aimait jouer avec le feu et braver le danger sans poser d'interdit. Et elle prenait un plaisir fou à voir l'expression consternée des résidantes du quartier lorsque Henri la déposait au pied de son immeuble en faisant rugir sa moto. Leur sport préféré était de se séduire l'un l'autre, sans pour autant tomber dans le piège de la romance.

— Je vous croyais à Genève…, le taquina-t-elle, très élégante dans son tailleur cintré.

— Je n'aurais manqué cette présentation pour rien au monde, ma chère.

— Vous m'en voyez flattée.

La maison Valrins vivait dans l'effervescence des préparatifs de la présentation de sa nouvelle collection haute couture. En charge du développement, Tessa avait veillé à ajouter sur la liste des invités un certain nombre de distributeurs étrangers, des vedettes du grand écran et de têtes couronnées qui pourraient assurer la promotion de la marque.

— Et bien, reconnut-il, admiratif, cette fois encore, vous vous êtes surpassée. Dior et Balmain n'ont qu'à bien se tenir.

— Je l'espère bien ! Cette année, M. Valrins a conçu une ligne exceptionnelle, à la hauteur de son talent. Croyez-moi, il va marquer son temps.

— Grâce à vous ! Tout le monde sait que derrière chaque grand homme se cache une femme.

— La femme n'est-elle pas l'avenir de l'homme ?

— Dans ce cas, l'avenir est radieux, surtout s'il prend vos traits.

Sur ce dernier compliment, Tessa l'invita à la suivre. Elle tenait à lui présenter une personne dont elle brossa un portrait rapide à mots feutrés.

— Ron Howard. Américain, richissime héritier d'Howard's. Une vieille connaissance.

— Je présume que la distribution de vos produits au sein de ses magasins de luxe vous garantirait une très belle diffusion sur la côte est des États-Unis…

— Voyons, Henri, badina-t-elle, oseriez-vous prétendre que je suis une femme intéressée ?

— Grand Dieu, non ! Juste opportuniste. Confidence pour confidence, ce n'est pas moi qui vous jetterai la pierre.

À quarante-trois ans, Ron Howard n'avait plus la prestance du bel officier américain qu'elle avait connu jadis. Mais il lui restait le nom… et le compte en banque. Pour le reste, l'Américain affichait de l'embonpoint et une calvitie qui le vieillissait.

— Ron, s'enthousiasma-t-elle, je suis si heureuse de te voir !

Les yeux gourmands du millionnaire étincelèrent au baiser chaleureux de Tessa.

— Permets-moi de te présenter un ami. Henri Drac.

Tessa s'amusa à détailler les deux hommes. En tous points opposés, Ron affichait une bonhomie évidente, Henri une attitude de battant sans retenue. L'espace d'une seconde, elle crut percevoir de la méfiance dans le regard de Drac, qui devait déjà voir Howard dans le rôle de rival potentiel. Mais la puissante poignée de mains qui s'ensuivit confirma la suprématie d'Henri.

— Rassuré ? lui murmura-t-elle en aparté.

— L'esprit du chasseur prédomine toujours.

D'un gracieux geste de la main, Tessa convia les deux hommes à l'étage. Ils la suivirent dans le grand escalier de marbre, et elle pu sentir leurs yeux de prédateurs fixés sur ses jambes interminables. La nature des hommes n'était-elle pas prévisible ? Ils pénétrèrent dans le salon de présentation, une vaste pièce de style Louis XVI où Tessa évoluait avec l'aisance d'une maîtresse de maison. Ses hauts talons s'enfoncèrent dans la moquette épaisse. Elle se dirigea vers les bergères du premier rang, à droite du podium.

— Je crois qu'ici, vous serez parfaitement installés, lança-t-elle, radieuse.

Elle venait de désigner deux sièges tapissés de soie sauvage gris perle, en parfaite harmonie avec la pièce aux teintes irisées. Cette décoration était son œuvre. En matière de goût, comme dans la vie en général, Tessa avait l'art d'imposer ses choix avec diplomatie, laissant à son interlocuteur l'impression de décider lui-même. Mais, au bout du compte, son autorité prévalait.

— Je reviens vers vous d'ici peu. Je vais accueillir les autres invités. Si vous désirez un rafraîchissement, n'hésitez pas. Nos hôtesses sont là pour ça.

Au rez-de-chaussée, le portier s'effaça au passage d'Alice. L'hôtel particulier de la maison Valrins la ramenait neuf ans plus tôt, lors de sa visite aux anciens propriétaires. Elle avait été impressionnée, à l'époque, par le luxe raffiné des lieux, inconsciente de la tragédie qui allait s'y jouer. D'un geste nerveux, elle lissa ses gants, anxieuse à l'idée que l'on puisse deviner le trouble qui empourprait ses joues.

— Ça va ? s'inquiéta Benjamin, à son côté.

Elle osa le regarder. Tout en lui respirait la bonté et la compassion. Allait-elle risquer de le perdre maintenant ? Lui porterait-il la même attention si elle lui révélait les choses sordides d'un autre temps ? Elle souhaitait retourner au plus vite dans le Sud, vivre sereinement et travailler aux côtés de Benjamin. L'accompagner ici relevait de l'hérésie.

— Benji !

L'exclamation fit tressaillir Alice. En se retournant, elle aperçut leur resplendissante hôtesse venir à leur rencontre. Elle n'avait d'yeux que pour Benjamin.

— Tu es juste à l'heure. Nous allons commencer d'ici une minute ou deux.

— Tessa, te souviens-tu d'Alice, ma proche collaboratrice ?

À cet instant seulement, l'hôtesse distinguée daigna porter une vague attention sur elle.

— Bien sûr !

Alice se sentit mal à l'aise. Derrière le sourire de politesse de cette femme se dissimulait le mépris explicite. Avec ses lèvres et ses ongles rouge sang, l'amie de son patron lui inspirait l'image d'une panthère à l'affût d'une proie. Connaissait-elle son passé ? Peut-être était-elle jalouse ? Benjamin lui avait confié qu'à l'époque où il était dans le maquis, Tessa l'avait convoité. Avait-elle toujours des vues sur lui ? Alice réussit à masquer son embarras. Tessa s'éloigna enfin, après avoir conduit le couple au premier rang, à gauche du podium. La lumière du grand salon se tamisa, annonçant le début de la présentation. Alice se détendit, elle se sentait plus à l'aise dans la pénombre. Elle ôta ses gants, releva le nez. Soudain, son visage se glaça d'effroi. Assis de l'autre côté de la scène, un homme la dévisageait. Elle l'avait déjà croisé quelques mois plus tôt, lors du festival de Cannes. Pétrifiée, elle ne parvenait pas à détacher son regard de ce visage aux traits énergiques. L'homme lui sourit, carnassier, tandis que les premiers modèles arrivaient sur le podium pour le défilé.

La collection de l'automne-hiver 1952 marquait un tournant décisif dans le monde de la haute couture. Valrins opérait une véritable révolution esthétique avec l'épanouissement du buste, effet obtenu par une taille contenue et une poitrine marquée. La construction de la silhouette abandonnait les courbes pour suivre les angles, dans une forme typique qui allait devenir la référence des années cinquante. Après le passage de soixante-trois mannequins, le créateur fit son apparition au bras de la mariée, une autre innovation. Dans le public, les commérages allèrent bon train. Le succès fut total…

Sur le pas de la porte, Tessa suivait les événements avec grand intérêt. Valrins venait de dépoussiérer les habitudes et d'inscrire sa marque dans la cour des grands. Elle repéra les journalistes de *Life* et ceux de *Vogue*, qui applaudissaient le couturier avec enthousiasme. La couverture médiatique serait sans précédent. Après avoir connu le succès les années passées, Valrins venait d'entrer au panthéon de la gloire. Tessa ne serait pas surprise si on lui décernait le fameux Dé d'or. Et c'est à cet instant qu'elle sut qu'elle allait accepter la proposition de François Valrins : l'épouser.

Un cocktail dans le salon voisin permettait aux nombreux invités de venir saluer le nouveau prodige. Alice se tenait à l'écart, impatiente de quitter les lieux.

— Voulez-vous un petit four ? lui demanda Benjamin.

— Non, s'écria-t-elle, apeurée.

Consciente de sa réaction intempestive, elle se reprit très vite.

— Merci, je n'ai pas très faim.

— Voyons, insista-t-il, vous êtes toute pâle. Croyez-moi, rien de mieux qu'un délicieux canapé au caviar pour redonner des couleurs.

Sans lui laisser le temps de protester, Benjamin s'éloigna vers le buffet. Alice aurait voulu se fondre dans le décor, angoissée à l'idée de rester seule un instant. Elle buvait une gorgée de champagne lorsqu'un invité l'aborda. Elle se figea.

— Bonjour, Alice, murmura-t-il à son oreille. Ou plutôt devrais-je vous appeler Francette, enchaîna-t-il d'un ton plus sarcastique.

— Que me voulez-vous ? lança-t-elle sèchement, l'affrontant du regard.

L'expression menaçante de Drac s'évanouit aussitôt avec le retour de Benjamin. Les deux hommes échangèrent quelques propos de circonstance avant que Drac ne s'en aille, jetant une œillade de connivence à la jeune femme.

— Vous le connaissez ? demanda Braunstein.

— Non ! Bien sûr que non, s'écria-t-elle. Peut-être l'avons-nous croisé à Cannes, ou ailleurs…

— Sans doute…

À l'autre bout de la salle, Ron Howard profitait d'un instant de calme pour aborder Tessa en privé.

— Avec un tel succès, je suis certain que tu vas devoir traverser l'Atlantique plus souvent…

— Ron..., souffla-t-elle, ennuyée. Je sais à quoi tu penses. Mais nous deux, c'est du passé. Nous sommes amis maintenant.

— Je sais, reconnut-il à contrecœur.

— Cependant, je peux te promettre de venir te voir d'ici peu. Valrins voudrait ouvrir des points de vente sur la côte est.

— Je vois...

Une expression faussement enjouée chassa la tristesse qui marquait le visage de l'Américain.

— C'est drôle, mais Alexis m'avait proposé la même chose.

— Assez, siffla-t-elle. Je ne veux rien savoir de mon oncle.

— Tu es quand même au courant, pour lui ?

— Moins j'en sais sur Alexis Bastide, mieux je me porte. Qu'il grille en enfer !

Ron n'insista pas. Tessa était prête à lui échapper.

— Alors... Tu viendras ?

— Je vais réfléchir.

— Ma maison des Hamptons est très agréable à cette saison. Et puis... tu manques à quelqu'un...

Benjamin arriva au même instant. Tessa fit les présentations et les laissa seuls, trop heureuse de s'esquiver sans avoir à répondre à Howard. Ils se retrouveraient plus tard, au dîner organisé au Plaza.

Pressée de disparaître, Alice patientait à l'entrée. Henri Drac passa près d'elle.

— N'ayez crainte, ma chère, lui murmura-t-il avant de s'en aller. Avec moi, votre petit secret sera bien gardé.

— Vous me paraissez bien silencieuse, remarqua Benjamin en rejoignant sa collaboratrice.

Alice descendit les marches du perron dans la hâte. Que pouvait-elle lui répondre ? L'endroit où ils devaient se rendre maintenant l'incommodait au plus haut point. Mais elle endurerait cette nouvelle épreuve. Drac ne serait pas là. Peut-être avait-elle une chance de vivre en paix jusqu'à la fin de cet abominable séjour.

Les arbres de l'avenue Montaigne filtraient la chaleur de cette fin d'après-midi. En longeant le trottoir en direction du palace, Alice osait à peine relever le visage sur les façades des hôtels particuliers cachés derrière les grilles en fer forgé. Elle pressa le pas.

— Mademoiselle ! l'interpella une voix dans son dos.

Elle se retourna, redoutant une nouvelle catastrophe.

— Vous avez perdu ça.

Une concierge laide et ventrue, un bras en appui sur le manche de son balai, lui tendit un gant.

— Désolée de ne pas me déplacer, lança-t-elle un peu gênée. Mes cors aux pieds me font terriblement souffrir par cette chaleur.

Ses petits yeux perçants se portèrent sur la jeune femme, la sondèrent au plus profond d'elle-même.

— Mais je te connais, toi ?

Benjamin intervint.

— Merci, madame. Mais je crois qu'il y a erreur. Nous sommes juste de passage à Paris.

— Oui, oui, ricana-t-elle, laissant apparaître ses dents jaunies.

Le dîner au restaurant du Plaza Athénée enchanta Braunstein. Hormis les mets, succulents, la conversation avec Tessa et Ron fut constructive pour le propriétaire de La Cybiline, qui trouva en Howard un nouvel investisseur pour le financement de sa prochaine production. Benjamin se sentait l'âme légère. Ce voyage à Paris avait été à la hauteur de ses espérances.

Sur le chemin du retour, il arrêta la voiture sur les quais de Seine et proposa à Alice une promenade au clair de lune.

— Le ciel est limpide, l'air doux. À quoi bon nous enfermer tout de suite dans nos chambres ? Profitons de notre dernière nuit parisienne.

Alice n'osa refuser. Après tant de catastrophes évitées de justesse, elle ne redoutait plus rien... si ce n'était sa conscience.

— Vous ai-je froissée, Alice ?

— Non. Bien sûr que non !

— Je le craignais.

Il s'immobilisa, la saisit par les bras.

— Alice, il faut que je vous parle.

Le pire pouvait encore arriver. Avait-il deviné quelque chose ? Une âme charitable s'était-elle chargée de lui dire la vérité la concernant ? Elle sentit les larmes monter. Tout était perdu. Par fierté, elle se dégagea et se mit à courir.

— Attendez, s'écria-t-il en la rattrapant par le poignet. Ne partez pas. Je vous en supplie. Ce que j'ai à vous dire est de la plus haute importance.

À cet instant, Benjamin plaça un index sous le menton d'Alice et ramena son visage humide face à lui.

— Je vous aime, Alice. Je n'aurais pas cru ce sentiment possible depuis le décès d'Apolline. Mais la réalité s'impose à moi. Je vous aime.

Benjamin s'agenouilla auprès d'elle.

— Voulez-vous me faire l'immense honneur de devenir ma femme ?

7

Avignon, 1952

— Si tu passes cette porte, tu es finie, Cavaldi !

Encore une menace… Bianca ne les redoutait plus. Depuis longtemps, elle avait compris que la rupture serait difficile. Elle ne reviendrait pas là-dessus, quelles que soient les conséquences. Quitter son mari était certainement la décision la plus dure à prendre de sa vie, tant elle se sentait redevable à son égard. Elle ne souhaitait pas le blesser, ni même le mettre dans une situation pécuniaire inconfortable. Pourtant, au fond d'elle-même, elle ne pouvait ignorer qu'il ne l'avait jamais aimée, leur seule intimité se limitant à la lecture d'un contrat ou aux formalités d'une prestation à remplir. Il choyait la diva, mais mésestimait la femme, ses désirs, ses attentes, ses envies, ses besoins, qui n'étaient selon lui que d'insupportables caprices d'enfant gâtée. Bianca s'était contentée un temps de la situation, se disant que tous les couples devaient fonctionner ainsi. Comment aurait-elle deviné qu'il pût en être autrement ? Elle n'avait aucune expérience des hommes. Puis Alexis Bastide était entré dans son cœur, celui d'une femme qui s'étiolait, prisonnière de son statut de vedette internationale, et la passion l'avait submergée tout entière, comme une profonde bouffée d'oxygène après une longue plongée en apnée. Pour la première fois de sa vie, elle avait ressenti pleinement les émotions des héroïnes qu'elle incarnait. Il ne s'agissait plus d'un idéal ou d'une notion abstraite, c'était sa féminité qui s'exprimait, Alexis lui étant devenu aussi indispensable que l'air qu'elle respirait. Depuis cette rencontre, elle n'avait plus envisagé l'avenir sans lui.

— Tu entends, reprit Vito, si tu passes cette porte, je te brise.

Sans un mot, et forte du courage qui lui restait encore, Bianca franchit le seuil de la villa, sincèrement déchirée. Elle se raccrochait à l'idée de mettre de l'ordre dans son existence. Elle ne pouvait être la femme de deux hommes. Par respect pour Vito, elle ne salirait pas son honneur. Ces dernières semaines, les rapports du couple s'étaient détériorés à tel point qu'une séparation devenait inévitable. Bien sûr, Bianca culpabilisait. Sans cette rencontre avec Alexis, rien ne serait arrivé. Elle aurait dû résister à son appel. Mais avait-elle choisi de succomber ?

Au lendemain de l'inauguration du festival de Cannes, les Giglione avaient sauté dans le premier avion pour Buenos Aires : Bianca était attendue au Teatro Colón pour interpréter Violeta dans *La Traviata*. Ensuite, ils avaient rejoint les États-Unis, puis avaient de nouveau traversé l'océan pour l'Autriche, et enfin l'Angleterre. Retenue par ses engagements,

Bianca avait cru sa liaison terminée car les nombreuses lettres qu'elle avait envoyées à son amant étaient restées sans réponse. Pendant quatre mois, elle n'avait plus eu de nouvelles de lui. Désespérée, elle avait perdu quatorze kilos de plus, enchaînant crises d'angoisse et instants d'immense détresse. Alexis lui manquait terriblement, ses nerfs étaient à vif. Seuls les moments passés sur la scène avaient pu la soulager. Le public la comblait d'un amour infini, ignorant le drame qui la rongeait. À qui aurait-elle pu se confier ? Personne ne soupçonnait sa passion secrète.

À Londres, Vito lui avait annoncé, sarcastique, le terrible accident d'Alexis. Bianca s'était figée, avant de retourner sa colère contre son mari, responsable à ses yeux d'une bien mesquine vengeance. Depuis quand avait-il deviné sa relation avec l'homme d'affaires avignonnais ? Pourquoi réagissait-il seulement maintenant ? Elle haïssait sa cruauté. Durant leur séjour dans la capitale anglaise, il avait exercé sur elle, en vain, un chantage tantôt affectif, tantôt sadique ou dramatique. Puis Vito avait joué sur un autre registre, celui de la compréhension. Il avait accepté la situation et, en gage de bonne volonté, trouvé à sa femme un engagement dans *Faust* de Gounod, aux arènes d'Arles… à deux pas d'Avignon.

Un après-midi, à la fin des répétitions, Bianca s'était rendue rue des Teinturiers, appréhendant l'accueil qui lui serait réservé. Mireille, la femme de charge des Bastide, lui avait ouvert, l'air contrarié de voir surgir une sérieuse rivale. La cantatrice s'était imposée, avait traversé le couloir qui menait à la chambre d'Alexis. En le voyant cloué au fond de son lit, les bras et les jambes emprisonnés par un plâtre, elle n'avait pas réussi à retenir ses larmes. Le jeune homme revenait de loin. Au fil de la conversation, l'un et l'autre avaient compris qu'une personne mal intentionnée avait intercepté leur courrier durant quatre mois.

Avec une facilité déconcertante, la vie pouvait détruire les bonheurs fragiles. Pour Bianca, cette constatation fut le déclic qui la poussa à quitter Vito. Leur couple était mort. À quoi bon le nier ? Une violente dispute les opposa au sujet des lettres subtilisées. Vito était un coupable tout désigné. Malgré ses protestations, Bianca le croyait capable de tout. Elle boucla sa valise sans la moindre hésitation, prête à renoncer à sa brillante carrière. Vittorio, qui était ivre, s'interposa pour retenir sa femme et, dans un mouvement involontaire, heurta violemment sa joue. Furieuse, Bianca quitta leur domicile, jurant que plus personne, désormais, ne lèverait la main sur elle.

Livrée à elle-même, elle prit une chambre d'hôtel sous un nom d'emprunt et téléphona immédiatement à Alexis. Dans la situation actuelle, s'installer à L'Amédoune pouvait être compromettant puisqu'elle fuyait son mari sans avoir entamé une procédure de divorce officielle. Elle devait donc au plus vite trouver un appartement. Alexis lui promit de l'aider. Allongée sur le lit, les yeux dans le vague, elle chercha une solution afin d'obliger Vittorio à accepter son choix. Rien n'était gagné, bien au contraire. En dévoilant ses intentions de vivre avec Alexis, elle courait le risque de le voir exploiter la situation à son avantage. En trois années de mariage, elle avait eu le temps de mesurer le machiavélisme et l'opportunisme de son mari, mais jamais elle n'avait osé le contrarier dans ses projets. Aujourd'hui, l'élève avait appris. Elle devait se montrer plus forte que lui. Elle ne reviendrait pas. Bien que désorientée et angoissée face à un avenir chaotique, elle n'avait qu'une certitude : elle ne passerait pas à côté de sa vie de femme. Elle allait aborder cette partie de bras de fer avec son mari comme un nouveau défi, un challenge aussi difficile que de conquérir le public exigeant de la Scala. Pour assumer ses actes et conserver son passeport pour le bonheur, elle affronterait Vito.

Au même instant, dans le parc de L'Amédoune, Alexis se confiait à sa mère.

— Es-tu certain de ce que vous faites, toi et Bianca ? s'inquiétait Tatiana en arrosant ses hortensias.

— Notre seule certitude est que nous nous aimons.

— Comment comptez-vous agir ?

— Bianca a quitté son mari.

Tatiana eut l'air contrariée. L'idée d'un divorce la perturbait.

— Tu sais combien je respecte les histoires d'amour, mais…

Alexis l'interrompit et ajouta, confiant :

— J'aime Bianca. C'est avec elle que je souhaite fonder une famille. N'aie crainte ! Nous sommes des adultes et nous savons parfaitement ce qui nous attend.

— Je l'espère, mon fils. Je l'espère.

Elle avait connu auprès de Virgile Bastide, son mari, un bonheur sans nuage malgré leur différence d'âge. Bianca lui semblait être une personne de cœur. Elle l'accepterait par amour pour son fils, puisqu'il l'avait choisie. Néanmoins, pouvait-on empêcher une mère de s'inquiéter pour ses enfants ? Et qu'en était-il de sa folle passion pour Tessa ? Alexis l'avait-il vraiment oubliée ? Après avoir risqué de perdre son fils dans un accident de voiture, Tatiana espérait son bonheur.

— Elle sera la bienvenue chez nous.

À la fin de l'année 1952, l'état de santé d'Alexis s'était amélioré, sans doute grâce à la présence et au soutien de Bianca. Pourtant, le jeune homme avait du mal à retrouver le plein usage de ses jambes. Après une visite de routine, les médecins diagnostiquèrent une complication au niveau des lombaires, qui nécessitait une intervention chirurgicale.

De son côté, Bianca se heurtait toujours à Vittorio, opposé à l'engagement d'une procédure de divorce.

— Réfléchis bien, Vito, le menaça-t-elle, à moins que tu ne préfères voir ton honneur souillé.

— Ah oui ? Et comment comptes-tu t'y prendre ?

— Ne m'as-tu pas appris comment on pouvait se servir de la presse ?

— Tu perdras plus que tu ne gagneras à ce petit jeu, Cavaldi…

— Je ne serais pas si sûre de moi, si j'étais à ta place.

Pour la première fois, elle tenait tête à son mari. Vito se savait perdu : l'opinion publique donnerait raison à sa diva tant aimée.

— Allons, Vito, reprit-elle. Nous sommes tous les deux conscients que le public n'accordera aucun crédit à ta cause. Les faits sont là. Tu gères ma carrière, mes contrats, ma comptabilité, et tu me trompes depuis des années.

— Moi ? s'indigna-t-il.

— Il y a bien longtemps que j'ai ouvert les yeux.

L'impresario tourna la tête, pris au piège. Bianca s'approcha de lui afin de mieux le défier.

— Qui croira-t-on ? L'homme d'argent ou la femme amoureuse ? Alors, si tu veux continuer de gagner une fortune avec moi, rends-moi ma liberté et conservons le meilleur de notre mariage : notre association professionnelle.

Bianca venait d'imposer sa volonté. Une première couronnée de succès. La demande de divorce fut déposée. À ses conditions.

Une complication vint perturber la convalescence d'Alexis, tout juste sorti de l'hôpital après son opération du dos. Ron Howard, son ami et distributeur avec lequel il comptait diffuser les produits de L'Amédoune sur la côte est des États-Unis, l'informa d'un changement de politique commerciale de son groupe. Le conseil d'administration venait de donner la préférence à l'enseigne… François Valrins ! Cette décision anéantissait les projets d'extension de l'entreprise Bastide. Profondément choqué, Alexis était en plus trahi par Ron et Tessa, soit son ami et sa propre nièce.

— Je pourrais peut-être t'aider, lui suggéra un soir Bianca, au dîner.

— C'est très gentil à toi. Mais comment ?

— Ma vie privée est sans cesse étalée dans les journaux du monde entier. La moindre de mes apparitions est relayée par la presse, à l'affût de mes faits et gestes. Peut-être pourrais-je m'afficher dans des tenues de L'Amédoune…

— Et devenir l'ambassadrice de notre marque ? Non, tu t'exposerais beaucoup trop.

Tatiana intervint. La proposition de sa future belle-fille lui semblait digne d'intérêt. Du reste, Alexis avait-il une autre solution ? Dans l'immédiat, il était trop tôt pour savourer une victoire, mais un jour, l'avenir leur appartiendrait…

Aucun, autour de la table, ne prêta attention à Mireille qui était en train de desservir. Pourtant, le regard haineux qu'elle jeta à Bianca en disait long…

Dans chacun de ses combats, Alexis témoignait d'une volonté de fer. Se rétablir s'inscrivait au nombre de ceux-ci. Chaque matin, sans relâche, il rééduquait son corps par de nombreux exercices, faciles en apparence, mais épuisants dans son cas. Jamais il ne se plaignait. Et malgré la fatigue et la douleur, il allait jusqu'au bout de ses capacités. Être aidé l'irritait. Tatiana et Bianca firent les frais de cette attitude. Pas à pas, Alexis progressait, mais pas assez vite selon lui. L'humain, avec de la volonté, pouvait accomplir des prodiges, et il en était la preuve vivante. Dans ses instants de faiblesse, l'image de son père lui insufflait le courage nécessaire. Comment oublier la dignité de Virgile, devenu impotent à la suite d'une attaque cérébrale, et sa souffrance endurée en silence ? En comparaison, son fils effectuait une promenade de santé.

Une grande partie des journées d'Alexis était consacrée au développement de L'Amédoune. Cet objectif lui tenait à cœur, tout comme le bonheur de Bianca. Dans les deux cas, l'héritage du passé et la construction du présent marqueraient de leur empreinte l'avenir des Bastide. Il en avait la certitude. Mentalement, il en planifiait les différentes étapes, le mariage, les enfants, leur formation dans l'entreprise... Se projeter ainsi dans le futur ne l'impressionnait pas ; au contraire, il structurait le destin qu'il s'était choisi.

— À force de vouloir trop tirer sur la corde, le mit un jour en garde Tatiana, tu vas finir par user ta santé. Tu n'es pas un surhomme. Pourquoi aller aussi vite ? Laisse le temps accomplir son œuvre. La force d'inertie peut avoir du bon.

Alexis eut une mimique d'agacement.

— Je sais, je t'ennuie, reprit-elle. Mais regarde-toi ! À peine sorti de l'hôpital, tu fonces tête baissée, sans tenir compte des recommandations du médecin. Tu dois lever le pied, Alexis. La santé est un bien précieux. Sans elle, aucun de tes beaux projets ne verra le jour. Quand vas-tu comprendre cela ?

— Je mesure tes inquiétudes, maman, mais je vais bien. Je t'assure. Je ne peux pas me payer le luxe de végéter. J'en suis incapable. Si père était encore parmi nous, il partagerait ma motivation, j'en suis certain.

Tatiana eut un geste d'impuissance.

— Virgile t'aurait dit la même chose que moi. La santé prime le reste. Pense à Bianca. Vous envisagez de vous marier. Après les épreuves qu'elle vient de traverser, je crois qu'elle aura besoin de toi. Prends le temps de te ménager, de vous ménager, sans quoi, votre couple en pâtira.

— Je le fais pour elle aussi ! Bianca le sait.

— Pour l'instant...

Avec cette phrase laissée en suspens, Alexis se rendit compte de la fragilité de leur relation. Cette constatation le heurta de prime abord, tant il pensait ne plus rien avoir à prouver de ses sentiments.

— Je te promets de prendre soin d'elle. J'aime Bianca et je ne veux que son bonheur.

Puis il poursuivit d'un air complice :

— Rappelle-moi à l'ordre si je manque à ma promesse.

— J'y veillerai. Tu peux en être sûr.

Alexis la regarda s'éloigner avec tendresse. Tatiana était une sacrée femme. Il s'estimait chanceux d'être son fils. Attentionnée, elle était toujours là dans les moments difficiles ; énergique, parfois autoritaire, mais toujours débordante d'amour, c'était une véritable alliée qui œuvrait dans l'ombre pour le bien de chacun, sans rien attendre en retour.

La présence régulière de la Cavaldi en Avignon soulevait des interrogations de la part des échotiers de la presse à scandale. Quelle mystérieuse raison retenait la diva dans la cité papale ? En peu de temps ils percèrent à jour son idylle, et bientôt la rue des Teinturiers devint aussi célèbre pour ses paparazzi que pour ses moulins à eau.

Mireille, la domestique des Bastide, rageait d'être harcelée dès qu'elle franchissait le porche de L'Amédoune. Autant de bruit autour de cette femme ! Comment pouvait-elle rivaliser avec elle ? Un matin, en rentrant du marché, un homme l'aborda.

— Le portillon du jardin ne ferme pas bien, n'est-ce pas ?

— Je vous demande pardon ?

Le quinquagénaire au complet anthracite lui sourit, poli, avant de plonger une main dans la poche de son veston.

— Avec ceci, ajouta-t-il, une poignée de billets entre les doigts, je suis certain que vous oublierez de donner un tour de clef.

En voyant la somme, Mireille oublia sa méfiance.

— C'est d'accord, maugréa-t-elle, en fourrant d'un geste furtif la liasse dans son sac.

À chacune de ses visites chez les Bastide, Bianca franchissait le portail avec d'infinies précautions pour ne pas être remarquée. Jusque-là, aucun cliché n'était venu confirmer les commérages. Ce soir-là, à l'abri des regards derrière les hauts murs d'enceinte entourant le parc de L'Amédoune, un dîner se tenait sur la terrasse. Dans quelques jours, Bianca s'envolerait vers l'Italie où elle passerait devant un juge. Ensuite, elle serait enfin libre de vivre sa passion en pleine lumière.

Louise, de passage à Avignon pour les vacances, Tatiana et la soprano profitaient de l'absence d'Alexis, parti répondre à un appel téléphonique, pour discuter entre femmes.

— Je n'arrive pas à croire que tout sera bientôt terminé, souffla Bianca.

— Et pourtant, c'est vrai, répondit Louise avec entrain.

— Dès que j'ai vu Alexis, j'ai ressenti...

La Calabraise cherchait ses mots, peinant à s'exprimer dans une autre langue que la sienne.

— En italien, nous employons le terme d'*innamoramento*, un sentiment amoureux très fort dès le premier instant de la rencontre.

— Le coup de foudre, intervint Louise.

— Oui ! Le coup de foudre. Je suis tombée amoureuse d'Alexis au premier regard.

Puis, se tournant vers Tatiana, elle ajouta d'une voix grave :

— J'imagine votre inquiétude, en tant que mère, de voir votre fils épouser une divorcée. C'est légitime. Mais je puis vous assurer de la sincérité de mes sentiments à son égard. Je l'aime et m'engage à le rendre heureux.

— Je n'en doute pas. Croyez-le, la rassura Tatiana avec tendresse.

Alexis les rejoignit, et ils évoquèrent ensemble leurs projets entre rires et joies, mais dans la crainte d'être surpris. À cet instant, non loin de là, près des massifs de rhododendrons, un homme venait de fixer leur secret sur une pellicule. La grenade était dégoupillée…

Le jour de son départ pour Rome, Bianca resta pétrifiée en découvrant la une d'un quotidien.

— C'est une horrible tragédie, gémit-elle.

En couverture, sa photo, la tête inclinée sur l'épaule d'Alexis, avec en titre « La Cavaldi, femme volage ».

— Comment est-ce possible ?

Alexis reposa le journal sur la table, et se redressa énergiquement, sans un mot.

— C'était trop beau, poursuivit Bianca. J'aurais dû me douter que Vito fomentait un coup tordu.

— Sans doute, ajouta Alexis d'une voix sourde. Mais il n'a pas agi sans la complicité d'un traître. Et je suis sûr que ce traître vit ici, sous ce toit.

Tatiana apparut au même moment, redoutant le pire à la vue du visage défait de Bianca.

— Que se passe-t-il ?

La soprano tendit le cou en direction du dernier numéro de *France-Soir*.

— Comment ont-ils fait ? s'indigna Tatiana.

— J'ai ma petite idée là-dessus, répondit Alexis, mystérieux.

Il retira le quotidien des mains de sa mère, l'air menaçant. Tatiana connaissait ce calme impassible qui pouvait annoncer une redoutable explosion de colère.

— Où vas-tu ? Que comptes-tu faire ?

N'obtenant pas de réponse de son fils, elle le suivit jusqu'à la cuisine.

— Pourriez-vous vous expliquer ? siffla-t-il à l'attention de Mireille.

Surprise, la domestique s'embrouilla dans de minables explications auxquelles elle ne croyait pas elle-même. Alexis la laissa s'exprimer, indifférent à ses sourires censés l'amadouer.

— Mireille, vous avez deux heures pour quitter L'Amédoune. Définitivement.

Dans le hall d'entrée, Tatiana tenta de persuader son fils de reconsidérer sa position. La sanction lui semblait expéditive en l'absence de preuves.

— Maman, je ne puis accepter que quelqu'un vivant sous ce toit puisse nous trahir.

Tatiana se ravisa. Son fils venait de s'arroger les prérogatives du chef de clan, elle devait passer la main. Néanmoins, il lui était difficile de congédier une employée de cette manière. Dans son enfance, elle avait enduré l'injustice, et depuis, elle ne pouvait se résoudre à agir de même. Elle monta l'escalier en direction de la chambre de Mireille, sous les toits. Celle-ci emballait ses affaires en silence. Désolée par la situation, elle s'apprêtait à intervenir en sa faveur lorsque son attention fut attirée par une pile de lettres déposée sur le linge plié avec soin. Elle hésita à s'en saisir, puis profita de l'éloignement de la femme de charge pour satisfaire sa curiosité. Quand Mireille se détourna de son armoire, leurs regards se croisèrent un bref instant. Mireille comprit qu'elle venait d'être démasquée. Tatiana s'en voulait de sa naïveté. Ainsi, pendant les quatre mois de la convalescence d'Alexis, la femme de charge, par jalousie, avait subtilisé toute la correspondance que s'étaient échangée les deux amants. Horrifiée, Tatiana n'eut rien à ajouter et la congédia.

Bianca se rendit en Italie comme convenu, puis rentra à L'Amédoune sitôt le jugement prononcé. Vito lui jura sur la Vierge qu'il n'était pas responsable de l'article paru dans *France-Soir*. À juste titre, Bianca n'en crut pas un mot. Lui seul avait pu soudoyer Mireille, pour se positionner en victime à quelques jours de l'audience au tribunal et ainsi pouvoir réclamer des dédommagements outranciers.

Alexis se rétablissait rapidement. Avec l'arrivée du printemps, les séquelles de son accident n'étaient plus qu'un mauvais souvenir. Lui et Bianca pouvaient enfin envisager leur union officielle. En juin 1953, une cérémonie intime réunit autour des mariés Benjamin Braunstein, témoin d'Alexis, et Louise, venue d'Oran, témoin de Bianca. Tatiana voyait L'Amédoune respirer à nouveau le bonheur.

Durant toute l'année, Alexis organisa ses voyages d'affaires en fonction des tournées de sa femme, devenue pour l'occasion ambassadrice des collections de la manufacture Bastide. Ensemble, ils parcoururent le monde et se ménagèrent de précieux instants d'intimité, malgré les sollicitations quotidiennes. Jamais auparavant, dans leurs vies respectives, ils n'avaient connu une telle passion. Se retrouver suffisait à leur bonheur, le reste n'était que tiédeur.

En dépit des circonstances, Giglione restait l'impresario de son ex-femme, après une mise au point de la part d'Alexis. Chacun trouvait sa place.

Dans son domaine, Vittorio était le meilleur. Outre sa parfaite connaissance du milieu lyrique, ses talents de négociateur permirent à sa protégée de signer avec Classicus Records le plus vertigineux contrat d'enregistrement de sa carrière. Ainsi, en mars 1954, la Cavaldi grava sa voix pour la première fois sur les sillons d'un vinyle. C'était à la Scala, dans *Madame Butterfly* de Puccini, sous la direction d'Herbert von Karajan.

Pour Alexis, assis au premier rang, cette représentation revêtit un caractère particulier. C'est là qu'il avait été séduit pour la première fois par la diva. Ce soir-là, le personnage de Cio-Cio San évinça toutes les autres héroïnes. La prestation de Bianca atteignit la perfection. Elle rayonnait, jouant d'une voix chaude et riche en variations subtiles, en gestes théâtraux posés, amorçant une véritable révolution dans l'interprétation dramatique. Tour à tour, elle incarna la douceur et la grâce, puis l'âme torturée, la fêlure intérieure poussée à son paroxysme avec un hara-kiri final où elle s'effondra sur scène sous un tonnerre d'applaudissements.

Alexis était ébloui par son talent, mais plus que tout, il adorait sa femme.

Bianca tomba enceinte à la fin de l'été. Elle accoucha d'un fils, Clément, en mai 1955, et annonça son désir de quitter la scène pour se consacrer à sa vie de famille. Elle souhaitait donner à son enfant tout l'amour dont sa mère l'avait privée. Vittorio Giglione reçut la nouvelle comme une douche glacée. En aucun cas il ne renoncerait aux millions de dollars que générait *sa* diva. Et si rien n'était susceptible d'infléchir la décision de Bianca, scier la branche Bastide sur laquelle elle avait décidé de se poser maintenant pourrait être une solution de repli. De plus, Alexis, ce voleur d'épouse, ne méritait-il pas une cuisante correction ?

8

Nice, 1955

Protégée par son bouquet de roses blanches, Alice évita de justesse une vague de grains de riz. « Vive les mariés », s'écriaient les invités venus s'amasser au pied des marches de l'hôtel de ville. Au premier rang se trouvait la famille Bastide au complet et, à gauche des mariés, Tessa et François Valrins, mariés depuis un an. Alice reconnut Ron Howard, le millionnaire américain, qui se tenait en retrait. Benjamin avait tenu à l'inviter en tant qu'ami et investisseur dans les plus grosses productions de son studio.

Une brassée de pétales mauves virevolta autour du couple. Alice trouva refuge contre l'épaule de son mari, cette force tranquille capable de la protéger de ses vieux démons. Pourtant, en son for intérieur, la jeune femme déplorait de ne pas avoir trouvé le courage de lui parler de son passé. N'avait-elle pas déjà payé cher ses erreurs de jeunesse ? Ne méritait-elle pas maintenant de profiter de son nouveau bonheur ? Benjamin l'enveloppa d'un regard tendre qui la rassura. Désormais, plus rien d'autre que cet homme n'avait d'importance.

La réception eut lieu dans le jardin cubique de Château Braun. Des tables nappées de blanc avaient été dressées entre les ifs taillés à la française, en périphérie de la pièce d'eau, point de convergence des allées aux senteurs délicates. Les invités étaient rassemblés autour de la fontaine, dont le jet déployait un éventail de fraîcheur dans le ciel limpide. Alice avait peine à croire que ce palais était le sien désormais.

— Vous verrez, on s'y fait très vite.

Alice se retourna, surprise de se trouver face à Louise, la fille de Benjamin. Entre deux regards critiques sur l'assemblée, elle trempait ses lèvres dans un verre de scotch.

— Regardez-les, ajouta-t-elle, écœurée. Combien d'entre eux soutiennent le gouvernement dans sa politique algérienne ? La plupart, je présume. Mais ils ignorent la réalité. Parce qu'ils sont arabes, des femmes et des enfants sont massacrés par centaines, des hommes torturés ou abattus comme des chiens.

Alice ne sut que répondre. Elles se fréquentaient si peu. Louise vivait à Oran, dans l'immense plantation d'agrumes de son mari, Arnaud Lombrage, avec leurs deux enfants, Françoise et Pierre. Ils venaient rarement en métropole, hormis pour les réunions familiales. Néanmoins, Alice n'avait jamais vu la fille de Benjamin dans un état pareil, cynique, certes sous l'effet de l'alcool, mais surtout n'acceptant pas que son père ait pu se remarier avec elle.

— Et vous ? poursuivit Louise. Quel est votre avis sur le sujet, *belle-maman* ?

Elle avait appuyé sur ce dernier mot avec ironie, déstabilisant davantage Alice, étrangère aux questions politiques. Benjamin arriva à point nommé pour la sauver de ce mauvais pas. Sans ménagement, il retira le verre des mains de sa fille.

— Tout comme moi, je sais que tu rêves d'un grand jus de fruits.

— Mais tu te prends pour mon père ! protesta-t-elle.

Alice eut mal pour son mari. L'ivresse de Louise lui avait permis d'exprimer le fond de sa pensée. Sa parenté avec Benjamin se limitait à sa conception.

— Ne tient pas compte de ses propos, lui souffla Alice lorsqu'ils furent seuls, le scotch et la colère parlent à la place de son cœur.

— Voici des hors-d'œuvre chauds, lança Alexis.

Bianca le gratifia d'un sourire reconnaissant et l'invita à parler plus bas. Dans le landau, Clément gigotait et n'arrivait pas à s'endormir. Depuis la naissance de leur enfant, la mère vivait au diapason du bébé, sans cesse à l'affût de ses faits et gestes. Lors des premières nuits, elle avait eu si peur que Clément ne s'étouffât qu'elle avait installé un lit d'appoint dans la chambre du nouveau-né. Quant aux invitations, elle répondait à celles dont les horaires ne perturbaient pas le rythme de son enfant. Devenir mère avait été une révélation, et certainement le plus beau rôle de sa vie.

— Reprends des forces, murmura Alexis. Tu es si pâle. Il faut te remettre de l'accouchement.

— Tu as raison. D'autant plus que j'aimerais te donner d'autres enfants.

Les yeux rivés sur la frimousse de son fils, Bianca venait néanmoins de sentir le raidissement, presque imperceptible, de son mari à l'évocation de nouvelles maternités.

— Regarde comme il est mignon, notre petit ange, reprit-elle. Je trouve qu'il ressemble de plus en plus à son papa. Il a ton front volontaire et cette même expression dans le regard. « Je suis un Bastide, je suis un Bastide », semble-t-il vouloir dire.

— Quelle imagination !

— Je n'invente rien…

Alexis lui embrassa la main et l'invita à rejoindre les autres convives. Bianca refusa. Elle ne souhaitait pas s'éloigner du berceau, préférant rester à l'ombre du tilleul.

— Va. Nous te rejoindrons dès qu'il fera moins chaud.

Devant le ton insistant de sa femme, il s'exécuta. Elle et le bébé avaient une relation fusionnelle, et lui était devenu l'élément perturbateur. Cette constatation devenait une évidence au fil des jours. Depuis quand n'avaient-ils plus fait l'amour ? C'est à peine si Bianca l'autorisait à effleurer sa poitrine, crevassée par les tétées de Clément.

— Chacun doit trouver sa place autour de ce petit être, commenta Tatiana, comme si elle avait deviné les pensées de son fils.

— C'est long…

— Mon pauvre chéri, tu es toujours pressé. Posetoi un peu. Prends le temps d'apprécier ce nouveau bonheur. Il passera trop vite, crois-moi.

Alexis avait du mal à concevoir cette période comme celle de regrets à venir. Des nuits troublées par les cris stridents du bébé, des journées à guetter un moment de répit pour un quart d'heure de sieste, les nerfs à fleur de peau... Bien qu'Alexis considérât son fils comme un cadeau de la Providence et se sentît capable de se couper un bras pour lui, il lui paraissait inconcevable de continuer à vivre ainsi. Mais comment expliquer à Bianca la jalousie qui le saisissait parfois ? Comment décrire le sentiment d'exclusion qu'il ressentait face à ce rival intransigeant ? Alexis n'existait plus. Bien souvent, il avait émis la possibilité d'engager une nourrice afin de soulager Bianca. Celle-ci ne répondait pas, et ses yeux se brouillaient de larmes à l'idée qu'elle puisse être une mauvaise mère. Alors, par amour, Alexis se montrait patient.

Dans une création Valrins à couper le souffle, Tessa éclipsait les autres femmes, à commencer par la mariée. L'expérience des mondanités lui avait donné de l'aisance. Elle allait facilement au-devant des gens, échangeait avec eux quelques propos et remplissait son carnet d'adresses. Tous les milieux informés savaient que la maison Valrins lui devait sa percée fulgurante des dernières années. Aux yeux du monde, le couple incarnait l'élégance, le luxe à la française.

— Tu es magnifique, lui avoua Alexis.

Bien qu'elle se fût préparée à rencontrer son oncle, une onde de choc la parcourut.

— Merci. Tu es bien aussi. Et Bianca, elle ne t'a pas accompagné ?

— Si, bien sûr. Mais elle préfère se tenir à l'écart… à cause du bébé.

— Elle pouponne ! J'imagine que ce doit être difficile pour toi.

Tessa scruta la réaction d'Alexis. Il se contenta de baisser la tête, amusé par la perfidie à peine dissimulée de sa remarque. Malgré elle, elle se sentit fondre en voyant se dessiner deux fossettes aux extrémités de ses lèvres. Quel charme ! Afin de ne pas être démasquée, elle changea de conversation.

— J'ai appris que tu avais eu un accident ? Tu t'en es remis apparemment.

— Oui. J'ai eu de la chance.

Feignant une indifférence totale pour son oncle, Tessa adressa de gracieuses salutations à l'attention de quelques amis.

— Et ton implantation chez Howard ? reprit-il. Ça se passe bien ?

— Très bien, merci. À ce propos, désolée pour toi. J'ai su que tu étais sur les rangs, mais Valrins avait plus de chance.

— C'est un avis qui n'engage que toi.

— Certes.

— Je t'avoue que j'ai été très choqué en apprenant la nouvelle. Mais avec le recul, je me dis que c'est mieux ainsi. Pour le moment en tout cas, car notre structure doit se renforcer. Je travaille là-dessus. Mais je ne renoncerai pas pour autant. J'espère seulement que ce différend ne nous éloignera pas.

— Si c'est ce que tu veux...

— Bon, je te laisse, conclut Alexis. Et si tu passes par Avignon, fais-moi signe.

— Merci, c'est gentil. Mais tu sais, François et moi nous sommes très pris. Un jour à New York, un autre à Milan ou à Paris. Nous n'avons guère le temps de descendre en province.

Tel le scorpion, son signe zodiacal, elle ne put s'empêcher de le piquer au vif.

— Tu sais ce que c'est !

Elle n'ignorait pas la réclusion forcée du couple à L'Amédoune depuis l'arrivée de son premier enfant. Alexis, d'ordinaire si entreprenant, devait se morfondre dans une existence étriquée auprès de Bianca. Tant mieux s'il végétait, ce n'était que justice. Plus il serait malheureux, mieux elle se porterait. Lui, le seul homme à l'avoir repoussée, le seul aussi qui comptait pour elle. Faute de pouvoir l'aimer, elle le haïssait à présent. Tessa, qui venait d'apercevoir la grande silhouette de Gonzague du Plessis de la Tour, laissa Alexis avec ses tourments.

— Salut, Ziggy. Je suis heureuse de te revoir, dit-elle avec sincérité.

Son ancien agent flottait dans un pauvre costume d'avant guerre, le visage émacié, les traits tirés. Où était le brillant dandy d'antan ? Tessa enroula son bras autour du sien et l'entraîna vers un banc, à l'écart des invités.

— Que deviens-tu ?

— Je survis.

— Tu es toujours balayeur ?

La réponse affirmative de Ziggy l'interloqua. Comment un être aussi doué que lui pouvait-il dériver de la sorte ? Elle lui proposa son aide.

— Tu verras, s'enflamma-t-elle, avec mes relations et celles de Benjamin, je suis certaine que tu pourrais remonter France Talents, ton agence de conseil artistique. Tu étais le meilleur de Paris, et...

— Tout ça est si loin !

— Oui et non. Il ne tient qu'à toi de revenir sur le devant de la scène.

— À quoi bon, Tessa ? Quand tes yeux ont vu autant d'horreurs, quand ton cerveau a enregistré à jamais ces images cauchemardesques, tu ne peux plus vivre normalement. Être en vie devient même une torture quotidienne. Pourquoi ne suis-je pas mort dans ce camp ?

— Arrête ! s'écria-t-elle. Cesse de geindre sur ton sort ! Pense plutôt à tous ces malheureux qui ne sont pas revenus. À présent, tu es le seul à pouvoir entretenir leur souvenir, à témoigner afin que de telles monstruosités ne se reproduisent jamais. En restant ainsi prostré sur ton balai, tu deviens bourreau à ton tour car tu les condamnes à l'oubli. Tu me surprends, Ziggy. Je te croyais moins lâche.

Irritée par les apitoiements de son ami, Tessa le quitta brusquement. Elle venait de repérer Benjamin.

— Nous devons faire quelque chose pour Gonzague, lança-t-elle à brûle-pourpoint. Il faut le prendre en main. Pourquoi n'as-tu rien fait jusque-là ?

— Tu plaisantes ? Je lui ai suggéré plusieurs fois de reprendre ses activités. Je lui ai même offert un poste aux studios. Il dit ne plus vouloir fréquenter le milieu artistique. Trop de douloureux souvenirs s'y rattachent.

— Tu n'as pas dû être très convaincant, si j'en juge par sa situation.

Piqué au vif, Benjamin lui demanda si elle avait mieux à proposer.

— Je vais organiser une fête en son honneur. Nous allons le forcer à se reprendre. Il va retrouver toute son énergie et son enthousiasme.

— Tessa ! Tu dois respecter ses choix. T'arrive-t-il de penser que les gens puissent agir selon leurs propres désirs et non les tiens ?

— Tu es grotesque, Benji ! La semaine prochaine. Villa Valrins. Vingt et une heures.

Alice aurait souhaité partir en voyage de noces sitôt la cérémonie terminée. Mais des affaires urgentes aux studios ne permettaient pas au couple de partir avant un mois. Bien malgré elle, Mme Braunstein devait se rendre à la soirée de Tessa. Quelle raison aurait-elle pu invoquer pour s'y soustraire ? Benjamin lui aurait demandé une explication, et elle n'aurait rien révélé.

La villa Valrins, avec sa tour crénelée, dominait une colline boisée d'essences méditerranéennes. Un mauvais pressentiment taraudait la jeune mariée, hantée à l'idée de croiser une fois encore Henri Drac, l'ami de Tessa et son pire cauchemar. La Cadillac des Braunstein s'immobilisa sous le porche couvert. Tessa se précipita vers la voiture.

— Viens vite, lança-t-elle à Benjamin, sans même prêter attention à son épouse, Ziggy veut partir.

Happé par leur hôtesse, Braunstein abandonna Alice, qui en profita pour se fondre dans le parc, à l'écart des convives. À peine installée près du labyrinthe de buis, elle tressaillit au son de la voix de l'homme qu'elle cherchait à fuir.

— Laissez-moi, je vous prie.

Henri Drac sortit de l'ombre et s'approcha d'elle.

— Voyons, ma chère, ne vous montrez pas si farouche. Je ne veux que votre bien.

— Qu'attendez-vous de moi, à la fin ?

— Comme je vous l'ai déjà dit, que votre secret ne soit pas trahi. Rien d'autre.

Alice vit la haute stature de cet oiseau de mauvais augure tournoyer autour d'elle. Son sang se liquéfia dans ses veines.

— Je veux simplement m'assurer de votre soutien lorsque je vous le demanderai.

Dès qu'il eut délivré ce message, il disparut. Alice ne comprenait rien à son harcèlement. Elle fondit en larmes.

À l'autre extrémité de la salle, Benjamin s'informait auprès d'Alexis du développement des collections L'Amédoune. Perspicace, il avait deviné les inquiétudes de son ami et souhaitait lui apporter son aide. Alexis livra son sentiment. Le retrait de Ron Howard retardait l'implantation de sa marque aux États-Unis, un marché incontournable en termes d'image. Par ailleurs, cette nouvelle source de profits aurait pu lui permettre de s'affranchir de la dépendance de son plus gros client, Dimitri Stratolopoulos, un riche distributeur grec, fournisseur officiel du shah d'Iran et du sultan du Maroc. Et bien qu'il n'ait pas eu à s'en plaindre jusque-là, Alexis redoutait la situation politique dans certains pays. Les émeutes de 1953, au Maroc, avaient eu des conséquences fâcheuses pour la trésorerie de la manufacture, de nombreux clients n'ayant pas honoré leurs créances. Alexis restait vigilant, mais il ne pouvait se passer de la clientèle de Stratolopoulos. À plusieurs reprises, il avait essayé de rencontrer l'homme d'affaires grec. En vain. Quelle était la raison de ce silence ? Devait-il courir le risque de poursuivre ses livraisons, connaissant les événements qui agitaient l'Algérie ou la Tunisie ? Pouvait-il construire son nouveau site de production sans aucune garantie de la part de Stratolopoulos ? L'avenir de son entreprise en dépendait.

Benjamin lui conseilla de forcer une rencontre. En outre, l'ex-banquier conservait de bonnes relations avec les milieux financiers, et il l'aiderait à obtenir un prêt.

Dans le grand salon, Gonzague du Plessis de la Tour appréciait l'hommage qui lui était rendu. Tessa avait fait preuve de ténacité pour le retenir. Il accepta de rencontrer Vittorio Giglione, ex-agent, ex-mari et ex-ami de Bianca. L'homme d'affaires italien lui proposa de remonter France Talents. Ziggy hésita à répondre jusqu'à ce qu'il croise le regard accusateur de Tessa. Elle avait raison. S'il ne réagissait pas, ses amis de captivité seraient morts en vain. Depuis quelques années seulement, on évoquait l'atrocité des camps de concentration. De nombreux articles avaient livré le récit de rescapés juifs, mais aucun témoignage ne mentionnait le sort réservé aux « inversés ». Combien d'homosexuels avaient été torturés, ou utilisés pour des expériences scientifiques ? Ziggy serait leur mémoire.

De son côté, Vito se félicitait de cette association avec Plessis de la Tour. Depuis le départ de Bianca, il ne parvenait pas à rebondir dans le milieu. Ses comportements passés lui portaient préjudice et les directeurs des grands théâtres claquaient la porte au nez de cet être d'une rare arrogance. Remplacer une perle comme la Cavaldi se révélait impossible. De plus, la nature de flambeur de Vito l'avait conduit à la faillite. Acculé par ses créanciers, il était devenu leur cheval de Troie dans des opérations de blanchiment d'argent. L'initiative de Tessa était donc pour lui une aubaine.

Peu après le toast porté à Ziggy, les invités se dispersèrent. Henri Drac capta l'attention de Tessa et fondit sur elle d'un pas lent. Cette nuit, elle serait à lui. Le jeu s'achevait.

— Voyons, Drac, vous avez perdu la tête, siffla-t-elle à voix basse en tentant de retirer le bras possessif qui enserrait sa taille. François est dans la pièce voisine.

— En compagnie de trois beaux éphèbes qui lui tiendront compagnie ce soir.

Drac convoitait le cou délicat de Tessa, d'une blancheur d'albâtre. Il s'approcha de son oreille, sans qu'elle manifeste le moindre mouvement de recul, et lui murmura d'une voix chaude :

— Je te veux.

De son côté, Alexis venait d'achever une discussion prometteuse avec François Valrins, qui lui avait confié vouloir lancer une collection à partir de tissus provençaux. Le créateur de L'Amédoune se félicitait de cette perspective et il s'isola un instant, l'esprit rêveur. Sur la terrasse, il surprit sa nièce, une bouteille de bourbon à la main. La semaine précédente, lors du mariage de Benjamin, il avait été choqué de voir Louise en état d'ébriété. L'absence d'Arnaud, son mari, devait être la cause de ce nouveau penchant pour l'alcool. Il la rejoignit près de la balustrade de pierre.

— Crois-tu que ce soit une solution ?

— C'est la meilleure que je connaisse pour fuir. Mais par pitié, mon Lanou, évite les sermons avec moi.

Alexis se souvenait de l'époque où Louise vivait à L'Amédoune. Élevés comme s'ils avaient été frère et sœur, leur complicité avait fait le bonheur de leurs parents. Tatiana et Virgile Bastide étaient rassurés de voir leur fils veiller sur leur petite-fille si tourmentée. À présent, Alexis déplorait la situation. Louise était devenue une étrangère, victime d'un éloignement qui l'avait isolée dans une autre existence. Son sentiment d'abandon devait la meurtrir et Arnaud, son mari, ne semblait guère enclin à deviner les états d'âme de son épouse. Pourquoi Alexis ne s'était-il pas rendu plus souvent à Oran ? Il voulut la prendre dans ses bras. Elle recula, comme un animal farouche.

— Ne me touche pas, ordonna-t-elle.

La main levée comme pour se protéger de lui, elle tenta de retrouver son calme, les paupières closes. Alexis était horrifié de la voir aussi misérable. Quel épouvantable secret rongeait Louise ? Il lui promit de venir la visiter en Algérie pour les fêtes de fin d'année.

— Je ne veux plus retourner là-bas, déclara-t-elle, la voix implorante.

Alexis voulut comprendre.

— Et tes enfants ? Tu ne voudrais tout de même pas les abandonner ? Tu seras bien obligée de retourner là-bas. Ne serait-ce que pour les ramener ensuite en France ! Sache que L'Amédoune est ta maison, nous serons toujours là pour t'accueillir. Mais avant, tu dois aller chercher Fanfan et Pierrot. Je vais t'accompagner.

Louise releva les yeux. Dans ce regard perdu, Alexis retrouva l'espace d'un instant l'éclat de sa jeunesse.

Peu après minuit, Vittorio Giglione prit congé de Tessa, enchanté de cette soirée. Il avait longuement discuté avec Braunstein. Le patron de La Cybiline, en quête de nouveaux capitaux, lui avait laissé entrevoir la possibilité de produire un film.

— Merci de votre visite, monsieur Giglione, lança Tessa sur les marches du perron.

— Tout le plaisir a été pour moi, chère madame, répondit-il en lui donnant un baisemain. Nous avons tant de points en commun…

Le vieil homme venait de lancer ce sous-entendu pour sonder Tessa. Avait-il vu juste ? Rusé, Vito se redressa lentement afin de ménager son effet de surprise, et il vit qu'elle avait les yeux déjà brillants de curiosité. L'impresario maîtrisait l'art de l'intrigue et savait le distiller par petites touches sans se révéler.

— Pour des raisons différentes, nos griefs convergent dans la même direction... Vers le même homme. Peut-être devrions-nous nous entraider et nous assurer ainsi une éclatante revanche. Non ?

Giglione venait de se gagner une alliée : l'ambitieuse Mme Valrins avait du mal à cacher sa jouissance devant lui.

— Nous nous reverrons très vite, signor Giglione. Soyez-en certain...

9

Oran, 1955

La sirène du *Ville d'Oran* annonça l'entrée du paquebot dans le port. Regroupés sur le pont, les passagers découvraient la baie, dominée par l'Aïdour, la montagne autrefois peuplée de lions. L'air tiède avait le goût salé de la mer, le bleu du ciel la même intensité. Peu à peu, les contours de la ville se précisèrent sous la lumière franche.

Depuis leur départ de Marseille, Alexis avait trouvé Louise taciturne, et plus leur voyage touchait à sa fin, plus elle se murait dans le silence. Mais il ne l'abandonnerait pas. En signe de soutien, il lui glissa une main sur la nuque. Louise resta figée, la tête tournée vers les docks qui se profilaient devant eux. Comment l'aider, la soulager ou l'inviter à sourire ? D'un revers de la main, Alexis dégagea du visage de sa nièce les mèches rebelles que la brise déplaçait. Elle pleurait. Que redoutait-elle, au point de ne pas vouloir se confier ? Il la serra contre lui. Quand l'heure serait venue, elle parlerait.

Les pensées d'Alexis revinrent en Avignon. Bianca lui manquait. Il aurait apprécié sa compagnie, mais elle avait refusé de laisser Clément, et l'emmener avec eux sous la chaleur de ces latitudes était impensable. Cette excuse lui avait permis de rester seule avec son fils. Alexis ne pouvait pas annuler ce voyage. Louise comptait sur lui, sans oser le lui demander. Par ailleurs, la veille du départ, il avait été informé du séjour de Dimitri Stratolopoulos dans sa villa oranaise, et il avait la ferme intention de s'expliquer avec ce client débiteur. Une maigre consolation était venue des ateliers Valrins. Fidèle à sa promesse, le styliste remettait au goût du jour les indiennes de L'Amédoune dans une collection colorée.

Sur le quai, l'agitation annonçait la fin des manœuvres d'accostage. Les Bastide s'engagèrent dans la file de voyageurs et descendirent l'escalier métallique jusqu'à terre, où l'encombrement provoqué par les valises perturbait le débarquement des passagers.

— Où devons-nous retrouver ton mari ?

Pour seule réponse, Alexis vit Louise se raidir. Entre le passage de deux camions, elle venait d'apercevoir Arnaud, adossé à une voiture rutilante. Il vint à leur rencontre.

— Bonjour, lança-t-il, un sourire benoît aux lèvres. Avez-vous fait bon voyage ?

Alors qu'il s'approchait pour embrasser son épouse, elle se détourna promptement. Lombrage ne releva pas l'affront.

— Regardez un peu, dit-il en désignant sa nouvelle acquisition. N'est-elle pas belle ? Je viens de la recevoir.

Louise trouvait l'automobile tapageuse dans sa livrée rouge fraise, débordante de chromes et de plaquages beiges.

— Simca Vedette, poursuivit-il, tout excité. Version Régence, le haut de gamme. Moteur V8, treize chevaux, plus de cent quarante kilomètres-heure en vitesse de pointe !

L'enthousiasme d'Arnaud, plus que la fiche technique de son véhicule, amusa Alexis. Par politesse, il lui avoua être impressionné. Louise s'installa sur la banquette arrière, laissant le siège passager à son oncle. Une nouvelle fois, Lombrage n'émit aucune remarque.

Alexis était curieux de découvrir Oran la Radieuse. À l'image des grandes stations balnéaires de la Côte d'Azur, de larges allées bordées de palmiers traçaient leurs perpendiculaires au pied des riches immeubles du front de mer. Pourtant, Alexis trouvait la lumière violente, les bruits étourdissants et les odeurs entêtantes. Le malaise était sensible à bord du « bolide » poussif de Lombrage. Le V8 hurlait dans les montées, rageait dans les descentes, comme si le conducteur redoutait une explication avec ses passagers. Néanmoins, les deux hommes auraient une conversation. Depuis l'âge de neuf ans, où Alexis avait surpris une dispute entre sa demi-sœur Apolline et Benjamin au sujet de la naissance de Louise, il s'était senti investi de la mission de la protéger, envers et contre tous. Aujourd'hui, rien n'avait changé. Sa nièce souffrait dans cette France lointaine, et par conséquent, lui aussi.

Ils sortirent de la ville par le sud, longèrent Saint-Denis-du-Sig et ses vastes étendues de céréales, gagnèrent Perrégaux, puis empruntèrent une route secondaire en direction de Ferme-Blanche. Loin de toute âme qui vive, la Simca ralentit avant de s'engager sous le porche d'entrée du domaine Lombrage. Aveuglé par la luminosité, Alexis baissa son pare-soleil et découvrit dans le miroir de courtoisie le visage révolté de sa nièce, qui ne supportait plus de voir cette interminable plaine.

— Je ne me souvenais pas d'une telle superficie, reconnut Alexis. Avez-vous acheté des terres supplémentaires ?

— En effet, s'enorgueillit Arnaud. Avec les nouvelles lois en vigueur, nous avons pu acquérir des plantations d'oliviers.

Alexis nota une pointe de vanité dans la réponse et, en écho derrière lui, le « comme par hasard » murmuré par Louise. La poussière formait un gros nuage au passage de la voiture, lancée à vive allure. Ils franchirent le vignoble, puis les parcelles d'amandiers, de citronniers, de mandariniers et d'orangers dont la culture couvrait la majeure partie de l'exploitation. De cet océan de verdure, seuls les contreforts rosés des monts des Béni-Chougran se dessinaient sur la ligne d'horizon. Le domaine Lombrage, l'un des plus grands d'Algérie, avait bâti sa réputation grâce aux agrumes. Souvent, Arnaud se vantait de posséder les terres les plus fertiles d'Oranie.

La voiture entra dans la *raïma*, le village où logeaient les ouvriers agricoles. Alexis eut à peine le temps d'entrevoir les gourbis en torchis, blanchis à la chaux. La visite de l'envers du décor ne paraissait pas être à l'ordre du jour... Évitant de justesse une poule à moitié déplumée qui traversait la chaussée, Arnaud accéléra afin de s'éloigner au plus vite. La route se poursuivait, longue, droite, sans fin. De toutes parts les orangers étaient plantés en alignements rectilignes, entrecoupés par endroits de chemins de desserte tracés à l'équerre. Alexis fut soulagé d'arriver dans la cour de la « ferme ». En réalité, avec ses toits mansardés, ses façades Napoléon III et ses graviers devant le perron immaculé, elle s'imposait plutôt comme un vaste château campagnard.

— Entrez vite, mon oncle, je suppose que vous avez hâte de vous reposer un peu dans vos appartements.

Mon oncle... Alexis ne put retenir une grimace devant le ridicule de la situation. Quelle était leur différence d'âge ? Cinq ans, peut-être sept ? Arnaud, d'un snobisme déconcertant, poursuivit :

— Ce soir, mes sœurs dîneront avec nous. Elles ont hâte de vous voir. Je ne vous cache pas qu'elles seront déçues de ne pas rencontrer Bianca.

Côtoyer la célèbre cantatrice était la vraie raison de cet empressement. Alexis ne l'ignorait pas. Les deux sœurs d'Arnaud incarnaient la suffisance et le mépris. Edwige, l'aînée, avait épousé le colonel Fournier-Lérel, héros du débarquement de Provence aux côtés du général de Lattre de Tassigny. La seconde, restée célibataire, déversait ses aigreurs dans l'ombre de la première. Alexis fut conduit à l'étage où il retrouva Louise, qui était avec ses enfants.

— Parrain Lanou ! s'écria Fanfan dès qu'elle le vit.

La petite rouquine se jeta dans ses bras avec spontanéité.

— Tu vas rester avec nous, hein ?

L'inquiétude de Fanfan était visible, même si son petit nez retroussé et constellé de taches de rousseur lui donnait un air espiègle.

— Bien sûr. Très longtemps. Mais laisse-moi te regarder...

La petite fille saisit les pans de sa robe blanche et fit la révérence avec application.

— Comme tu as grandi ! Je ne te reconnaissais pas.

Très fière de ce compliment, Fanfan poursuivit :

— Et bébé Clément. Tu l'as pas amené avec toi ?

— Non, ma chérie. Il pourrait tomber malade avec cette chaleur. Il n'a pas l'habitude, lui. Et il n'est pas aussi grand que toi.

Satisfaite, la fillette tira sur la manche de veston de son oncle pour l'inviter à écouter sa confidence.

— Tu sais, c'est comme le poupon que tu m'as offert pour mes quatre ans. Il est tombé malade. Très malade. Il a perdu un bras et une jambe. Mais chut, c'est un *sucret*. J'ai rien dit à maman. Je veux pas qu'elle s'inquiète...

Devant un tel drame, Alexis entra dans le jeu.

— Si tu veux, nous pourrons l'opérer demain à la première heure. Je suis un bon chirurgien.

Alexis croisa le regard attendri de Louise. Pour la première fois, elle souriait.

Un crissement de pneus, des claquements de portières suivis d'exclamations aiguës réveillèrent Alexis qui s'était assoupi sur son lit avant le dîner. Il se dirigea vers la fenêtre et aperçut la capeline d'Edwige, près de la Panhard noire. La voix s'atténua, avant de résonner, éclatante, dans le hall d'entrée.

— Quand il faut y aller..., se résigna-t-il.

Dans le grand salon, Alexis retrouva les sœurs et le beau-frère d'Arnaud. Ces gens, dont la mentalité était aussi étriquée que leurs vêtements, méprisant tout ce qui n'appartenait pas à leur monde, discouraient sur l'avenir du pays. Au cours de ce dîner ennuyeux, Edwige et sa sœur ne tinrent pas cas d'Alexis qui, subitement, avait beaucoup moins d'intérêt en l'absence de Bianca. Elles dissertèrent de longues heures sur les bienfaits de leur récente cure thermale à Bouhanifia, déplorant cependant la présence sur le site de nombreux « congés payés ».

— Il faut renvoyer la racaille et ne conserver ici que l'élite, lança Edwige, convaincue de ses propos.

En bout de table, Alexis se livrait à une étude psychologique approfondie de cette famille. Comment pouvait-on se montrer aussi méprisant envers les autres et se bercer de telles illusions ? Il suffisait de voir Arnaud opiner du chef au raisonnement de sa sœur. Le dernier à avoir parlé avait raison. Il était affable, sans opinion mais outrageusement prétentieux. Quant à son autre sœur, elle aurait envoyé au bagne toute personne coupable d'un faux pas. En cela, son beau-frère le colonel la rejoignait lorsqu'il louait le bien-fondé de la discipline et jugeait souhaitable que justice soit rendue par les propriétaires terriens lorsqu'ils avaient un problème avec leurs ouvriers. Louise, tête baissée, semblait contenir sa nervosité en hachant menu une bouchée de pain avec le tranchant de son couteau.

— N'oublions pas, poursuivit Edwige, que notre arrière-grand-père est arrivé ici avec le général Perrégaux. Après le siège de Constantine, il fut parmi les premiers colons à venir s'installer en Algérie. Notre famille est l'une des fondatrices de la ville. Bien sûr, à l'époque, ce n'était qu'un village.

— C'est vrai, reconnut Arnaud. Une région sauvage, peuplée de marais insalubres et d'une faune dangereuse. Sans nos ancêtres et leurs gigantesques travaux d'assainissement, ces terres seraient toujours à l'abandon. Les Arabes nous doivent tout ! Ils devraient nous en être reconnaissants.

Louise trépignait de colère. Alexis déposa sa main sur la sienne.

— Voyons, mon frère, le peuple n'a pas la reconnaissance du ventre, répliqua Edwige.

— Sûr ! renchérit son colonel de mari. Il n'y a qu'à voir leur ingratitude. Regardez les balivernes du FLN. Comment peuvent-ils prétendre diriger un pays comme celui-là ?

— Là, je vous arrête, cher beau-frère. Il s'agit de la France ! Ici, dans ce département lointain, je suis chez moi. J'aime cette terre. Elle est mienne et je compte la préserver.

— Veuillez m'excuser, intervint Louise en se relevant. Je suis indisposée.

Tous les regards convergèrent vers celle qui ne prenait jamais part à leurs discussions. Elle se retira, puis revint sur ses pas et s'adressa à Arnaud :

— Ce que tu aimes de ce pays, c'est son image façonnée par les colons français. Pas l'Algérie. Cette attitude risque de vous coûter cher à tous. La soumission engendre la haine, pas l'amour. Pour aimer, il faut être deux.

Le lendemain, Alexis tint la promesse qu'il avait faite à Fanfan. Il passa une partie de la matinée avec elle, jouant le rôle du parfait chirurgien avec son poupon. L'intervention fut un succès et la fillette considéra son parrain comme un héros. Louise les rejoignit avant le déjeuner sur la terrasse couverte. Elle tenait dans ses bras Pierrot, son jeune fils de deux ans.

— Comment te sens-tu, ce matin ? demanda Bastide.

— Mieux, merci. Hier soir, j'ai parlé à Arnaud…

Alexis devina la gravité de leur discussion et proposa de s'entretenir avec lui.

— Ce n'est pas le moment. Il est en train de lire le dernier numéro de *L'Auto-Journal*. Et c'est sacré pour lui. En plus, ce n'est pas nécessaire.

Les enfants jouaient sur la pelouse, loin des préoccupations des adultes. Pourtant, leur destin allait se sceller maintenant.

— Je lui ai annoncé que je souhaitais divorcer.

Désabusée, Louise enchaîna :

— « C'était inévitable », m'a-t-il répondu.

— Je vois… Comment comptes-tu t'organiser ?

— Nous partirons à la fin de la semaine, le temps de l'annoncer aux enfants et de nous préparer. Je voudrais que Fanfan démarre la rentrée dans une nouvelle école.

Les jours suivants défilèrent, caniculaires, offrant de superbes couchers de soleil et des nuits odorantes. L'avant-veille de leur départ, Alexis prit contact avec Dimitri Stratolopoulos et obtint un rendez-vous à Oran, dans l'après-midi. En chemin, il déposa Louise à Perrégaux et lui proposa de la récupérer à son retour. À Oran, Alexis fut reçu avec chaleur par le distributeur grec de la collection de tissus L'Amédoune. Ce dernier minimisa les inquiétudes de son fournisseur, régla rubis sur l'ongle ses arriérés et lui proposa un marché.

— La princesse Soraya vient de nous confier la rénovation du palais de Téhéran. Elle adore vos créations et vous laisse carte blanche pour une partie de la décoration de ses appartements privés. Par ailleurs, je suis convaincu du formidable potentiel de L'Amédoune dans le Bassin méditerranéen. J'aimerais devenir votre dépositaire officiel.

Alexis le laissa poursuivre.

— Si vous êtes d'accord, je suis prêt à ouvrir quinze nouvelles boutiques. Algérie, Maroc, Tunisie, Liban, Jordanie, Iran... Nous travaillons pour les principaux chefs d'État, mais nous pouvons accroître nos parts de marché avec la clientèle fortunée de ces pays. Qu'en dites-vous ?

— Votre proposition est séduisante. Je vais y réfléchir.

Ayant anticipé l'intérêt de Bastide, Stratolopoulos sortit d'une serviette un contrat reprenant les principales clauses de sa proposition.

— Lisez-le tranquillement. Prenez votre temps et faites-moi connaître votre décision.

Alexis prit congé de son hôte, surpris par la tournure des événements. Sur la route qui le ramenait à Perrégaux, il prit conscience de la formidable opportunité qu'il tenait entre ses mains. Avec ces implantations inespérées, il pourrait poursuivre son développement et construire une unité de fabrication moderne. Ce séjour en Algérie réglerait deux points importants.

Il retrouva Louise sous les arcades ombragées de L'Heure bleue, le célèbre glacier de l'avenue de Verdun. Pensive, elle ne l'avait pas vu et jouait avec sa petite cuillère sur la chantilly qui recouvrait une énorme glace à la fraise. Alexis s'installa à sa table.

— Tu vois, dit-elle, amusée, cette coupe m'évoque la voiture d'Arnaud. Même couleur, même relief.

Son sourire s'effaça subitement. L'espace d'une seconde, Alexis crut qu'elle allait se confier à lui, lui livrer tous les maux qui la rongeaient.

— J'ai envie de marcher un peu, se ravisa-t-elle.

Louise emmena Alexis dans le jardin public situé en face, lui confiant avoir jadis apprécié cet endroit. Au début de son mariage, Arnaud l'accompagnait à des concerts donnés sous le kiosque à musique. Plus tard, elle se souvenait des longues siestes de Fanfan, à l'ombre des ficus géants, ou, plus récemment, des premiers pas de Pierrot entre deux hévéas. L'été dernier, ils avaient pataugé dans le bassin de la fontaine, leurs rires résonnaient encore dans sa mémoire. Depuis, les événements de la Toussaint rouge, en 1954, avaient brisé ses rêves et son existence était devenue un cauchemar. Elle ne s'était plus sentie perregauloise. Flâner sur l'élégant boulevard, le soir venu, n'avait plus aucun sens pour elle.

— Je veux rentrer, déclara-t-elle.

Alexis respectait les silences de sa nièce. Ils regagnèrent le domaine Lombrage. Alors qu'ils traversaient le village des ouvriers agricoles, Louise s'agita.

— Arrête-toi, s'il te plaît. Arrête.

Elle bondit hors de l'auto et remonta le chemin en courant. Alexis la suivit le long des habitations précaires, mais la perdit de vue à la hauteur d'une maison de brique qui cachait la perspective. Sur son passage, les musulmanes, inquiètes, tortillaient leur voile en drap blanc.

— Je recherche Mme Lombrage, se justifia-t-il auprès de l'une d'entre elles, en train de balayer la terre devant son pas de porte.

Effrayée et silencieuse, la pauvre femme pointa un index sur la gauche. Alexis suivit la direction indiquée et retrouva Louise au milieu des orangers, qui saisissait les mains rugueuses d'un homme vêtu d'une djellaba souillée. Dès que celui-ci remarqua Alexis, il se mit sur la défensive, prêt à utiliser son couteau.

— N'aie crainte, Ali, lui dit la jeune femme. C'est mon oncle. Il est avec moi.

Louise s'apprêtait à le présenter à Alexis lorsqu'elle aperçut, au loin, un cheval arrivant au galop.

— C'est Marquez, s'écria-t-elle, glacée d'effroi. Pars, Ali. Et souviens-toi de ce que je t'ai dit.

Puis elle ajouta à l'attention d'Alexis qu'ils ne devaient pas rester là. Leur voiture redémarra en trombe et disparut avant l'arrivée du régisseur du domaine. Bastide n'aimait pas le visage du contremaître. Les gens armés d'un fusil ne lui avaient jamais inspiré confiance. En route, Louise s'abstint de tout commentaire et préféra lui révéler le fonctionnement du village. Marquez, le locataire de la maison de brique, était en charge du bon fonctionnement de la propriété. Outre les problèmes d'intendance à régler, il devait assurer la sécurité du domaine, et notamment repousser les hordes de fellaghas qui terrorisaient la région. Par ailleurs, il gérait l'économat du village, la petite épicerie où les ouvriers échangeaient des bons obtenus par leur travail contre des sacs d'orge, de farine ou des pains de sucre. Sur le domaine, Arnaud avait interdit la circulation de l'argent.

— Tu penses, ironisa Louise, au cas où ses esclaves auraient des envies de fuite !

Alexis freina violemment.

— Ça suffit, Louise. Vas-tu me dire ce qui se passe ? Quand vas-tu enfin me faire confiance ?

La Simca d'Arnaud arriva à leur hauteur et s'arrêta.

— J'ai une course urgente à faire en ville, lança-t-il. Ne m'attendez pas pour dîner. Je rentrerai plus tard.

Il repartit tout aussi vite.

— Parfait, reprit Louise dès qu'ils furent seuls. Si tu es prêt à tout entendre, je vais t'expliquer. Rentrons.

Un péristyle reliait les deux ailes de la ferme Lombrage, formant une vaste terrasse ouverte sur le parc. Louise aimait cet endroit d'où elle pouvait surveiller ses enfants en contrebas. Après une journée de canicule, l'air exhalait la douceur de l'oranger ou l'ensorcelant parfum du jasmin. Dans ce cadre paisible, elle révéla son histoire à Alexis.

Peu de temps avant les événements de la Toussaint rouge, elle avait fait la connaissance de Youcef, un ouvrier du domaine. Touchée par sa pureté d'âme et son humanisme, elle eut l'impression de découvrir un bien plus précieux que toutes les richesses de sa famille. Ils devinrent amis, sans qu'aucune équivoque vienne remettre en cause leur relation : Youcef n'aurait pas volé la femme d'un autre. Lors de leurs rencontres clandestines, Louise découvrit les conditions de vie des moins bien nantis et en fut choquée. Un jour, Youcef lui révéla qu'il était membre du FLN depuis sept ans, qu'il défendait la souveraineté des peuples mais refusait tout acte de violence. Le 19 août dernier, elle l'avait revu en catimini car il voulait raisonner une faction et avait décidé de frapper un grand coup. Il partit pour Constantine, mais son entreprise échoua. Une centaine de Français furent assassinés et lui… identifié. Quelques jours plus tard, la répression fut lancée et Youcef recherché activement par l'armée française. Le soir du

24 août, il avait annoncé à Louise qu'il s'exilait dans le Sud marocain. Ils se trouvaient dans le verger lorsqu'une milice armée avait fait irruption. Les intrus s'étaient emparés d'eux, les avaient ligotés. Ils avaient abusé d'elle à tour de rôle, sous les yeux impuissants de Youcef. Puis ils avaient attaché le malheureux à un arbre, et l'avaient molesté à coups de crosse avant de le brûler vivant. Louise était parvenue à rentrer chez elle, où elle était restée cloîtrée jusqu'au mariage de Braunstein.

Alexis était atterré. Il la serra dans ses bras, l'embrassa, la rage au ventre.

— Je vais t'emmener avec Fanfan et Pierrot loin de ce pays. Tu ne peux pas rester là.

Comme au temps de leur enfance, ils restèrent blottis l'un contre l'autre. Alexis berçait Louise quand un bruit sourd retentit soudain. Bref, étouffé. Une vague clameur s'intensifia sur la route qui longeait le parc. Des coups de feu résonnèrent.

— Vite, il faut rentrer, s'écria Louise. Les fellaghas.

Les balles sifflaient autour d'eux. Alexis s'empara de Fanfan, tandis que Louise se ruait sur Pierrot qui était assis sur l'herbe dans son parc. Une nouvelle détonation résonna dans la nuit étoilée, puis la horde déchaînée des fellaghas s'éloigna, ramenant le silence sur la propriété.

Il y eut ensuite un cri… déchirant. Dans ses bras, Louise tenait le corps inerte de son petit Pierrot.

10

Avignon, 1955

— Louise vient de s'endormir, annonça Tatiana.

Soulagée, elle s'installa dans le grand salon aux côtés d'Alexis et Bianca, eux aussi soucieux de l'état de santé de leur nièce.

— Mon Dieu, quel terrible malheur, souffla Bianca. Comment peut-on survivre à un tel drame ?

— Par amour pour son autre enfant. Et nous ferons notre possible afin que Louise parvienne à surmonter cette épreuve.

Tatiana avait connu elle aussi les horreurs d'une guerre civile et subi la cruauté des hommes. En 1917, sa famille avait été massacrée sous ses yeux, ses amis torturés, humiliés et achevés comme des chiens. Par miracle, elle avait échappé à cette barbarie. Le cas de Louise était différent. Elle venait de perdre son enfant, on l'avait amputée d'une part d'elle-même. Alexis l'avait arrachée de ce pays révolté, préférant la ramener à L'Amédoune avec Fanfan aussitôt après l'enterrement. Avait-il fait le bon choix ? L'état de sa nièce et la situation politique ne lui avaient pas permis de s'attarder sur la question. En sécurité parmi les siens, Louise pouvait commencer son deuil.

Jusque-là, Tatiana avait gardé ses larmes, bien que sa peine fût immense. Du reste, aurait-elle pu flancher à un moment où les Bastide avaient tant besoin d'elle ? Au sein de la famille, elle incarnait la force inébranlable, sécurisante, le solide bastion sous lequel bergers et troupeaux se réfugient par temps de fortes tempêtes. C'était cette force qui lui avait permis de surmonter une révolution, un exil, la maladie de son mari, les dangers de la guerre et, maintenant, le décès de Pierrot. À cinquante-huit ans, puisque telle était sa destinée, elle tenterait de résister à ce nouveau drame pour l'équilibre de son clan.

— Je monte voir Clément, décréta Bianca.

Tatiana acquiesça d'un signe de tête. Cependant, elle déplorait que sa belle-fille passe le plus clair de son temps auprès de son bébé. Son dévouement maternel la détachait du reste du monde. Pour l'instant, Alexis semblait s'accommoder de la situation, mais qu'adviendrait-il plus tard ? Leur couple risquait d'en pâtir. Tatiana devait-elle s'entretenir avec son fils ? Par respect pour l'intimité de ses enfants, elle ne s'était jamais permise de les critiquer.

— Et Fanfan, demanda Alexis, tu as parlé avec elle ?

— Elle est mignonne. Avant de se coucher, elle m'a murmuré un « sucret » à l'oreille.

— Un *sucret*..., sourit Alexis, ému.

— Elle m'a dit que sa maman pleurait son « bébé frère » parce qu'il est monté au ciel sans lui laisser les horaires d'avion pour le visiter.

— C'est adorable.

— Et plein de bon sens !

— En effet, reprit-il. Et il semblerait que nous, les adultes, nous le perdions en vieillissant.

— À ce propos, se risqua Tatiana, saisissant l'opportunité au vol, je voudrais te donner mon sentiment à propos de Bianca.

Une ride d'inquiétude creusa le front de son fils un bref instant.

— Justement s'écria-t-il, soulagé que sa mère aborde le sujet avec lui. J'aimerais connaître ton point de vue. Je n'osais pas t'ennuyer avec ces bêtises. Tu as déjà tant de problèmes.

Tatiana s'avança près de lui et lui saisit les mains.

— Mais tu ne m'ennuies jamais, mon chéri. Une mère souffre de voir son petit malheureux. Car tu seras toujours mon petit.

— As-tu agi comme Bianca quand je suis né ?

Tatiana hésita à lui dire la vérité. À la naissance d'Alexis, Virgile et elle avaient voué à leur enfant un amour infini. Ce petit être portait en lui toutes les promesses de bonheur à venir et scellait à jamais leur destin. Elle ne se souvenait pas d'avoir écarté son mari, cette idée ne lui serait même pas venue en tête. Avec diplomatie, Tatiana essaya de justifier le comportement de Bianca.

— Les changements hormonaux liés à une grossesse sont immenses. Une jeune mère est souvent perturbée après un accouchement. Elle cherche de nouveaux repères, désemparée par la profonde mutation qui s'est opérée en elle. Bianca vient de donner la vie et considère son bébé comme un éclat d'elle-même. Elle doit savoir que tu l'aimes. Parle-lui.

Alexis écouta, songeur, et médita ces propos.

— Merci, maman, dit-il avec soulagement. Je t'aime.

Tatiana fut rassurée de voir que son fils allait enfin engager un dialogue avec son épouse. Mais serait-ce suffisant ? À l'étage, Alexis trouva Clément seul, paisiblement endormi. Il se pencha au-dessus du couffin.

— Mon fils..., murmura-t-il avec fierté. Serons-nous complices ? Sache que papa sera toujours là pour toi. J'écouterai tes peines, je soignerai tes blessures, je rirai de tes joies. Je t'aime, mon fils. Je t'aime.

— Lui aussi, répondit Bianca dans son dos.

Elle semblait attendrie par cette déclaration d'amour d'un père à son fils. Vêtue d'une simple chemise de nuit, elle avait les cheveux défaits et enduisait ses mains de crème hydratante. Alexis la trouva fort belle.

— Clément t'aimera de tout son cœur.

Bastide fondait toujours en entendant Bianca parler. Elle avait gardé son joli accent, sa manière de rouler les « r » était absolument charmante. Il l'enlaça tendrement.

— Chéri, avoua-t-elle au creux de son épaule, tu m'as tellement manqué.

Alexis la retrouvait, honteux d'avoir douté de son amour et pensé que leur enfant pouvait les séparer. Il l'étreignit davantage, sentit le corps de sa femme se plaquer contre le sien, tremblant de désir.

— Oh ! Bianca, toi aussi, si tu savais...

Alexis aurait souhaité prolonger cet instant d'une rare intensité. Mais Bianca releva la tête et le fixa, les larmes aux yeux.

— Il faut que je te parle, mon chéri.

— Qu'y a-t-il ?

— Je sais que le moment est mal choisi pour te l'annoncer…

Alexis redoutait le pire mais brûlait d'envie de connaître la raison qui la détournait ainsi de leurs caresses.

Anéantie, Louise ne parvenait pas à quitter son lit où elle pleurait sans cesse sitôt l'effet des somnifères terminé. Elle ressentait une douleur si vive au bas du ventre qu'il lui était physiquement impossible de se relever. Tout la ramenait à Perrégaux, à cette nuit tragique… Parfois, les paupières lourdes et l'esprit embrumé, elle se persuadait qu'elle se réveillait juste d'un cauchemar – l'espace d'une seconde. Mais la réalité frappait à nouveau son esprit et elle se recroquevillait dans ses draps, se murant dans le silence.

— Pense à Fanfan, lui répétait Tatiana. Elle a besoin de sa maman.

— Je ne veux pas la voir. Pas dans cet état, gémissait-elle. Grand-mère, s'il te plaît…

— Tu n'as pas le droit de la rejeter. Elle a perdu un frère, quitté une famille, son pays, ses amis, ses habitudes. Elle n'a plus que toi. Ne la prive pas davantage.

Louise tourna la tête. Elle ne voulait plus affronter la réalité. Prolonger son deuil et s'isoler des autres était une façon pour elle de vivre avec son Pierrot. Tatiana se retira. Sitôt la porte refermée, Louise, d'un geste gauche, s'empara des cachets déposés sur sa table de nuit et les versa dans le creux de sa main.

— Maman, il faut que je te parle, lança Alexis, préoccupé.

Sur la dernière marche de l'escalier, Tatiana comprit que son fils avait quelque chose de grave à lui révéler et l'invita à la suivre dans la cuisine, où elle prépara une infusion pour Louise.

— Que se passe-t-il ?

— C'est au sujet de Bianca.

Tatiana déposa la bouilloire sur le feu et interrogea Alexis d'un regard inquiet.

— Tout va bien entre vous ?

En voyant l'expression ennuyée de son fils, elle se laissa tomber sur une chaise. Quelle nouvelle épreuve allait-elle encore vivre ? N'aura-t-elle jamais un moment de répit ?

— Elle est enceinte.

Tatiana n'avait pas envisagé cette éventualité et elle mesurait l'angoisse d'Alexis. Comment Bianca réagirait-elle après la naissance de ce second enfant ?

— C'est plutôt une bonne nouvelle, non ? Es-tu heureux ? demanda-t-elle sur un ton qu'elle voulait convaincant.

— Je ne m'y étais pas préparé, voilà tout.

— Avec un autre bébé, Bianca ne pourra plus se consacrer autant à Clément. C'est peut-être une bonne chose.

— Oui, soupira Alexis, peu convaincu.

Fanfan grimpa les hautes marches qui menaient au premier étage et passa sa tête dans l'entrebâillement de la porte de la chambre de sa mère. Louise regardait le creux de sa main, l'air absorbé. À pas de souris, la fillette pénétra dans la pièce puis se hissa sur le lit.

— Tu as trouvé un trésor ?

Perturbée par l'intrusion de sa fille et se sentant coupable, Louise ne répondit pas.

— On dirait un puits, poursuivit Fanfan, avec son imagination débordante. Dis, maman, c'est vrai qu'on peut voir le visage de ceux qui sont au ciel dans les puits très, très profonds ?

— Oui, ma chérie. Il paraît...

— Alors fais-moi voir *bébé frère*, s'il te plaît.

D'un geste rapide, Louise se débarrassa des cachets et avança sa main vers le visage de sa fille.

— C'est vrai, je vois Pierrot ! Regarde, son nez, ses yeux, et même ses oreilles.

Louise tendit le cou. Les lignes de sa main formaient des sillons dessinant les contours d'un visage. Elle sourit, amusée, tandis que des larmes brûlantes envahissaient ses yeux.

— Tu as raison, mon chaton. Merci à toi de me l'avoir rappelé.

À cet instant, Tatiana pénétra dans la chambre avec une infusion. En voyant Louise agripper Fanfan contre son cœur, elle fut saisie de bonheur. Louise survivrait. Les cachets au pied du lit confirmaient que le pire avait été évité et que L'Amédoune ne connaîtrait pas un nouveau malheur.

Après un examen approfondi du contrat Stratolopoulos, Alexis signa : sur le papier, la répartition des compétences profiterait aux deux parties. Les mois qui suivirent confirmèrent ces prévisions. Avec une régularité d'horloger, le règlement des factures approvisionnait le compte des Bastide, le carnet de commandes gonflait. Mais les capacités de production saturaient. Il devenait urgent de s'agrandir. Alexis misa sur le développement de la manufacture et s'endetta sur vingt ans afin de financer la construction d'une usine ultramoderne. Le chef d'entreprise visait le marché américain.

Dans le même temps, Bianca vivait sa deuxième grossesse comme un instant privilégié, trop bref à son goût, fascinée à l'idée que son ventre portait un fruit magique, celui de la vie. Elle ne se lassait pas de caresser la peau tendue de son abdomen, de parler à son enfant, de l'imaginer. Parfois, elle rêvait d'associer Alexis à cette intimité, puis se ravisait, préférant conserver pour elle ce lien unique. Afin d'en apprécier chaque seconde, elle renonça au chant. Définitivement.

Peu avant les fêtes de Noël, Louise sortit enfin de sa torpeur pour se consacrer à l'éducation de Fanfan, qu'elle avait abandonnée aux mains de Tatiana. Cette guérison, saluée par son entourage, elle la devait aussi à Benjamin, son père, qui avait été très présent et n'avait jamais lâché prise. Contre toute attente, Louise le laissa s'imposer dans son quotidien. Peut-être n'attendait-elle que cela ? Mais l'ennui la rongeait. Un matin, Alexis, qui était débordé, lui proposa de pointer les factures des fournisseurs. Ce travail rigoureux l'empêcha de penser. Mieux, il lui donna l'idée de suivre des cours de comptabilité. C'était décidé, dès la rentrée, mère et fille reprendraient le chemin de l'école.

En mai 1956, Bianca, au terme d'une grossesse sans nuage, donna naissance à un autre garçon, Julien, à la blondeur slave. Elle ne put retenir ses larmes à la vue de ce petit ange. Désormais, elle se sentait vide…

Tatiana se félicitait de la tournure des événements. Certes, L'Amédoune n'oubliait pas ses morts, une prochaine messe à la mémoire du petit Pierrot allait être donnée, mais les cris d'enfants résonnaient à nouveau dans la maison. Elle était heureuse. Bien sûr, elle conservait pour chacun des inquiétudes, le surmenage d'Alexis, l'isolement de sa belle-fille, les rechutes possibles de Louise, ou les tracas du quotidien. Comment son instinct maternel aurait-il pu lui dicter une conduite différente ?

À trois reprises, au cours de l'année, les Bastide reçurent la visite des Braunstein. Alice et Benjamin prenaient plaisir à assister aux fêtes familiales. Le couple était stérile, sans doute la compagnie des jeunes enfants comblait-elle ce vide. En revanche, Tessa, habituée à évoluer dans les sphères parisiennes, essayait de fréquenter le moins possible L'Amédoune, les Bastide étant perçus comme les parents pauvres de province. Mais, à son grand désespoir, Valrins, son mari, appréciait ces week-ends dans la cité des papes. François découvrit aussi les indiennes et apprécia à sa juste valeur ce savoir-faire ancestral, s'émerveillant devant la finesse des *vertoui*, des motifs représentants des chardons, des *campano*, en forme de clochettes, ou des *casteú*, aux références camarguaises. Les rouge garance, bleu denim ou jaune de graines d'Avignon lui inspirèrent une collection d'été, malgré les réticences de sa femme qui vit d'un mauvais œil les collections de tissus L'Amédoune s'imposer grâce à Valrins...

En une année, Tatiana nota le changement de comportement de l'épouse du couturier. Tessa se montrait vite agacée par Alexis, n'hésitant pas à le rabrouer à chacune de ses remarques. La jalousie se lisait sur son visage dès qu'elle posait le regard sur ses jeunes cousins ou sur Bianca. Alexis, de son côté, feignait d'ignorer la situation. Mais un jour ou l'autre, la crise éclaterait...

Pleine de vitalité, Fanfan allait vers sa dixième année. Inconsciente de la gravité des événements dans son pays natal, elle prenait son rôle d'aînée très à cœur et régnait sur la jeune génération Bastide. À quatre ans, Clément portait sur le monde qui l'entourait un regard complaisant. Il suivait les jeux de sa cousine et de son jeune frère, veillant scrupuleusement à la sécurité de ce dernier.

De son côté, les affaires accaparaient Alexis. Entre 1956 et 1959, le chiffre d'affaires de la manufacture connut sa plus forte progression des quatre dernières décennies. Alexis put ainsi rembourser la totalité de son prêt et investir dans un projet qui lui tenait particulièrement à cœur : la mise en œuvre d'une chaîne de fabrication automatisée. Les anciens ateliers de la rue des Teinturiers lui servirent de laboratoire afin de mettre au point son invention, l'essentiel de la production sortant désormais de la nouvelle unité construite à Saint-Rémy-de-Provence. Sur cent cinquante mètres de long, une table recevait des mètres de coton vierge sur lesquels on déposait un cadre en métal, tendu d'un voile perforé selon les motifs à imprimer. La couleur se déversait dessus tandis qu'un racloir effectuait un aller et retour entre chaque montant. Le mouvement se répétait comme pour un pochoir, avec un passage par teinte. Ensuite, la pièce de tissu était suspendue au-dessus de la chaîne pour le séchage, tandis qu'un autre métrage était installé. Pour la réalisation de ce projet révolutionnaire, Alexis sollicita de nouveaux fonds importants. Ce processus de fabrication, encore secret, lui permettrait de conserver son avance sur la concurrence et garantirait l'approvisionnement de ses boutiques dans le monde entier.

Le contrat Stratolopoulos arrivait à terme en décembre 1959. Les deux partenaires devaient se retrouver un peu avant cette échéance pour en fixer les modalités de reconduction. Alexis n'y voyait aucune raison de s'inquiéter. Par contre, le marché américain restait décevant. Exaspéré, Alexis envisageait de se porter acquéreur de Foot Guard, un fabricant de chaussures bostonien qui connaissait de graves difficultés, mais dont le seul atout résidait dans la forte implantation de son réseau de distribution aux États-Unis. L'esprit occupé aux affaires, il oubliait ses déboires conjugaux. Le couple ne partageait pratiquement plus rien. Bianca, en mère possessive, se consacrait exclusivement à Clément et Julien, s'éloignant chaque jour un peu plus de son mari. Mais contre toute attente, au milieu de l'été, Bianca était enceinte pour la troisième fois. Tout comme Alexis, Tatiana eut des craintes à l'annonce de cette nouvelle maternité. Le couple était fragile. De plus, une grossesse à la quarantaine était risquée.

Quelque temps plus tard, à son réveil, Tatiana ressentit une violente douleur au bas du ventre. Était-ce le contrecoup de cette nouvelle ? Son intuition lui fit redouter le pire. Elle appela son médecin qui lui confirma ses craintes. Elle lui demanda avec insistance de ne rien dévoiler, une réunion de famille étant organisée le lendemain pour la communion de Fanfan.

Après la messe, ce dimanche, tous les invités se retrouvèrent à L'Amédoune autour de la communiante. La fillette avait le regard triste.

— J'aurais aimé que papa soit là, aujourd'hui.

— Je le sais, ma chérie, la consola Tatiana. Avec les événements en Algérie, il n'a pas pu venir. Mais je suis certain qu'il pense beaucoup à toi en ce moment.

— Tu parles ! Il m'a oubliée, lança-t-elle sèchement. Je sais qu'il voit une autre femme. J'ai entendu maman en parler à tante Bianca.

Tatiana fut peinée par cette révélation.

— Crois-moi, ma chérie, un papa ne peut pas oublier ses enfants. Jamais.

Benjamin se joignit à elles.

— Tiens, ma grande, je ne suis pas catholique mais je tenais à t'offrir ceci, lui dit-il en déposant un écrin dans sa main. C'est une médaille en souvenir de cette journée. N'oublie jamais que nous t'aimons, et que tu es précieuse à nos yeux. Et ton papa te dirait la même chose. Je sais qu'il le pense. Il me l'a souvent répété.

— Vrai ?

— Parole.

Tatiana pardonna ce mensonge. Grâce à Benjamin, Fanfan avait retrouvé le sourire.

En fin de journée, Alexis proposa à Benjamin de visiter son laboratoire secret. Les deux hommes sortirent, sous le regard agacé de Tessa qui s'isola dans un coin, laissant son mari somnoler après ce copieux déjeuner. Les anciens ateliers de la manufacture Bastide sommeillaient depuis des années, dans l'obscurité. Alexis leva la manette du disjoncteur et sursauta, surpris par l'étincelle qui s'échappa du compteur électrique. Ces locaux vétustes étaient vraiment dangereux.

— C'est extraordinaire, reconnut Benjamin en voyant la chaîne de fabrication.

Alexis expliqua à son ami le mécanisme, le passage du socle, le traitement des couleurs et la méthode de séchage. Les deux hommes longèrent la longue table jusqu'à l'extrémité opposée. Pensif, Benjamin se demandait comment son ami allait trouver les capitaux nécessaires à la réalisation d'une telle machine.

— Et ton contrat avec Stratolopoulos, où en es-tu ?

— Nous allons le reconduire. Pourquoi me poses-tu cette question ?

— Tu n'es pas au courant de son décès ?
— Son décès ?

Benjamin parut gêné.

— Oui, son décès. Il est mort d'une crise cardiaque. C'est son fils, Yanis, qui a repris les commandes.

Sous le choc de cette révélation, Alexis s'immobilisa. Pourquoi ne lui avait-on rien dit ? Il devait se renseigner. Soudain, il fut incommodé par une forte odeur de brûlé. Inquiets, les deux hommes cherchèrent d'où elle pouvait provenir. Ils ne remarquèrent rien d'anormal et se dirigèrent vers la sortie. Soudain, un souffle chaud envahit la pièce, à mi-hauteur. En un clin d'œil, les flammes léchèrent le plafond, les cloisons, et atteignirent la porte de l'atelier. Une fumée épaisse envahit l'espace. Benjamin se dirigea vers une fenêtre en suffoquant, tandis qu'Alexis cherchait de son côté une autre issue.

Le jour se leva, offrant une vision d'apocalypse. De la vieille manufacture Bastide, il ne restait que trois murs éventrés d'où s'élevait encore quelques volutes de fumée. Un pompier, harassé après avoir lutté plus de six heures contre le feu, retrouva les Bastide qui s'étaient réfugiés chez des voisins, loin de L'Amédoune. En traversant la rue, il cherchait comment il allait pouvoir leur annoncer la pénible nouvelle…

LIVRE DEUXIÈME

1959-1963

11

Paris, 1959

Gonzague du Plessis de la Tour ne reviendrait pas sur sa décision. Appuyé contre la fenêtre grande ouverte qui donnait sur les pelouses du Champ-de-Mars, il inspira profondément. La journée serait chargée en émotions mais elle s'annonçait pleine de promesses. Dans quelques heures, il allait accomplir son devoir de mémoire après quatorze longues années de silence, apporter son témoignage, sortir de l'oubli les « inversés », morts dans les camps parce qu'ils étaient « différents ».

Ziggy tendit le cou et aperçut la tour Eiffel, majestueuse dans le ciel radieux du matin. La dame d'acier avait vu la guerre, elle aussi, elle avait affronté les turbulences de l'Histoire la tête haute, témoin de son temps. Gonzague agirait de la même façon, peu lui importaient les conséquences. Mais ce qu'il s'apprêtait à déclarer allait offusquer les esprits d'une France rigide et pétrie de convenances.

Depuis quatre ans, son association avec Vittorio Giglione lui avait permis de revenir sur le devant de la scène culturelle. La notoriété de leur agence, France Talents, avait séduit de nombreux acteurs ou chanteurs. Les célébrités du moment louaient le professionnalisme de Gonzague, son directeur, certains souhaitant même qu'il s'occupât d'eux personnellement. Comme autrefois, les gens du métier l'estimaient. Mais comment aurait-il pu chasser les zones d'ombre de la guerre et de ses répercussions ? Ziggy se sentait redevable envers Tessa : sans son énergie à vouloir le sortir du mutisme dans lequel il vivait retranché, il n'aurait jamais osé le geste qu'il s'apprêtait à faire aujourd'hui et serait resté un modeste cantonnier. Il se concentra sur le discours qu'il prononcerait à l'heure du déjeuner. Chaque année, à la mi-juillet, France Talents organisait un repas réunissant ses clients et la presse, un moyen efficace de tisser des liens avec les journalistes les plus influents du show-business. C'est à cette occasion que Gonzague livrerait son secret.

Vittorio Giglione arpentait le trottoir de La Closerie des Lilas, préoccupé par la soi-disant révélation que son associé devait faire et dont il ne connaissait pas la teneur. Vito n'aimait pas les surprises de dernière minute, et le coup de téléphone de Gonzague, ce matin-là, ne lui disait rien qui vaille. Arrivé sur le boulevard du Montparnasse, il repéra la Facel Vega de Ziggy et accéléra le pas.

— De quoi s'agit-il, Plessis ?

Le dandy parisien, qui souhaitait maintenir le suspense jusqu'au bout, ne répondit pas. Il se taisait depuis quatorze ans, quelques heures de plus ne changeraient rien.

— Je te somme de me tenir informé. Il s'agit de notre agence. Je veux savoir !

— Et interférer. Au cas où…

— Il est normal que je sache de quoi il retourne. Et si la presse me pose des questions, je vais passer pour qui ?

— Ah ! Je vois… Dis-leur la vérité. Pour une fois, tu ne sais rien.

D'autorité, Giglione empêcha le chauffeur de refermer la portière du coupé.

— Je veux savoir, insista-t-il. Tu me le dois.

Gonzague sourit. Vito dévoilait sa vraie personnalité, celle d'un homme autoritaire, manipulateur et intransigeant.

— Soit tranquille, Vito. Ta petite personne sera épargnée.

D'un geste bref, Ziggy épousseta une plume de pigeon venue se poser sur l'épaulette de l'Italien. Celui-ci lui saisit le poignet, le comprima.

— Écoute-moi bien, joli cœur. Ne t'avise pas de marcher sur mes plates-bandes, ou tu pourrais le regretter. Vu ?

La violence de ses propos n'était en rien comparable avec la hargne que Gonzague pouvait lire dans son regard. Mais il le dominait par sa taille et son flegme.

— Mon pauvre Vito, ironisa-t-il, je comprends pourquoi Bianca t'a laissé. « Monsieur, vous êtes une merde dans un bas de soie », disait Napoléon à Talleyrand. Cette citation te va comme un gant ! Maintenant, si tu le permets, j'ai une déclaration à faire.

Gonzague du Plessis de la Tour choisit de raconter son histoire après son discours de bienvenue. Dans la salle, Vittorio fulminait.

— Votre présence fidèle à ce rendez-vous annuel me touche au plus haut point. Pour moi, cela signifie qu'un homme qui revient de loin peut trouver une place dans notre société, à condition qu'il s'en donne les moyens. Permettez-moi de rendre ici hommage aux déportés de la guerre qui n'ont pas connu cette chance. Je ne les oublie pas, mes voisins de cellule marqués d'un triangle rose.

Il n'y avait plus un murmure dans l'assistance. La gravité des propos annonçait le scoop.

— J'ai été envoyé à Treblinka au début du conflit. J'ai survécu malgré les privations et les innombrables humiliations. J'ai vu un ami détenu, qu'un kapo maltraitait, rentrer nu dans notre baraquement alors que nous étions en plein hiver. Il était gelé. Je lui ai alors donné ma veste pour qu'il se réchauffe. Un des officiers nazis responsables du camp a eu vent de l'affaire ; il est venu nous chercher et nous a conduits à l'extérieur du bâtiment. Il a ensuite arraché l'habit de fortune du malheureux avant de l'intimider avec son arme. Apeuré, l'innocent s'est mis à courir tandis que son bourreau lançait ses bergers allemands à ses trousses. Les chiens, en furie, l'ont dévoré sous mes yeux.

Certains journalistes, horrifiés par la barbarie du récit, cessèrent soudainement de prendre des notes pour regarder Benjamin parler.

— On m'a cru mort car on m'avait attribué par erreur le même numéro de matricule que ce pauvre malheureux : 978. Un chiffre qui restera à jamais gravé dans ma mémoire.

Devant l'attention de son auditoire, Ziggy poursuivit :

— En 1943, j'ai été transféré au camp de Sachsenhausen, près de Berlin, le « moulin à os », comme on le surnommait. Dès mon arrivée, j'ai réalisé que l'enfer existait sur terre. Nous étions obligés de travailler jour et nuit à véhiculer des brouettes de terre. Parfois, il arrivait aux SS de venir s'entraîner sur le stand de tir voisin de notre chantier. Je me souviens d'un jour où, nous ayant aperçus derrière le remblai, tandis que les kapos nous fouettaient pour reprendre le travail, ils s'amusèrent à nous narguer, puis à nous mettre en joue avec leurs armes. Des pédés pour cible, c'est drôle, non ? Les balles sifflèrent, de nombreux camarades tombèrent autour de moi. J'attendais celle qui mettrait fin à mon supplice, en vain. J'ai eu chaque jour la peur au ventre, car nous étions considérés comme l'espèce humaine la plus méprisable. Himmler avait autorisé les médecins à pratiquer sur nous des expériences afin de trouver la cause de notre « dégénérescence ». De nombreux détenus ont ainsi été châtrés ou utilisés comme « cobayes ». La plupart ont reçu des injections d'hormones mâles cristallisées dans l'espoir de nous convertir. Là encore, j'ai été épargné. Pourquoi ? Parce que je portais la barrette bleue réservée aux catholiques, et non le triangle rose. C'est ce qui m'a sauvé et me permet de m'adresser à vous aujourd'hui. Voyez en moi un témoin de l'au-delà et, comme l'a dit Bertolt

Brecht, « le ventre de la bête est encore fécond ». Ne l'oublions pas.

Dans son coin, Giglione s'épongea le front avec un mouchoir. Cette confession, déplacée dans une manifestation de ce genre, dépassait de loin le plus sordide de ce qu'il avait entendu sur les camps de la mort. Les clients de France Talents ne le supporteraient pas. Il pouvait mettre la clef sous la porte. Pourtant, à son grand étonnement, il vit deux acteurs assis au premier rang se lever avec dignité et applaudir, bientôt suivie par la salle tout entière. Vittorio s'apaisa. Néanmoins, il allait devoir canaliser son associé.

La déclaration fit la une des journaux du soir. Henri Drac s'empressa de téléphoner à Tessa, qui était en Avignon, pour lui annoncer la nouvelle.

— Êtes-vous au courant des dernières frasques de votre ami Gonzague ? Rentrez vite à Paris. Retirée dans votre province, vous manquez l'essentiel.

Il marqua un temps d'arrêt pour laisser la parole à son interlocutrice. Son visage enjoué prit alors une expression compatissante.

— J'arrive sur-le-champ, décréta-t-il. Si l'enterrement a lieu dans deux jours, je veux être à vos côtés.

12

Nice, 1959

Le cercueil descendit en terre sous le regard de la foule venue rendre un dernier hommage au défunt. Comment ce drame avait-il été possible ? Un homme si énergique, en pleine force de l'âge… La Faucheuse ne respectait aucune règle. Dans les allées du cimetière, amis et curieux attirés par la renommée du défunt défilèrent les uns après les autres. Vingt-sept ans après son père Nathanaël, Benjamin rejoignait le caveau familial. Il ne laissait pas de fils. Le nom Braunstein s'éteignait à jamais.

Alexis s'avança le premier au bord de la fosse pour se recueillir. Les dernières images de la tragédie hantaient sa mémoire. *L'incendie qui ravage le bâtiment, l'air qui devient irrespirable et la température insupportable. Alexis tente de sortir par la porte principale, Benjamin se trouve près de la fenêtre. Mais la violence de l'incendie condamne la moindre initiative. Voyant Alexis en difficulté, Benjamin, dans un dernier élan, intervient et pousse son ami dans le couloir encore épargné par les flammes. Hélas ! lui n'a pas la chance de s'en sortir, il est écrasé par une poutre.*

La compagnie d'assurances a conclu très rapidement son enquête : installation électrique vétuste. L'équipement ne répondait pas aux normes de sécurité les plus élémentaires. En allumant le disjoncteur, Alexis avait provoqué un court-circuit et l'incendie s'était déclaré à la vitesse d'un feu de paille. Pourquoi n'avait-il pas fermé définitivement les vieux ateliers après le déménagement de la manufacture à Saint-Rémy ? Il ne se pardonnerait jamais cette erreur.

— Adieu, l'ami, souffla-t-il le cœur lourd, en jetant une poignée de terre sur le cercueil.

Louise se présenta à son tour devant le caveau, effondrée. Alexis la prit dans ses bras. Au fil des années, elle s'était rapprochée de son père biologique et lui avait laissé la chance d'exprimer son amour. Aujourd'hui, l'orpheline perdait son papa. Louise endurait ce nouveau drame avec, en héritage, cet énorme regret de ne pas lui avoir dit à quel point elle l'aimait.

Alice, enfin, s'approcha de la tombe, impassible, froide, presque hautaine. Bien qu'anéantie, elle ressentait en cet instant une haine farouche envers Alexis Bastide. Cet homme n'avait-il pas assassiné son mari en l'entraînant dans un atelier délabré et en le laissant mourir dans des conditions atroces ? Il lui fallait un responsable, quelqu'un sur qui rejeter sa détresse. Sa présence lui donnait la nausée. Comment osait-il se présenter à elle ? Et ce discours larmoyant à l'intention de son meilleur ami… Alice aurait voulu lui sauter à la gorge, lui crever les yeux et lui arracher le cœur. Elle endura le cortège des condoléances, aspirant à s'isoler au plus vite à Château Braun, au milieu de ses souvenirs. Là, elle pleurerait les jours heureux et tous les projets anéantis par la faute d'Alexis Bastide. Elle retrouverait la sérénité lorsqu'il serait puni comme il le méritait.

Après l'enterrement, Tessa regagna sa voiture, impatiente de retrouver Paris, les affaires, et d'étendre son empire.

— Je peux te parler ? l'interpella Alexis.

Le ton de sa voix était sec et impérieux, comme le geste de la main qui retenait son bras.

— Bien sûr. Et de quoi ?

— J'ai appris ce matin que la vente de Foot Guard était remise en cause par la commission de surveillance boursière.

— Ah oui ? J'en suis navrée pour toi. Tu semblais tellement déterminé à racheter ce pauvre fabricant de chaussures bostonien.

— Tessa, nous savons tous les deux pourquoi je m'intéressais à lui. J'ai besoin de son réseau de distribution aux États-Unis.

Elle le considéra, l'air ingénu. Il se débattait comme un lion. La colère le rendait irrésistible.

— Et en quoi suis-je concernée ?

— Tu m'as déjà coupé l'herbe sous le pied avec Howard's. À l'époque, je me suis montré beau perdant. Maintenant, la vente de Foot Guard est ajournée, comme par hasard une semaine après t'avoir annoncé mes projets. Personne d'autre que la famille n'était au courant. Je suis en droit de me poser des questions, non ?

— Dois-je en conclure que tu me suspectes, Alexis Bastide ?

— Je ne sais pas. À toi de me le dire.

— Je préfère ne pas te répondre. Tes propos sont insultants.

— Sache que je ne me laisserai pas faire. Si tu as des griefs à mon égard, exprime-les, sans quoi nous risquons de nous livrer à une guerre sans merci.

— Vraiment ? J'ai hâte de voir ça.

Tessa lui adressa un sourire ironique et poursuivit son chemin. Un chauffeur l'attendait, debout devant une limousine aux vitres teintées. Il ouvrit la portière de la Rolls, elle s'engouffra dans le véhicule et s'installa à l'arrière, au côté d'Henri Drac…

— Vous me paraissez soucieuse, chère amie, lui lança-t-il d'un air détaché.

— Alexis a des doutes.

— Et après ? Il ne peut rien faire.

Tessa se tut. Son oncle ne pouvait rien contre elle, en effet. Néanmoins, elle se sentait contrariée qu'il la considère comme un traître.

— Les événements se déroulent selon vos plans, ajouta Drac.

— Bien sûr, mais…

— Tessa, la coupa-t-il sans ménagement, il faut savoir ce que vous voulez. Vous n'ignorez pas que le pouvoir isole. Alors, que choisissez-vous ?

Absorbée, elle fixait la vitre de séparation avec le chauffeur. D'un côté, il y avait Alexis, de l'autre, l'ivresse du pouvoir. Allait-elle remettre en cause son destin uniquement par amour pour un homme qui la rejetait ? D'une voix sourde, elle répondit :

— Ne doutons plus ! Vengeons-nous !

— À la bonne heure ! Je vous retrouve, se réjouit-il.

La Rolls-Royce déposa Drac devant son hôtel. Il ne rentrerait pas à Paris avec sa maîtresse. Auparavant, il avait une dernière formalité à remplir.

N'ayant pas été conviés à loger à Château Braun, les Bastide avaient réservé quatre suites confortables au Martinez. Ils avaient prévu de rentrer à Avignon après l'ouverture du testament, le lendemain de l'enterrement.

Après la cérémonie, Alexis souhaita rester seul à l'hôtel et boire un verre à la mémoire de son ami. D'une humeur morose, il avait acquis la certitude que Tessa usait de son influence pour contrecarrer ses plans. À quelles fins ?

— Tu viens te promener avec nous ? demanda Bianca. Les enfants veulent aller se baigner.

— Allez-y, je vous retrouverai plus tard, dit-il simplement.

Mais cette journée allait lui réserver de mauvaises surprises. Outre le gel de la transaction Foot Guard, il apprit par télégramme que Yanis Stratolopoulos ne tenait pas à reconduire leur contrat et qu'il l'avait dénoncé. La manufacture chancelait sur ses bases. Durant tout l'après-midi, Alexis, fébrile, téléphona à ses contacts afin d'obtenir un rendez-vous avec l'homme d'affaires grec. Peine perdue, il se heurtait à un mur. Il n'avait pas vu les heures passer. Le soleil plongeait derrière la ligne d'horizon lorsque Bianca lui souffla, sur le pas de la porte :

— Je viens de coucher les enfants...

Mais Alexis, absorbé dans ses pensées, ne l'entendit pas. À trois heures du matin, il alla finalement se coucher. Bianca dormait à poings fermés. Il s'enfila doucement sous les draps, attentif à ne pas réveiller son épouse. Au même instant, blottie à l'autre extrémité du lit, Bianca ouvrit les yeux et soupira. Cette nuit encore, son mari ne la toucherait pas.

Alice regagna Château Braun après la lecture du testament par le notaire. Dans un codicille, le défunt la protégeait en lui léguant la majorité des parts de La Cybiline et l'usufruit de leur maison. À sa mort, l'ensemble reviendrait à Louise ou, à défaut, à ses héritiers. Alice était riche, mais elle avait perdu l'homme de sa vie. Hériter de sa fortune n'était que justice.

— Que faites-vous là ? s'écria-t-elle. Comment êtes-vous entré ?

Assis dans un fauteuil club face à elle, Drac souriait, sardonique.

— J'appelle la police.

— À votre place, je m'abstiendrais.

La rage enflait les veines d'Alice. Une force insoupçonnée la poussait à contrer cet homme. Elle décrocha le combiné et composa le numéro.

— Grave erreur, Francette. Grave erreur. Si vous persistez, pensez aux conséquences immédiates. La justice découvrira votre passé, vous condamnera, et les Bastide prendront possession de vos biens. Je vous propose une solution beaucoup plus simple.

Une solution qui mettra Alexis à genoux. Réfléchissez, Francette...

Drac n'avait pas bougé. Mains jointes devant la bouche, son calme était plus menaçant encore. Alice redoutait ce flegme, et l'évocation de son véritable prénom lui glaçait les sangs. Elle reposa le combiné du téléphone.

— Que me voulez-vous ?

Drac se leva. Le regard pénétrant, il vint à sa hauteur, caressa ses cheveux et murmura :

— Passé votre période de deuil, une jolie fille telle que vous ne peut pas rester seule.

Alice s'écarta, écœurée par le sous-entendu.

— Vous êtes fou ! hurla-t-elle.

— Voyons, nous nous connaissons à peine, dit-il, amusé par la situation.

— Jamais, vous m'entendez. JA-MAIS ! Il est hors de question que nous ayons la moindre relation ensemble.

— Mais je ne vous parle pas de ça.

Alice se sentit confuse. Qu'avait-il en tête ?

— Vous allez m'épouser.

Elle manqua de s'étrangler.

— Je vous demande pardon ?

— Vous avez parfaitement entendu. Vous allez m'épouser.

— Vous avez perdu la raison ?

— Je ne pense pas. En tout cas pas la mémoire.

Il s'approcha d'elle et lui enserra la taille.

— Le destin réserve tant de surprises. En un clin d'œil, le bonheur s'évanouit, le passé vous dévore. Et il ne reste plus rien.

Alice tremblait sous la pression de son bras.

— Savez-vous ce que subissent les beaux brins de fille comme vous en prison ? Vous ne tiendriez pas une semaine, deux tout au plus. Alors croyez-moi, soumettez-vous. Nous gagnerons un temps précieux.

La jeune veuve sanglotait, totalement paniquée.

— Alors, c'est d'accord ? insista-t-il en la serrant si fort qu'elle eut du mal à parler.

D'un signe de tête, Alice approuva.

13

Athènes, 1959

— Vous n'avez pas reçu d'autres messages ? insista Alexis.

D'un air contrit, le concierge répondit par la négative et lui tendit les clefs de sa suite, tandis qu'un chasseur portait ses bagages vers l'ascenseur. Contrarié, Alexis le suivit à travers le hall en marbre du palace. Il redoutait l'issue de ce voyage d'affaires. Pourquoi tant de mystères ?

Après l'enterrement de Benjamin, un mois plus tôt, il avait essayé de joindre Yanis Stratolopolous, mais ses innombrables messages étaient restés sans réponse. La situation était préoccupante. La commission boursière avait annulé la transaction de la manufacture avec Foot Guard, puis validé la candidature d'une compagnie américaine. Par ailleurs, l'ensemble des boutiques franchisées de la marque traversait une crise majeure et l'assurance refusait de payer le préjudice causé par l'incendie, estimant que les garanties souscrites couvraient un bâtiment désaffecté et non un laboratoire de recherches. Mais il restait aujourd'hui une alternative au chef d'entreprise : ne pas perdre le marché lucratif du

Bassin méditerranéen, où le chiffre d'affaires affichait une hausse constante malgré la précarité des régimes politiques de certains pays. Pour la survie de son entreprise, Bastide devait absolument conclure un accord avec Stratolopoulos. Deux jours plus tôt, alors qu'il avait perdu tout espoir de redresser la situation, il avait reçu un télégramme du distributeur grec, un message laconique, presque un ordre : « Rdv le 23. Athènes. Dispositions prises. Contact sur place. » Alexis avait sauté dans le premier avion pour la Grèce, où il fut accueilli par un chauffeur peu loquace qui le confia sans explication au portier du Vouliagmeni Plaza Resort. En affaires, Alexis aimait la transparence, le seul critère qui pouvait lui donner confiance. Là, il partait à l'aventure. Quel était ce contact ? Assurément, un intermédiaire de Stratolopoulos. Mais qui ?

Alexis glissa un pourboire au chasseur et découvrit la suite réservée à son nom, sans doute une intention de Stratolopoulos en geste d'excuse. Un salon aux teintes crème s'ouvrait sur une immense terrasse dominant la plage de Vouliagmeni, la plus belle d'Athènes. Du dernier étage, le panorama était époustouflant de beauté, de la beauté des dieux. Bianca aurait aimé cet endroit. Si elle avait accepté de laisser les enfants afin de passer un peu de temps avec son mari… Accoudé sur la balustrade, Alexis songeait avec nostalgie au passé. Lorsqu'il avait rencontré Bianca, sa seule présence avait balayé le souvenir de Tessa. Ils avaient connu la passion, puis étaient nés leurs deux fils, qu'il adorait. Mais sa femme avait changé. La diva à la voix cristalline avait renoncé à sa passion pour se consacrer à leur éducation. Elle s'était détournée du chant pour ensuite s'éloigner de son mari. À quoi bon le nier ? Aujourd'hui, mis à part les problèmes domestiques à régler, il n'existait plus rien de leur complicité, leurs escapades, leur amour… Alexis en souffrait.

Juste avant son départ, Tatiana l'avait rassuré : elle aurait une discussion avec sa belle-fille. L'intention était touchante, mais le résultat incertain. Enceinte pour la troisième fois, Bianca savourait cet état de grâce, repliée sur elle, obnubilée par le petit être qui se développait dans son ventre. Plus qu'être mère, porter la vie la comblait. Elle vivait coupée du monde, un isolement souvent dangereux pour ses fils. Une semaine plus tôt, Clément et Julien avaient été livrés à eux-mêmes à la sortie des classes et laissés sans surveillance aux abords de la piscine. Où était la diva embrasant la Scala, la femme passionnée qui avait cultivé la passion avec le même talent ?

Pour chasser ses sombres pensées, Alexis défit ses bagages. Combien de temps allait-il patienter dans cette chambre avant de connaître son sort ? Il détestait l'inaction, un gaspillage pour lui. Cette même idée l'avait conduit autrefois sur les chemins du maquis où il avait fraternisé avec ceux qui partageaient ses idéaux de liberté. Et aujourd'hui, Benjamin s'en était allé. Alexis culpabiliserait toute sa vie. Pourquoi l'avait-il amené dans cet entrepôt ? Pourquoi ce court-circuit, juste ce jour-là ? Pourquoi ?

Pourquoi… De ses camarades de guerre il ne restait que Tessa, la sulfureuse Tessa… Quels étaient ses sentiments à son égard ? Pouvait-il ignorer son rôle dans l'ajournement de la transaction Foot Guard ?

Alexis s'allongea sur le lit, les mains jointes derrière la nuque. Chez les Bastide, la personnalité de Tessa contrastait avec celle de sa cousine Louise. Celle-ci endurait les épreuves avec courage et s'efforçait d'atténuer les tensions à L'Amédoune. Souvent, elle endossait les torts de Bianca, les assumait, se sentant peut-être coupable d'avoir renié son père pendant de nombreuses années. À présent orpheline, Louise relativisait les mouvements d'humeur des uns, les défauts des autres, tout en regrettant ces paroles tues à jamais et la richesse des petites choses, parfois anodines ou agaçantes, qu'elle ne partagerait plus avec son père. C'était pour elle une raison supplémentaire de montrer son attachement à Tatiana, sa grand-mère de cœur. Alexis savait Louise marquée par l'échec de son mariage. Lui et sa mère avaient la certitude que la jeune femme, bien qu'éloignée volontairement d'Oran et du domaine Lombrage, espérait le retour d'Arnaud. Les révolutions changent la destinée de chacun. Sur ce point, l'histoire de la famille Bastide en était un digne exemple.

Alexis s'endormit.

Il fut réveillé quelques heures plus tard par la sonnerie du téléphone.

— Une voiture va passer vous prendre dans la matinée, monsieur, le renseigna son interlocuteur.

— S'agit-il de Yanis Stratolopoulos ?

— Je ne sais pas, monsieur. Je dois simplement vous transmettre ce message.

Le concierge précisa qu'Alexis devait faire ses bagages et les emporter avec lui.

— Un bon présage, se dit-il en raccrochant.

Une journée en Grèce et il repartirait avec son contrat en poche. Il sortit les housses du dressing, les lissa avec soin, but une tasse de café et quitta la chambre, fébrile à l'idée de connaître l'identité de son mystérieux contact. Une Bentley grise l'attendait sous le porche. Un chauffeur ganté déposa ses effets dans le coffre de la limousine et l'invita à monter à bord.

— Où allons-nous ?

— Au port de plaisance, monsieur. Vous êtes attendu sur un yacht.

— Un yacht ?

L'employé zélé ne releva pas.

— Je n'avais pas prévu de virée en mer. Pour quelle destination embarquons-nous ?

— Pour Stratos…

Avant même qu'Alexis pose une autre question, l'homme au teint olivâtre ajouta :

— L'île de Monsieur Stratolopoulos.

La Bentley évita les encombrements aux abords de l'Acropole et prit la route du sud, en direction du Pirée. À son arrivée, Alexis ne manifesta aucune surprise en découvrant la taille du somptueux bateau. L'intérieur était d'un luxe inouï, ostentatoire. Bastide fut conduit dans un grand salon aux murs en bois exotique marqueté, aux tapis épais et aux dorures clinquantes.

— Et M. Stratolopoulos ? s'enquit-il, irrité.

— Vous le retrouverez sur l'île, répondit le maître d'hôtel. Souhaitez-vous prendre une collation à l'extérieur ?

— Combien de temps nous faut-il pour nous rendre à Stratos ?

— Une heure quarante-cinq, monsieur.

— Dans ce cas, je vais manger quelque chose.

Alexis fut conduit sur le pont arrière où l'attendait un somptueux buffet disposé sur une table nappée de blanc. À l'étage inférieur, une piscine, bordée d'une plage en teck, accueillait une dizaine de transats de la même essence. Alexis imaginait son hôte en compagnie de charmantes naïades, prêtes à assouvir les moindres désirs du nabab. Bastide méprisait les millionnaires comme Onassis, qui défrayaient la chronique et étaient capables de renverser un gouvernement par caprice. L'argent n'achetait pas la dignité d'un homme. Alexis eut l'estomac noué.

Entre ciel et mer, Stratos émergeait des eaux limpides de la mer Égée. Un écrin de verdure se détachait d'une plage de sable blanc, luxe réservé aux plus fortunés. Alexis se souvenait des fabuleuses aventures d'Homère que lui avait racontées Tatiana à l'heure de ses siestes d'enfant. Était-il en train de nager dans les eaux tourmentées de la mythologie ? Par certains aspects, il aurait pu le croire. Heureusement, il serait bientôt fixé, Yanis Stratolopoulos se dévoilerait enfin et lui rendrait sa liberté.

Le yacht accosta au seul ponton disponible. Face à lui, une volée de marches partait à la conquête d'une colline boisée de pins parasols et de quelques arbousiers. D'autres massifs de taille ordonnée dissimulaient un parc verdoyant avec, dans le fond, une magnifique villa. Alexis n'avait jamais rien vu de tel. Sur l'album de famille, sa mère lui avait bien montré les photos de *Cap Amiral*, le palais de la mer de son grand-père l'amiral Oulianov, sur la Riviera française. Mais Stratos le supplantait de loin. Comparable à un temple antique dressé sur un promontoire au milieu de nulle part, son raffinement contrastait avec la rudesse de la roche. Alexis avança à pas feutrés, impressionné malgré lui. À son passage, un paon déploya sa queue en un éventail coloré, entre les jets d'eau des bassins symétriques. Alexis fut introduit dans un patio, bercé par les murmures d'une fontaine. Hormis quelques domestiques effacés, personne ne semblait l'accueillir. Pendant combien de temps allait-on se jouer ainsi de lui ? Ce comportement devenait inadmissible.

— Où est Stratolopoulos ? s'écria t-il à l'attention d'un laquais en livrée.

— Il va arriver, coupa une voix à l'étage.

Alexis se retourna en direction de la coursive du péristyle. Tessa se tenait là, princière et impérieuse. La colère enfla les veines de Bastide. Il rageait d'avoir été l'objet d'une telle mise en scène.

— Toi ! C'est toi le mystérieux contact ? Où est Stratolopoulos ?

— Je te l'ai dit. Il va nous rejoindre bientôt.

— Très bien. J'ai assez perdu de temps.

Alexis s'apprêtait à repartir, mais les portes se refermèrent devant lui. Comment osait-elle le retenir contre son gré ?

— C'est comme ça que tu me remercies ? le défia-t-elle sur un ton de reproche.

Vêtue d'un chemisier de soie blanche et d'un pantalon fluide, Tessa se tenait derrière lui, désinvolte. Alexis la considéra. Sa nièce ne pouvait laisser personne indifférent. Outre une plastique avantageuse, elle possédait un tempérament de feu qui ajoutait du piquant à son charme envoûtant. Elle en usait avec un naturel déconcertant et parvenait à retourner les situations en un tour de main. Il était difficile à ses interlocuteurs de résister à son audace. Mais Alexis, lui, connaissait ses ruses, il ne se laisserait pas berner.

— Te remercier ? Et de quoi, Grand Dieu ?

— De te permettre de rencontrer Yanis ! Comment crois-tu avoir obtenu ce rendez-vous ? Par tes seules supplications ?

Elle se radoucit.

— Dès que j'ai su que tu cherchais à le voir, j'ai décroché mon téléphone. Stratolopoulos me doit un service, je me suis chargée de le lui rappeler.

La colère d'Alexis tomba. Tessa disait peut-être la vérité. Elle s'avança vers lui.

— Je n'aime pas que nous soyons fâchés, Alexis, avoua-t-elle en glissant son bras sous celui de son oncle. Je n'ai pas toujours été loyale en affaires avec toi, mais le même sang coule dans nos veines et je tiens à me racheter.

— Tu ne changeras donc jamais..., finit par sourire Alexis.

— Le devrais-je ? Allez, viens. Laisse-moi te guider dans cette superbe villa.

— Et Stratolopoulos ? Quand arrive-t-il ?

— Plus tard. Yanis sera certainement en retard. Mais laisse de côté tout ça, relâchons la pression et détendons-nous. Depuis combien de temps n'as-tu pas pensé à toi, rien qu'à toi ?

Tessa avait l'art de viser juste. Amusé, Alexis entra dans son jeu.

Yanis Stratolopoulos téléphona en fin d'après-midi afin de s'excuser. Retenu au Moyen Orient, il reportait sa venue.

— Quand arrivera-t-il ? s'écria Bastide, outré par l'incorrection de son hôte.

— Il sera là vendredi en fin de matinée.

Tessa se glissa derrière Alexis, déposa ses mains à la base de son cou et commença à le masser.

— Que tu es crispé ! Détends-toi. Nous avons trois jours de vacances devant nous, dans une somptueuse villa. Que veux-tu faire ? Rentrer ? Risquer de perdre ton contrat ? Profitons-en, au contraire.

— S'il ne rentre pas vendredi, je pars, dit-il, s'abandonnant aux bienfaits du massage improvisé.

— Voilà qui est plus raisonnable.

Alexis se résigna. Après tout, la perspective de se mettre au vert pendant quelques jours lui procurerait un bien fou. Derrière lui, Tessa triomphait.

Bastide fut séduit par la vie à Stratos. La magie des dieux opérait. Plus d'impératifs, peu de communications avec le monde extérieur, juste le bonheur de jouir de ces journées dérobées à la course folle du quotidien, de savourer le goût de l'interdit. Tessa se révéla tour à tour drôle, touchante, taquine ou séductrice. Alexis succomba à son charme et, sans pouvoir le définir, se sentit rassuré. À plusieurs occasions, en effet, elle mit fin à des situations ambiguës et effaça toute équivoque. Ils étaient parents, ce qui expliquait sans doute leur complicité. Pourtant, au fil des jours, Alexis refoulait avec peine les images sensuelles qui s'emparaient de son esprit, des scènes torrides où leurs deux corps enflammés partageaient la même fougue. Parviendrait-il à résister à la tentation ?

Ce jour-là, le déjeuner leur fut servi au bord de la piscine, un vaste plan d'eau dédié à Poséidon. Seul à table, en l'absence de Tessa partie se changer, Alexis contemplait la mosaïque du bassin, une superbe fresque en carreaux de Delphes représentant une scène de la mythologie. Halia, la maîtresse du dieu de la mer, prenait un bain en sa compagnie.

— À quoi penses-tu ? demanda Tessa en prenant place sur un transat.

— À rien…

— Bastide, tu es un menteur, sourit-elle, mutine. L'histoire d'Halia est tragique, poursuivit-elle, perspicace. Amante de Poséidon, séduite par Zeus, elle a été violée par ses fils avant de se jeter dans la mer, par honte. Les Rhodiens assurent qu'après sa mort elle est devenue la déesse Leucothée.

— Tu t'intéresses à la mythologie grecque ?

— Elle est riche d'enseignements. Amours déçues, drames affreux, passions dévorantes... Notre famille connaît ça, je crois...

— Nous sommes effectivement bien placés sur ce point.

Avec une attendrissante sincérité, Tessa lui confia les véritables motifs de son mariage avec François Valrins. L'ambition avait guidé son choix car, malgré sa parenté avec la famille Bastide, son parcours différait du leur. Tessa voulait réussir là où sa mère avait échoué. Était-elle plus heureuse au bout du compte ? Certes, son mari appréciait le talent de son associée, mais il ne se montrait guère attiré par les femmes. Elle s'interrompit. Alexis attendait qu'elle se révèle davantage. À cet instant, il aurait tout accepté. Tessa croisa les jambes, découvrant un genou des pans de son paréo. L'esprit de Bastide s'échauffa.

— Tu vois, reprit-elle, pour changer de conversation, je suis ravie du retard de Yanis. Il vient dans trois heures, vous signerez, et nous repartirons chacun de notre côté.

Elle se pencha sur la table et lui saisit la main.

— Quoi qu'il arrive, Alexis, sache que ces jours à Stratos resteront dans ma mémoire comme de merveilleux souvenirs. Des instants précieux en ta compagnie, rien qu'à nous.

— C'est réciproque.

Alexis sentit ses résistances s'évanouir. Il avait envie de goûter aux lèvres de Tessa. Mais elle se retira.

En fin d'après-midi, Yanis Stratolopoulos débarqua. Grand, brun, athlétique, l'homme d'affaires grec arborait une personnalité charismatique. Son franc-parler plut à Alexis. Il entra dans le vif du sujet. Tessa les laissa négocier et monta se changer. Lorsqu'elle revint, dans une robe de voilage rouge au décolleté vertigineux, Yanis se confondit en excuses. Il devait s'absenter, un impératif exigeait sa présence à Athènes.

Alexis ne prit pas ombrage de ce contretemps. Au contraire, il se réjouissait de fêter le succès de sa transaction en tête-à-tête avec l'instigatrice de la rencontre. Mais était-ce l'unique raison ? Au détour de la conversation, Alexis avait remarqué les vues de Stratolopoulos sur Tessa. Cet « impératif » l'arrangeait.

— À toi, la remercia-t-il en levant sa coupe de champagne.

— À nous, murmura-t-elle.

Le corps de Tessa le frôla à peine, mais Alexis oublia ses principes, aspiré par un irrésistible désir. À la recherche de l'extase, captivé par le regard pénétrant de Tessa, il s'approcha de son visage et l'embrassa sur les lèvres. Il sentit Tessa frémir de plaisir sous la tiédeur de ses caresses. Elle releva une jambe à hauteur de la taille d'Alexis, l'incitant à poursuivre. Avec avidité il la saisit, la souleva et la renversa sur la table. Les couverts s'entrechoquèrent, la vaisselle se renversa. Alexis voulait la conquérir. Tessa s'offrait à lui sans retenue. D'un doigt lascif, elle dessinait des cercles autour de son nombril.

Le nombril... Alexis se crispa, se redressa. Il venait de penser à Bianca.

— Qu'y a-t-il ? s'écria-t-elle.

Dans un éclair de lucidité, Bastide réalisa les conséquences de son acte. Avait-il perdu la raison ? Horrifié, il se détourna, replaçant le pan de sa chemise dans son pantalon de smoking.

— Pardon, bredouilla-t-il. Pardon, pardon...

Les joues rosies de Tessa virèrent au cramoisi.

— Je ne peux pas, se lamenta-t-il. Pardon. Je ne dois pas. Nous ne pouvons pas.

Alexis se dirigea vers la porte. Il aperçut le visage haineux de Tessa, assise au milieu de la table.

— Sois maudit, Bastide ! hurla-t-elle.

Il eut juste le temps de refermer la porte avant qu'un cendrier en cristal ne s'écrase contre elle. À l'extérieur, tout était normal. Si ce n'est le bruit d'un craquement de pas dans le sous-bois. Une autre personne se trouvait sur l'île...

Alexis quitta Stratos le lendemain, à l'aube, sans avoir revu Tessa. Dès que le bateau eut gagné la haute mer, Yanis Stratolopoulos vint frapper à la porte de la chambre de son invitée. Tessa était assise sur son lit. Yanis vint s'installer à son côté.

— Alors, tu as eu ce que tu voulais ?

— Non. Mais maintenant, je sais à quoi m'en tenir.

— Tu veux le contrat ?

— Plus que jamais. Je vais lui faire mordre la poussière.

— Dans ce cas...

Tessa l'attira par la cravate.

— ... je vais remplir ma part du marché.

Elle se donna au Grec sans aucun remords. Stratolopoulos était un bon amant. De plus, il lui cédait les droits de partenariat avec L'Amédoune. Par un simple jeu d'écriture, elle devenait le distributeur exclusif de son oncle sur le bassin méditerranéen.

Avant de reprendre un avion pour Paris, elle avait une dernière course à faire à Athènes. La Bentley de Stratolopoulos la déposa dans une ruelle sombre du quartier Psiri. Elle prit soin de ne pas être vue et entra par la porte de service d'une échoppe crasseuse. Un homme mal rasé l'invita à s'asseoir sur le seul fauteuil éventré à sa disposition. Tessa ne bougea pas, incommodée par l'odeur de transpiration qui émanait du réduit. Elle le somma de lui livrer sa marchandise. Le chauve revint avec une enveloppe et la lui tendit.

— Parfait, se réjouit-elle.

Photo après photo, elle découvrit la progression de ses ébats de la veille avec Alexis. Certaines poses ne laissaient aucun doute sur la nature de leurs rapports. Tessa sortit une liasse de billets usagés et eut du mal à dissimuler sa satisfaction.

14

Avignon, 1960

Tatiana pressa le pas. Elle repensait à la déclaration de son médecin : « *Six mois… un an tout au plus.* » Cette sentence revenait en boucle, lancinante et piquante comme le froid de janvier qui l'assaillait à présent. Elle remonta le col de sa zibeline, déterminée à ne rien révéler à ses proches. Inutile de les inquiéter avec un problème personnel alors que, sa vie durant, elle avait veillé à les protéger de tout avec la vigilance d'une louve.

La doyenne des Bastide ne redoutait pas la mort. Dès son plus jeune âge, sa culture slave lui avait permis d'apprivoiser son ombre. Et si l'idée de rejoindre des êtres chers la séduisait, abandonner ses enfants à leur destin la déchirait. Qui atténuerait leurs souffrances ? Alexis avait besoin d'elle pour l'épauler, le conseiller, le rassurer. Tatiana connaissait si bien son fils. Elle admirait le courage avec lequel il avait repris le flambeau de Virgile. Père et fils se ressemblaient tant… Deux rocs derrière lesquels se cachaient des hommes sensibles. Bianca, dans son amour infini pour ses enfants, présumait trop des forces d'Alexis. Leur couple était en danger.

Et il y avait Louise, la pauvre Louise. Elle aussi avait traversé une existence tragique. Après le décès d'Apolline, sa mère, de Pierrot, son fils, elle venait d'enterrer son père Benjamin au moment où ils se rapprochaient. Tatiana pouvait ressentir cette douleur dans sa chair pour l'avoir endurée elle-même avec le massacre de ses parents, en 1917. Et bien que les événements de Saint-Pétersbourg aient été déjà loin, la plaie ne cicatriserait jamais. Bien sûr, elle n'avait jamais exprimé sa douleur, préserver les siens demeurant son unique priorité. Aussi, les voir espérer un improbable miracle si elle les prévenait de son état de santé aurait été d'une cruauté bien plus insoutenable à ses yeux. Elle se tairait.

Le mistral s'engouffra dans la rue Guillaume-Puy qu'elle longeait à présent. Un tourbillon glacé arracha aux platanes leurs dernières feuilles jaunies. Tatiana longeait les murs de la maison Pernod. Les Avignonnais connaissaient bien l'histoire de cette famille d'indienneurs, ruinée par la guerre de 1870 et la chute catastrophique de la production de garance qui en avait découlé. À la suite de ce sinistre épisode, Jules Pernod avait opéré une reconversion réussie dans le pastis, profitant de la loi de 1914 qui avait interdit de distiller de l'absinthe. Des fabriques d'indiennes d'antan, seule la manufacture Bastide résistait encore. Mais pour combien de temps ? Le marché subissait une féroce concurrence de l'étranger. Dans les années à venir, son fils devrait se battre s'il voulait maintenir la tradition. Il aurait besoin de soutien, mais elle, elle ne serait plus là…

Tatiana tourna sur la gauche, dans la rue des Teinturiers. Elle se souvenait du jour où elle l'avait longée pour la première fois. C'était juste après la Grande Guerre. Son amie Apolline Bastide l'avait conviée aux fêtes de Noël chez son père. Tatiana tenait entre ses doigts son unique bagage, un sac de cuir brun enfermant ses rares biens. Elle avait vu Virgile, été impressionnée par sa haute stature, sa magnifique chevelure d'un blanc immaculé. Elle avait tout de suite été conquise par cet homme. Dès lors, elle s'était sentie chez elle auprès de lui.

Le mur éventré des anciens ateliers Bastide la ramena à la réalité. Par endroits, quelques traces de suie rappelaient l'incendie qui avait causé le décès de Benjamin Braunstein. Alexis avait pris la décision de raser les ruines du bâtiment. Un parc verdoyant recouvrirait les cendres. Mais Tatiana ne le verrait pas. Elle plongea sa grosse clef dans l'orifice de la serrure et poussa la lourde porte. Après l'avoir refermée derrière elle, Tatiana ôta son manteau et resta un instant silencieuse, savourant une fois encore les odeurs de bois mêlées à celle de l'encaustique, les craquements presque imperceptibles des parquets gonflés de chaleur, le tic-tac serein de l'horloge.

— Grand-mère, l'interpella Louise en la voyant, je te cherchais.

La jeune femme s'avança et l'observa de plus près.

— Ça va, grand-mère ? s'inquiéta-t-elle. Tu m'as l'air toute chose ?

Tatiana lui sourit avec tendresse en lui saisissant la main d'un geste rassurant.

— Je prenais le temps de respirer, de sentir notre maison.

— Tu es certaine que ça va ?

— Certaine, assura-t-elle, amusée. Nous passons notre vie à construire un cocon confortable, mais nous ne prenons pas le temps ensuite de l'apprécier. N'est-ce pas dommage ?

— Oui, sans doute.

Louise sembla à demi satisfaite par cette réponse. Depuis le décès de son père, elle manifestait une attention touchante pour les siens, sans doute par peur de les voir disparaître à leur tour. C'est pour cette raison que Tatiana ne dirait rien.

— Tu es seule ?

— Non, Bianca est dans sa chambre.

— Elle ne se sent pas bien ?

— Si. Elle termine sa toilette.

Avant que Tatiana le lui demande, Louise anticipa la question suivante.

— J'ai accompagné les enfants à l'école. Julien avait un gros chagrin. Il avait perdu son doudou.

Le visage de Louise devint soudain nostalgique.

— Pierrot ne se séparait jamais de son doudou lui non plus. C'est fou comme ils se ressemblent tous les deux...

Tatiana ouvrit les bras à sa petite-fille. Celle-ci vint s'y réfugier. Instinctivement, la main maternelle lissa les cheveux de Louise.

— Tu sais, grand-mère, lança-t-elle d'une voix triste, le plus dur pour moi, c'est qu'aucun mot n'existe pour qualifier ce que je suis devenue. Lorsqu'un mari perd sa femme, il devient veuf. À l'inverse, on parle d'une veuve. Mais une mère qui perd son fils n'est rien. On ne la nomme pas, comme si la langue française se refusait à admettre l'inacceptable.

— Tu as raison, ma petite chérie. Tu as entièrement raison.

Louise se ressaisit d'un coup.

— Je suis là, à pleurnicher sur la pauvreté de notre langue, et je ne te demande même pas comment s'est passé ton rendez-vous chez le docteur Reynaud !

— Tout va bien. Sois sans crainte !

Avec l'âge, Tatiana avait appris qu'un mensonge était parfois préférable à une vérité lourde de conséquences. Elles s'installèrent au salon où elles furent bientôt rejointes par Bianca. Enceinte de six mois, la femme d'Alexis avait du mal à se déplacer et elle s'installa avec difficulté sur un fauteuil provençal à l'assise bien droite.

— Votre visite médicale s'est bien déroulée ? demanda-t-elle à sa belle-mère.

— Oui. Rien à signaler. Toi, en revanche, veux-tu que nous demandions au docteur Reynaud de t'examiner ? Tu es si pâle…

— Ne vous inquiétez pas. Juste un peu de fatigue. J'ai assez mal dormi cette nuit. Elle m'en fait voir de toutes les couleurs, cette petite diablesse.

— Elle ? reprirent en chœur ses interlocutrices.

— Oui, je suis certaine que ce sera une fille.

Bianca leur confia n'avoir jamais éprouvé les mêmes sensations lors des grossesses de Clément et Julien. Pour elle, c'était un signe. Tandis que Louise servait le café et que Bianca cherchait une position confortable, Tatiana tria le courrier du jour déposé sur la table bouillotte, à côté d'elle.

— Ceci t'est adressé, lança-t-elle à sa belle-fille en lui désignant une grande enveloppe.

Intriguée, Bianca saisit le pli. Depuis ses adieux à la scène, elle recevait moins de courrier qu'auparavant, quelques lettres, parfois des cartes, mais jamais de plis aussi imposants. Elle décacheta la bande collante pour en retirer un magazine d'origine grecque qu'elle ne put identifier tout de suite, attirée par la photo de la une.

Tatiana la vit blêmir.

— Que se passe-t-il ? Qu'y a-t-il ?

Pour toute réponse, la future maman tendit l'illustré. En couverture, un cliché d'Alexis couché sur Tessa, elle-même renversée sur une table, ne laissait aucune équivoque sur la nature de leurs relations. Louise découvrit à son tour la photo. Bianca s'arma de courage et commença à traduire l'article.

Inceste en mer Égée

La semaine dernière, Stratos, l'île du millionnaire Yanis Stratolopoulos, a abrité la passion secrète de Mme Tessa Valrins, l'épouse du célèbre couturier François Valrins, et d'Alexis Bastide, l'homme d'affaires français. Cette liaison torride est d'autant plus choquante que M. Bastide, lui-même marié à la cantatrice Bianca Cavaldi, est l'oncle de Mme Valrins…

Tatiana demeura impassible. Il s'agissait de pures calomnies visant à souiller la réputation de la famille, la vérité était tout autre. Néanmoins, bien qu'une part d'elle-même réfutât les allégations de ce torchon, elle ne pouvait ignorer les photos. Son fils n'était qu'un homme, et Tessa une femme fort séduisante. La chair pouvait être faible sous l'ensorcelant soleil hellénique.

— Avant de tirer des conclusions hâtives, nous devons en savoir plus sur cette affaire...

Tatiana n'eut pas le temps de terminer sa phrase. Sous ses yeux, Bianca, qui se tenait le ventre, fut prise de violentes crampes qui lui arrachèrent des cris.

— Appelle le docteur Reynaud, ordonna-t-elle à sa petite-fille.

Puis, afin de ne pas affoler Bianca, elle insista à voix basse sur l'urgence de la situation.

Une heure et demie plus tard, Tatiana arpentait le grand salon, attendant avec angoisse le diagnostic du médecin qui était encore au chevet de sa belle-fille, ce qui ne présageait rien de bon. Par expérience, la doyenne des Bastide avait remarqué qu'au cours des décennies passées les malheurs s'étaient succédé sans laisser à leur famille le temps de sécher ses larmes. À maintes reprises, Tatiana avait essayé de joindre Alexis, il demeurait introuvable.

— Dites-lui de rentrer immédiatement à L'Amédoune, insista-t-elle auprès de sa secrétaire, agacée par le silence de son fils.

Elle chargea Louise de s'occuper des enfants pour le déjeuner.

— Nous irons au restaurant. Ils seront ravis.

— Parfait. Va. Je te tiendrai au courant.

Sitôt la porte refermée, Tatiana se sentit vidée de ses forces. Aurait-elle le courage d'affronter cette nouvelle épreuve ? Elle s'installa sur une bergère, près de la fenêtre. La lumière pâle de janvier dessinait en contre-jour une ombre rectiligne sur le parquet de bois blond. Tatiana se perdit dans ses réflexions. Le couple d'Alexis et Bianca vacillait, inutile de se voiler la face. Elle n'incriminait personne, la responsabilité de cet échec leur revenait à tous les deux. Lui, aspiré dans le tourbillon des affaires, elle, dans celui des maternités. Leur union s'était construite sur la passion. L'erreur de son fils avait été de croire qu'une femme pouvait chasser toutes les autres. Alexis était amoureux de Tessa et ne parvenait pas à se débarrasser de ce sortilège. Tout le monde devait en souffrir, à commencer par lui-même. Tatiana aurait dû le lui faire remarquer au lieu de taire cette évidence. Elle se sentait si coupable. Absorbée dans ses pensées, elle n'entendit pas le médecin arriver.

— Bianca a failli perdre son enfant, annonça-t-il. Heureusement, vous m'avez averti à temps. Les heures à venir seront décisives et, pour plus de sécurité, j'aimerais qu'elle reste alitée jusqu'à la fin de sa grossesse.

Tatiana acquiesça d'un signe de tête. Le médecin s'approcha d'elle.

— Avez-vous pris une décision au sujet de notre conversation de ce matin ? Le temps joue en votre faveur.

Elle leva vers lui un regard las.

— Je n'en ai pas le courage.

Le médecin s'agenouilla auprès d'elle.

— Cette intervention est votre dernière chance, Tatiana, sans quoi la tumeur risque de provoquer des dommages irréparables et...

— Non, docteur, objecta-t-elle avec douceur et fermeté. Je comprends ce que vous essayez de faire pour moi et je vous en remercie. Mais je n'ai pas changé d'avis. L'opération n'apporte aucune garantie, si ce n'est repousser l'issue. C'est vous-même qui l'avez dit.

Tatiana se radoucit, presque suppliante.

— Comprenez-moi. L'idée de mourir ou de souffrir ne m'effraie pas. En revanche, je ne veux pas imposer ça aux miens. Il faut savoir partir un jour. Et je suis tellement fatiguée, docteur. J'ai l'impression d'avoir vécu dix vies en une seule. Acceptez que je m'en remette à Notre-Seigneur.

L'homme de science la contempla en silence, vaincu par la détermination de sa patiente.

— Comme il vous plaira, murmura-t-il à contrecœur. Toutefois, si vous changez d'avis, faites-le-moi savoir dans les plus brefs délais.

Mais la décision de Tatiana était sans appel, il était temps pour elle de mettre de l'ordre dans ses affaires... Sans nouvelles de son fils, elle décida qu'elle se rendrait à Saint-Rémy-de-Provence dès le retour de Louise au chevet de Bianca. Selon les dires de la secrétaire d'Alexis, il avait été aperçu dans la nouvelle usine, mais elle n'avait pas pu encore lui parler. Tatiana prit le volant de sa DS et roula en direction des Alpilles. Elle aimait cette route sinueuse bordée de cyprès émeraude, d'oliviers argentés et de chênes kermès. En hiver, les arêtes saillantes du massif des Baux détachaient leur blancheur laiteuse au-dessus des contreforts bleutés. L'air était vif. Le mistral avait balayé les nuages de traîne pour laisser un ciel d'un azur profond. Pourtant, Tatiana avait du mal à apprécier le paysage. Les mains accrochées au sommet du volant, elle fixait les méandres de la départementale, révoltée par l'irresponsabilité d'Alexis.

Les bâtiments des ateliers de L'Amédoune se trouvaient à la sortie de la ville, le long de la nationale. La Citroën se gara près de l'entrée.

— Attendez, madame ! s'écria la secrétaire qui ne put retenir Tatiana.

La mère d'Alexis entra précipitamment dans la salle de conférences.

— Ça ira, Marinette, la rassura Alexis.

Puis, se tournant vers le groupe de Japonais qui siégeaient à ses côtés, il ajouta :

— Je vous prie de bien vouloir m'excuser un instant, messieurs.

Alexis saisit le bras de Tatiana et l'entraîna à l'écart.

— Maman ! Mais qu'est-ce qui te prend de nous déranger comme ça en pleine réunion ? Sais-tu l'importance que représentent ces gens ? Une formidable opportunité d'implanter L'Amédoune sur tout le Sud-Est asiatique !

— Sont-ils plus importants que ta femme ou que votre futur bébé, pour que tu ne daignes pas répondre à mes appels ? rétorqua-t-elle sèchement.

— Que se passe-t-il ? Quelque chose est arrivée à Bianca ?

Voyant l'inquiétude de son fils, Tatiana se radoucit.

— Elle a eu des contractions. Le médecin sort de chez nous. Tout va bien pour elle et le bébé. Mais elle doit rester alitée désormais.

— Laisse-moi un instant. J'arrive.

Tatiana attendit qu'ils fussent dans la voiture pour lui parler de l'article.

— La garce ! grommela Alexis avant de taper rageusement du poing sur le volant.

— Qui ?

— Tessa, s'écria-t-il, comme une évidence. C'est elle qui est derrière tout ça. J'en suis sûr. Elle avait tout manigancé pour que nous nous retrouvions en tête-à-tête. Je te laisse imaginer ce qu'elle voulait.

— Et ?

— Et rien ! s'indigna-t-il. J'aime Bianca, et Tessa est ma nièce.

La réaction d'Alexis rassura Tatiana. Cependant, sa réponse était trop spontanée. Ne cherchait-il pas à se persuader lui-même ?

— Mon grand garçon, reprit-elle avec douceur, une mère cherche sans cesse à écarter de son enfant les dangers. Pourtant, il en est certains contre lesquels elle ne peut rien. Les raisons du cœur par exemple. Il est difficile d'empêcher un cœur de battre pour quelqu'un. Ni la morale, ni l'amour, ni les conseils ou les interdits ne peuvent avoir de prise. Mais un enfant grandit et ses parents doivent accepter de le laisser mener son existence comme il l'entend. Hélas ! l'expérience des aînés ne sert pas aux plus jeunes.

Elle poursuivit, d'une voix sourde :

— À la Libération, lorsque Tessa est venue vivre sous notre toit, j'ai su que vous étiez amoureux l'un de l'autre. Je ne peux pas empêcher ce sentiment. J'imagine que tu dois en souffrir. Mais il y a Bianca, et les enfants. Veille à ne blesser personne. C'est ton devoir d'homme. Un jour, je ne serai plus là, et je veux que tu me fasses la promesse de toujours préserver ta famille. Promets-le-moi.

Tessa nia être l'instigatrice des photos, arguant qu'elles étaient aussi compromettantes pour elle que pour son oncle. Dès lors, les Bastide et les Valrins se brouillèrent. De son côté, Alexis veilla à être le plus présent possible auprès de sa femme. Mais la publication de l'article laissa des séquelles. Bianca venait de prendre conscience de la fragilité de son couple. Néanmoins, elle arriva au terme de sa grossesse et donna naissance à une fille qu'elle appela Norma, en hommage à son rôle fétiche.

La santé de Tatiana se détériora peu de temps après la naissance de sa petite-fille. Elle se fatiguait rapidement et maigrissait, jusqu'à devenir l'ombre d'elle-même. Pourtant, elle conservait son tempérament bien trempé, refusant de s'apitoyer sur son sort. Fidèle à son désir de préserver les siens, elle affronta sa maladie avec courage. Au retour des beaux jours, elle trouva un soulagement en nageant régulièrement dans la piscine. L'eau atténuait ses violentes douleurs aux reins, mais n'avait aucune vertu curative. Il était trop tard, la fin du voyage approchait. Tatiana le savait.

Un après-midi de mai, elle surveillait Julien alors que Bianca était partie changer son bébé à l'intérieur. Son petit-fils, qui jouait près de la piscine, enchaînait les bêtises, et Tatiana s'attendait à devoir se lever de son transat d'un instant à l'autre.

— Ne joue pas avec ta chaîne de baptême, répéta-t-elle pour la troisième fois. Tu risques de la faire tomber.

Le garçonnet l'écouta dans un premier temps, mais l'envie de recommencer était trop forte, et le pressentiment de sa grand-mère se réalisa : la médaille glissa et tomba dans l'eau.

— Ne t'avais-je pas prévenu ? gronda-t-elle. Je vais la chercher. Ne bouge pas.

Malgré la chaleur, Tatiana se leva, prit sa respiration, plongea à l'endroit le plus profond du bassin, et nagea vers la plaque de filtration du sol carrelé où était entraînée la chaînette, qui glissa entre les grilles. Elle la récupéra de justesse. Mais au moment de retirer ses doigts des barreaux, elle s'aperçut que sa bague de fiançailles la retenait coincée. Prisonnière, elle s'agita, tenta de faire pivoter le bijou, mais n'y parvint pas. L'air lui manquait. L'heure avait sonné.

Tatiana cessa de lutter.

15

Nice, 1960

Pour parvenir à leurs fins, les intrigants n'hésitent pas à recourir à des procédés peu glorieux qu'ils qualifient avec pudeur de « petits secrets », dont les conséquences peuvent prendre un tour inattendu. Le cours du destin suit un chemin inverse, noyant sur son passage des années de savants calculs. Tessa Valrins le savait bien. La publication de l'article dans le tabloïd grec, dont elle avait été l'instigatrice dans le but de nuire à Alexis, n'avait fait que nuire à sa réputation, ou plus précisément à celle de la maison Valrins. À la suite de ce scoop, la presse internationale, en manque d'informations, avait relaté l'événement durant tout l'été 1959. Les tirages décuplèrent. Les journalistes, avides du meilleur scoop, creusèrent le filon et découvrirent les « préférences » de Valrins... Or, sur ce point précis, François Valrins avait été très clair.

— Notre mariage est blanc, bien sûr, avait-il annoncé à Tessa le soir de leur lune de miel. Chacun mène sa vie de son côté. Je passerai sur vos frasques mais ne tolérerai aucun scandale autour de mon nom.

Le message était explicite. Malgré les consignes du Général, l'Élysée ne put canaliser l'onde médiatique et le couturier devint la cible des journalistes. Face à ses détracteurs, le styliste resta digne en public mais appliqua à la lettre les règles fixées en privé : il demanda le divorce.

Sur la pointe des pieds, Tessa se retira dans leur villa de Saint-Jean-Cap-Ferrat. Mieux valait qu'elle se montrât discrète, le temps d'officialiser leur séparation. François serait moins réticent à lui verser une indemnité compensatoire. Mais quelle ne fut pas sa désillusion à l'issue du procès ! Elle n'obtint rien, même plus le droit de porter le nom de son ex-époux.

— M. Valrins vous laisse jusqu'à la fin du mois pour quitter la propriété, l'informa l'avocat de la partie adverse.

Tessa rageait. Contre elle, tout d'abord. Comment avait-elle été assez stupide pour ne pas anticiper le dérapage ? Elle saurait tirer les leçons de cette expérience. Mais pour l'heure, si tous la jugeaient finie, elle voyait ce contretemps comme un incident de parcours et non comme un échec. Elle rebondirait.

— Comment dois-je vous appeler désormais ? la taquina Henri Drac, de passage sur la Côte au début de l'été 1960. Tessa Lavigne, selon votre état civil ? Bastide, du nom de votre géniteur ? Beaumont, celui de votre premier mari ? ou Valrins, votre second ?

— Je n'ai plus le droit de porter le dernier, je hais le souvenir d'Edgar Beaumont, plus encore celui des

Bastide… Le choix est vite fait. Il ne me reste que Lavigne.

Une pointe de fatalisme trahissait sa légendaire assurance. Pour elle, il s'agissait d'un retour à la case départ, sans possibilité de rafler la mise après un premier tour de piste.

— Qu'à cela ne tienne ! Je ne suis pas de celles qui se laissent démoraliser par si peu. J'ai joué. J'ai perdu. Il s'agit d'une défaite, pas de la fin de la guerre. La partie n'est pas terminée. Loin s'en faut !

— À la bonne heure ! Je vous retrouve.

Tessa considéra son invité, assis au milieu des valises de l'ex-Mme Valrins. Pourquoi était-il là, ce mondain ? Hormis un appel de soutien de la part de Ziggy, tous les pique-assiette avaient fui la reine déchue comme une maladie honteuse. Tessa n'aurait pas été surprise d'apprendre que ce curieux éclat dans les yeux de Drac était dû à l'admiration qu'il lui portait, fasciné qu'il était de la voir renaître de ses cendres. Il était son ami. Mais Tessa ne le lui avouerait jamais.

— Comment comptez-vous agir ?

Avant de répondre, elle pinça le filtre d'une longue cigarette qu'elle porta à ses lèvres vermillon, et demeura énigmatique le temps qu'Henri sorte un briquet de sa poche et allume la cigarette.

— Poursuivre mon combat, bien sûr ! lança-t-elle dans une volute de fumée. Je réglerai mes comptes. Un à un. Bastide, Valrins. Ils se mordront les doigts de m'avoir trouvée un jour sur leur route. Ce n'est pas une menace… mais une promesse !

À ce stade des confidences, Drac se garda de glisser dans la conversation des « si-je-puis-vous-êtreutile » totalement superflus en la circonstance, ou d'humiliantes formules qui reviendraient à la placer dans le rôle d'une nécessiteuse faisant l'aumône. Il ne commettrait pas cet affront. Des cris d'enfants, en provenance du parc, attirèrent leur attention. C'était ceux du jardinier. Drac et Tessa les regardèrent en silence.

— Vous n'avez jamais songé à devenir père, demanda-t-elle ?

— Quelle idée ! Vous savez que je déteste la vie de famille. Par ailleurs, à quoi bon mettre au monde des bambins ? Faire d'eux des petits malheureux dans le monde cruel des adultes ? Non merci.

Tessa fut surprise par l'expression de sincérité que dégageait son interlocuteur. Henri avait dû souffrir.

— Et vous ? reprit-il.

— Oh, moi, c'est une longue histoire... Peut-être qu'un jour je vous la raconterai...

Elle ne tenait pas à se confier et préféra changer de conversation.

— Il se murmure que vous allez épouser Alice Braunstein ? trancha-t-elle.

— Même en pleine tourmente, l'information vous est donc parvenue ?

— N'est-ce pas, avec l'argent, l'une des deux ficelles du pouvoir ?

— Touché, sourit-il, un index pointé dans sa direction.

— Voyons, mon cher Henri, vous n'allez pas me faire croire que votre libido s'emballe pour cette petite dinde effarouchée ?

— Une jolie dinde, cependant.

— Solidement dotée, de surcroît ! Néanmoins, je ne vois pas bien où vous voulez en venir. Diriger un studio de cinéma n'est pas évident de nos jours. Hollywood et Cinecittà dominent la production, non ?

— C'est un fait.

Tessa lui servit une autre tasse de thé. Puis, sans détacher les yeux de la théière, elle émit d'un air ingénu :

— En revanche, les studios couvrent les meilleurs terrains de la ville... Et les hectares valent une fortune...

— Loin de moi une telle idée, s'indigna-t-il faussement. Mais revenons à vous, si vous le voulez bien. D'autres bruits courent sur le fait que Stratolopoulos vous aurait cédé la distribution des tissus L'Amédoune sur tout le bassin méditerranéen.

À l'instar d'Henri et de ses projets immobiliers, Tessa nia les faits sans se départir de sa belle assurance. Deviner les machinations entre deux mensonges était leur sport préféré. Peu leur importait d'où ils tenaient leurs informations l'un et l'autre, ils ne les divulgueraient jamais, ou risque d'affronter un adversaire de même puissance.

Quelles qu'en soient les raisons, les « petits secrets » retiennent leurs gardiens en otage. Dans certains cas, ils hantent le quotidien. L'angoisse domine. Le sentiment de liberté n'existe pas, car se décharger d'un tel fardeau reviendrait à affronter l'inavouable. Pourtant, il arrive que ces « petits secrets » deviennent une arme redoutable. Sur ce point, Alice Braunstein en était un digne exemple. Victime de son passé, la veuve de Benjamin subissait le chantage de Drac. Sa période de deuil officiel touchait à sa fin, et avec elle s'achèverait celle d'un bonheur fugace. Même les nuits ne lui laissaient aucun répit, son passé venant la visiter dans son sommeil.

C'était une nuit d'été, lourde comme celle-là. Les grands saules de Touraine apportaient un semblant de fraîcheur sur les bords de la Loire. Elle suffoquait entre les draps froissés de sa chambre de jeune fille. Elle se leva, en quête d'un souffle d'air. À l'extérieur, dans le profond silence de cette nuit de pleine lune, elle descendit vers la rive, sa chemise plaquée contre son corps nubile, pieds nus. Un sentier en pente douce la conduisit jusqu'au fleuve. Elle laissa choir son unique vêtement sur les herbes parsemées de lucioles et, lentement, entra en contact avec l'eau. Saisie, elle tressaillit, se pencha, mains croisées sur la poitrine, avança, parcourue d'un frisson, hésita un instant, émue par cette sensation de plaisir, cherchant dans l'obscurité le secours des grands arbres si quelqu'un l'épiait, puis, peu à peu, plongea dans le courant. Un rayon de lumière pâle éclairait la peau diaphane de sa nuque délicate et sa chevelure cuivrée. Elle sursauta, alertée par un poisson qui venait de sauter tout près. Ses sens en éveil se familiarisaient avec le cri strident des chauves-souris, le gargouillis du fleuve ou les bruissements des arbres. Elle s'aventura sur le sable caressant.

L'eau ceinturait sa taille, glissant sur sa peau, contournant ses seins qui se durcirent à ce frôlement. Confuse, mais néanmoins ardente, elle s'abandonna, paupières closes, à cette douce volupté, jusqu'à atteindre le plaisir qui lui arracha un râle. Lorsqu'elle rouvrit les yeux, quelle ne fut pas sa surprise ! Adossé à la branche d'un arbre à fleur d'eau, un jeune homme au torse nu, immergé jusqu'à la taille, la contemplait. La coupable aurait voulu disparaître dans les flots, mais le sourire envoûtant de son admirateur l'en dissuada. D'une main insistante, il l'invita à venir à lui. Tremblante et fascinée à la fois, elle s'approcha, sans comprendre pourquoi.

Ensuite les scènes se bousculaient. Elle était confinée dans un décor luxueux, une chambre aux couleurs cramoisies d'un riche hôtel particulier. Il y avait un lit, défait. Par terre, un uniforme jeté là dans la précipitation. Elle était nue, hagarde et souillée. À ses côtés, le corps d'un homme robuste, inerte. Une forte odeur lui donnait la nausée. Entre ses doigts un liquide, poisseux. Ensuquée, elle releva la main, concentrant ses efforts. Du sang. Du sang partout, épais, capiteux…

Alice se redressa d'un bond. Quand parviendrait-elle à chasser ces horreurs de sa mémoire ? Dans quelques semaines, Henri Drac, son nouvel époux, serait là pour les lui rappeler si elle ne satisfaisait pas ses désirs. Benjamin aurait été le seul à comprendre, le seul à l'aider. Mais il n'était plus là. Par la faute d'Alexis Bastide… Peut-être Alice parviendrait-elle à trouver dans cette union, qui la révulsait, une compensation à sa détresse avec la perte de Bastide.

En femme intelligente, Tessa connaissait le prix d'un service, luxe inaccessible pour elle dans sa situation actuelle. Par ailleurs, elle savait déceler les opportunités, et troquer la malchance contre la bonne fortune l'excitait au plus haut point. Aussi, quand Ron Howard l'informa de son arrivée sur la Côte d'Azur, elle vit luire sa bonne étoile.

Depuis leur derrière entrevue huit ans plus tôt, Tessa avait maintenu un contact téléphonique avec lui, un lien qu'elle avait du reste limité aux affaires, connaissant ses sentiments à son égard.

— Il faut qu'on se voie ! insista-t-elle. Depuis le temps que l'on reporte…

— Je peux être chez toi dans deux heures.

— Deux heures ? répéta Tessa, soudain paniquée. Mais j'ai une foule de rendez-vous de prévus. Je ne sais pas si…

— Allons, trancha-t-il avec tendresse, tu es devenue célèbre, même aux États-Unis, tu sais ? Inutile de me mentir. Je connais ta situation actuelle et j'ai une proposition à te faire.

À quoi bon jouer une carte qui n'était plus sienne dorénavant ? Elle était démasquée. Ils décidèrent de se retrouver en fin d'après-midi chez Ron, à Mougins. Sur la route escarpée qui la conduisait dans l'arrière-pays, Tessa se demanda quelle était la mystérieuse proposition de Ron. Quel avantage pourrait-elle tirer de la situation ? D'ores et déjà, elle imaginait la contrepartie à payer. Cette idée ne l'emballait guère. Le seul talent de Howard avait été d'hériter de la plus importante fortune de la côte est. Tessa aimait les hommes ambitieux, rusés, un brin aventureux. Les autres lui servaient de marchepied pour asseoir sa propre puissance. Ron entrait dans cette catégorie.

Peu après son arrivée, l'homme d'affaires américain entra dans le vif du sujet, sans plus de formalités. Tessa fut surprise par la rapidité de son entrée en matière.

— J'ai de gros problèmes avec les fédéraux, commença-t-il. Ils m'accusent d'évasion fiscale.

— Et tu es innocent, je parie, ironisa-t-elle.

Elle se ravisa à l'expression irritée de son interlocuteur.

— Toi, de ton côté, tu es ruinée, lâchée par tout le monde. En outre, je te sais intéressée, égoïste, souvent cruelle et particulièrement retorse. Tu es très belle et tu ne recules devant rien pour parvenir à tes fins.

Tessa manqua de s'étrangler avec une gorgée de thé glacé. La franchise des propos de Ron la stupéfiait. Elle ne l'avait pas connu aussi direct par le passé.

— C'est pour ces raisons que j'ai besoin de toi. Rien ne t'effraie ! Et, quoi qu'on en pense, je sais que tu préserveras tes intérêts.

— À t'entendre, je serais Lucrèce Borgia ?

— À la réflexion, c'est un peu ça.

— Où veux-tu en venir, au juste ?

— Épouse-moi.

Ron clarifia son raisonnement.

— Je dois me faire oublier. Je vais disparaître dans la nature. Pendant ce temps, je veux transférer à ton nom mes actifs pour que tu les gères au mieux. Tu es une redoutable femme d'affaires, et rassure-toi, le fisc ne peut rien contre toi. Je suis certain que tu t'en sortiras admirablement…

Henri Drac débutait chaque journée par une douche. Comme les grands félins, la propreté était une affaire d'instinct et l'assurance de son succès auprès des femmes. Ainsi en confiance, elles étaient prêtes à laisser courir leur langue partout sur son corps musclé. Fidèle à son habitude, il chassa les odeurs d'une nuit échevelée sous le jet vivifiant, ôta les dernières traces de shampoing, de mousse à raser et de savon, puis testa la fermeté de son ventre. Il apportait le plus grand soin à son apparence car, à ses yeux, une présentation soignée rimait avec la réussite en affaires.

Avec énergie, Henri se frictionna la tête dans une serviette-éponge et se rendit dans le dressing de sa suite du Négresco. Là, sous les housses, s'alignaient ses costumes anthracite de l'avenue Montaigne, ses chemises importées de Londres et ses chaussures de Milan. Le résultat était d'une élégance sobre et discrète. Par jeu, il roula le drap de bain en boule et le lança dans la corbeille de linge sale.

— Yes ! s'écria-t-il en serrant le poing dans un mouvement de coude.

— Félicitations, lança une voix non loin.

Avec sang-froid, Drac fit volte-face, dissimulant au passage sa nudité derrière un costume Valrins.

Alice était assise sur une bergère, dans l'alignement du dressing.

— L'heure est un peu matinale pour une visite, très chère, lança-t-il avec flegme.

Elle ne releva pas.

— Permettez que je m'habille d'abord ? Nous ne sommes pas encore mariés pour partager une si douce intimité.

À ces mots, il repoussa la porte sur lui avant de réapparaître quelques instants plus tard, fidèle à son image d'élégant.

— Que me voulez-vous qui nécessite une telle intrusion ?

Alice, les joues en feu, se lança dans une diatribe sans le quitter des yeux.

— Je méprise l'être abject que vous êtes, tout comme je méprise ce que j'ai pu faire. Benjamin mort, sachez que je n'ai plus rien à perdre aujourd'hui. Cependant, je vais me servir de vous autant que vous vous servez de moi. C'est pour cette raison que je vais accepter votre proposition. Je ne vous demande qu'une chose : livrez-moi la tête d'Alexis Bastide !

Drac lui répondit, sarcastique :

— La vengeance, une excellente base de départ dans un mariage…

Rudy Howard débarqua sur le sol français au début du mois de juillet. Pour ce jeune passionné d'aviation, son baptême de l'air à bord d'un Boeing 707 était un cadeau inespéré de la part de Ron, son père. Le passager, âgé de douze ans, venait de traverser l'Atlantique « en solitaire », exhibant sa pancarte « enfant non accompagné » comme un trophée, preuve indubitable de son affranchissement de l'enfance. À présent, il comptait parmi les grands. Pourtant, Rudy était loin de s'imaginer ce qui l'attendait dans le monde des adultes...

Il retrouva son père à Mougins, sur la terrasse d'une maison de pierres sèches juchée au sommet de la colline. L'air était chaud, les cigales stridulaient de tous les côtés. Rudy apprécia ce dépaysement inattendu. Ici, il respirait, loin de la villa des Hamptons qu'il rejoignait d'ordinaire chaque été. Sa tante Betty, si attachée aux apparences, veillait à ce qu'il ne détonne pas au milieu de ses camarades fortunés et l'obligeait à troquer, le temps des vacances, l'uniforme de son école privée contre le blazer du très sélect Yachting Club. Avec fougue, le jeune homme s'élança dans les bras de Ron.

— C'était fabuleux, p'pa. T'aurais vu la puissance au décollage. J'étais rivé à mon siège !

— En effet, ça devait être amusant.

Rudy se réjouissait à l'idée de se retrouver seul avec son père. Pris par ses affaires et souvent en voyage, il le voyait peu. Pourtant, aux yeux de l'enfant, Ron incarnait le rêve américain à lui seul. Héros du débarquement en Provence, il avait repris avec brio les affaires familiales à son retour en Amérique, en 1948, et il se révélait un extraordinaire copain de jeux lorsqu'il en avait l'opportunité. Rudy l'adorait.

De sa mère, le jeune homme ne connaissait rien. Ou si peu. Il la savait française, rencontrée à la

Libération puis arrivée aux États-Unis où elle lui avait donné naissance avant de mourir en couches. Un cliché sur sa table de nuit lui rappelait le visage de Valentine, une femme blonde à la beauté lisse. Il ne se sentait rien en commun avec elle. Par ailleurs, à quoi bon s'attarder sur une personne qui ne le tiendrait jamais dans ses bras ?

— Alors, tu vas me montrer les plages où tu as débarqué pendant la guerre ? s'écria-t-il, des étoiles plein les yeux.

— Peut-être, si tu es sage. Nous verrons...

Rudy s'attendait à une réponse plus enthousiaste mais n'insista pas, chagriné par le « nous verrons » qui ne lui disait rien qui vaille.

Il connut sa première déception le lendemain, au saut du lit, lorsque son père, entre deux tasses de café, lui annonça son projet de mariage. Rudy n'aurait même pas le temps de se familiariser avec cette idée. La célébration était prévue dans moins d'un mois. Il devrait partager son père...

Ron lui présenta Tessa. Il la détesta d'emblée et le lui fit savoir.

Lors des noces, auxquelles il fut contraint d'assister, Rudy observa sa nouvelle belle-mère avec attention. Elle incarnait tout ce qu'il détestait chez les femmes. Quant à Tessa, elle semblait irritée à l'idée de s'adresser à lui, préférant papillonner parmi les invités, des amis de son père pour la plupart. Ron la présenta à un officier en uniforme, le colonel Fournier-Lérel, avec lequel il avait sympathisé lors du débarquement de Provence. Tessa frétilla devant le militaire, de retour d'Algérie où les événements s'étaient aggravés, selon lui. Rudy avait honte pour son père. Puis était arrivé un homme grand, mince, le visage émacié. Il se nommait Gonzague du Plessis de la Tour mais tout le monde le nommait Ziggy, un sobriquet vraiment ridicule.

— Je viens de céder mes parts à Vito, annonça-t-il à Tessa.

— Quoi ?

— Notre collaboration est devenue impossible. Par ailleurs, je tiens impérativement à me battre pour que personne n'oublie mes compagnons qui ont péri dans les charniers des camps de concentration. Vito pense que mon combat est inutile. La réputation de l'agence en pâtirait... Je dois le faire, tu comprends ?

— Sans doute. Giglione est un être infernal.

Le grand homme poursuivit :

— Je suis malade, Tessa. Des séquelles de certaines expériences, sans doute. Mon temps est compté. Je veux l'employer pour rendre justice. Je suis en train de rédiger un manuscrit sur le sujet. Promets-moi de le rendre public si jamais je ne peux pas le faire moi-même. Tu es la seule sur qui je puisse compter.

— Je te le promets, Ziggy. Je te le promets.

Comment pouvait-on faire confiance à cette femme ? pensait Rudy. Elle portait le mal sur son visage. Le jeune adolescent en fut persuadé lorsque, plus tard, il la surprit à l'écart, en grande conversation avec le colonel Fournier-Lérel.

— Pour la grandeur de notre nation, je crois que la France doit montrer qu'elle sait gérer une crise comme celle-là. C'est une bonne chose de rappeler nos officiers de réserve. À ce propos, colonel, j'ai cru comprendre que vous étiez parent avec Arnaud Lombrage ?

— Affirmatif ! C'est mon beau-frère.

— Comme le monde est petit ! Je suis la nièce d'Alexis Bastide.

À cet aveu, l'officier marqua un mouvement de recul. Tessa eut un petit rire nerveux avant d'ajouter :

— Je vous rassure, je le déteste autant que vous. Cependant, savez-vous qu'Alexis est lieutenant ? Il serait bon, pour l'honneur de la France, que son nom figure parmi les appelés, non ?

Le visage du colonel s'illumina soudain.

— En effet. Je le crois aussi.

Rudy ne tarda pas à connaître une deuxième déception. Le lendemain du mariage, son père lui annonça qu'il allait devoir le confier aux bons soins de Tessa, le temps d'un long voyage à l'étranger. Quelques jours plus tard, Ron étant parti et ne sachant que faire de ce « fardeau », Tessa le traîna en ville pour une journée de shopping. À l'angle de la rue Masséna, Rudy resta en arrêt devant une vitrine de décoration.

— Pourquoi t'arrêtes-tu ? Que regardes-tu ?

— C'est une photo de ma mère, sur le présentoir.

Tessa se pencha, puis éclata de rire.

— Voyons, Rudy ! C'est une photo de démonstration. Elle se trouve dans tous les cadres en vente !

Terrassé, le pauvre garçon constata en effet que ce visage ornait tous les sous-verre de la boutique.

Nouvelle déception. Qui était sa mère ? Et pourquoi son père, son héros, lui avait-il menti ?

Oui, « les petits secrets » sont nocifs. Ils profitent aux uns, nuisent aux autres et finissent toujours par ravager des existences. Il suffit, pour dégoupiller ces bombes à retardement, d'une simple étincelle de vérité. Car la vérité, même la plus inavouable, est seule apte à modifier le cours du destin.

16

Algérie, 1961

— C'est un ordre, lieutenant Bastide ! Contesteriez-vous un ordre de votre hiérarchie ?

Alexis fulminait mais ne pouvait réagir sans courir le risque de voir sa demande rejetée une nouvelle fois. Depuis quatre mois, il était cantonné à Mostaganem et végétait aux transmissions. Pouvait-il tolérer plus longtemps de perdre son temps au bord d'une plage de sable fin, à manger les délicieuses crevettes servies au mess des officiers, quand là-bas, de l'autre côté de la Méditerranée, son entreprise avait tant besoin de lui ?

Lorsqu'il avait reçu son ordre de mission, il avait usé de toute son influence afin de s'affranchir de son devoir de réserviste. En vain. Malgré ses charges familiales et sa position de dirigeant, il avait dû partir sous peine de désertion. Ses avocats l'avaient invité à obtempérer, gage de bonne volonté qui leur servirait par la suite à écourter son séjour sous les drapeaux. Cependant, les semaines défilaient, rien ne bougeait et Alexis s'impatientait.

— Rompez, lâcha le gradé.

Le lieutenant soutint le regard cynique de son supérieur, le colonel Fournier-Lérel. Quelle belle revanche pour le beau-frère d'Arnaud Lombrage ! Alexis était l'objet d'une vengeance personnelle, car il n'y avait aucun doute qu'en usant de son statut de militaire, ce colon réglait ses comptes et l'humiliation des siens après la fuite organisée de Louise et Fanfan.

Dépité, Alexis s'exécuta, salua, puis se retira.

— Toutefois, l'interrompit Fournier-Lérel sur le pas de la porte, si les cinq prochains mois à passer ici vous semblent ennuyeux, je peux vous confier une mission où il y aura davantage d'action...

Le lieutenant le considéra, impassible.

— Vos états de service dans la Résistance sont héroïques. La France a besoin d'hommes tels que vous pour ramener le calme dans la région. Il est temps d'en terminer avec les terroristes. Nous serons tous gagnants à retrouver notre vie d'avant.

Dans ces propos, Alexis sentait poindre le défi. Il n'était plus question de défendre de beaux idéaux, mais d'affronter un duel. Le premier à se défiler serait le vrai perdant et, quitte à rester ici jusqu'à la fin de l'année, mieux valait s'investir. Par ailleurs, relever un nouveau défi lui permettrait de négocier son retour en métropole avec plus de facilité.

— À vos ordres, siffla Alexis, avant d'appuyer sur « mon colonel » avec mépris.

Le 19 juillet 1961, le lieutenant Bastide fut affecté à un nouveau poste, la coordination des actions entre la police et les militaires dans le Constantinois, afin de démanteler les réseaux terroristes. En début d'année, la ratification par les Français du droit à l'autodétermination du peuple algérien avait intensifié la crise politique. En avril, l'évocation par le président de la République « des conséquences d'une rupture » et la confirmation de sa politique de décolonisation suite aux pourparlers d'Évian avaient déclenché le putsch des généraux et une recrudescence des attentats. Le gouvernement était parvenu à rétablir l'ordre. Mais l'interruption des négociations, notamment à propos du statut du Sahara et des garanties de la minorité européenne, bloquait la situation. Les autorités imposèrent alors une synergie entre les différentes forces de l'exécutif, dans le but d'éviter tout débordement en métropole. Sur ce point, les services de renseignements prévoyaient le pire.

Cette nouvelle mission séduisait Alexis. Il était convaincu de l'inutilité de la violence. Rien ne se réglerait dans les larmes et le sang, seuls le dialogue et des concessions collatérales déboucheraient sur un résultat. Bastide était bien placé pour connaître les excès de certains colons comme les Lombrage, véritables seigneurs féodaux sur leurs terres. Mais tous les Européens n'étaient pas dans le même cas. L'immense majorité de la population algérienne était composée de gens simples, ouvriers, commerçants ou fermiers qui, jusque-là, avaient vécu en bonne intelligence avec leurs voisins musulmans. À quoi bon s'entre-déchirer et pourquoi s'en prendre aux civils ? Des milliers d'innocents, terrorisés dans leur quotidien, allaient payer l'ambition d'une poignée de politiques. L'escalade devait cesser.

Alexis avait conscience que sa modeste contribution ne changerait pas le cours de l'histoire, mais peut-être parviendrait-il à sauver de nombreuses vies. De son père Virgile, il avait hérité du sens de l'honneur et du respect de la dignité humaine, quelles que soient la condition, la religion ou la race. Dans une citation de Louis XV, Virgile résumait sa pensée : « Le sang de nos ennemis est toujours le sang des hommes. La vraie victoire est de l'épargner. »

Le lieutenant Bastide arriva à Constantine sous un soleil de plomb, et prit ses quartiers à la caserne avant de recevoir l'ordre de rejoindre le colonel. À onze heures précises, il se présenta à lui, surpris de découvrir à ses côtés un homme habillé en civil.

— Rompez, lieutenant, lança Fournier-Lérel. Et refermez la porte derrière vous, je vous prie. Cette discussion ne doit pas franchir le seuil de cette pièce.

Alexis s'exécuta, curieux de connaître des confidences qui seraient étouffées derrière les vantaux capitonnés du bureau.

— Je vous présente le commissaire Alvarès.

Le policier, engoncé dans son complet crème, le salua d'un geste de la main avant de s'éponger le cou à l'aide d'un mouchoir.

— Le commissaire sera votre interlocuteur au sein de la police locale. Vous n'en référerez qu'à lui ou à moi.

Alexis acquiesça.

— Récemment, poursuivit le colonel, il y a eu de nombreuses fuites dans nos services, sans parler du manque de coordination et des actions désordonnées. Désormais, nous procéderons différemment.

Fournier-Lérel se tourna vers le policier. D'un geste de la main, il lui laissa la parole.

— Comme le soulignait le colonel, enchaîna Alvarès d'une voix geignarde, nos récentes tentatives se sont soldées par des échecs...

Son front suait à grosses gouttes, le col de sa chemise était ouvert mais le policier était au bord du malaise. Les deux militaires se concertèrent du regard et, invité par son supérieur, Alexis ouvrit la fenêtre.

— Merci, souffla le commissaire, soulagé. Ce pays de sauvages est un vrai four. Vivement ma mutation dans le Loir-et-Cher.

Sa remarque restant sans effet, il se racla la gorge et reprit :

— Selon nos renseignements, nous redoutons une dérive du conflit en France. Lors de nos perquisitions, nous avons découvert des documents indiquant qu'une série d'attentats est prévue à Paris. À l'heure actuelle, nous nous tenons sur nos gardes. Nous devons frapper un grand coup et remonter la filière jusqu'à la tête de cette organisation. Certains de nos agents infiltrés sont sur le point de démasquer la plupart des leaders. Lorsque nous les tiendrons, nous aurons besoin de renfort pour démembrer le réseau. C'est là que vous interviendrez.

— Vous serez mon officier de liaison, lieutenant, enchaîna le colonel. Pour cela, vous allez être détaché auprès du commissaire. Mais attention, pas de zèle ni de prise d'initiative sans que j'en sois informé au préalable. Vu ?

— Oui, monsieur.

— Affirmatif, mon colonel, le reprit-il non sans plaisir.

Bastide ignora cette remarque, destinée manifestement à l'humilier. Les bassesses de Fournier-Lérel lui étaient coutumières depuis quatre mois. Peu lui importait ce comportement puisqu'il allait quitter la caserne.

— Pas très avenant, ton colonel, plaisanta Alvarès sitôt dans la voiture.

— C'est une longue histoire...

Alexis eut à peine le temps de prendre place à bord de la vieille Traction car celle-ci démarra en trombe.

— Profite de l'ambiance de la grande ville, car là où je t'emmène, c'est le trou du cul du monde. Un bled paumé à cinquante-quatre bornes d'ici. C'est à dire au milieu de nulle part !

Le bras accoudé à la portière, Alvarès tenait son volant d'une main désinvolte, comme l'était son attitude en général. La quarantaine bien tassée, il accusait un léger embonpoint que soulignait sa petite taille. Pourtant, son physique guère attirant ne semblait guère l'embarrasser pour siffler les passantes sur les trottoirs. Alexis se gardait bien d'entrer dans son jeu. Après tout, il ne le connaissait pas. Peut-être avait-il été confié à lui afin qu'il teste sa loyauté ? Fournier-Lérel était capable de tout pour rejeter la requête d'Alexis.

— T'es pas très bavard, toi, reprit Alvarès. Au fait, Bastille, ça n'te dérange pas qu'on s'tutoie ?

— Bastide. Moi, c'est Bastide !

— Ah... Pardon...

La sincérité de cette excuse donna des remords à Alexis. Visiblement, Alvarès n'avait pas voulu écorcher son nom. Le reprendre aussi vertement n'était pas très judicieux. D'autant plus si, dans les semaines à venir, ils devaient travailler de concert.

— Ce n'est pas grave, se radoucit Alexis.

Tandis qu'ils sortaient de l'agglomération, Bastide rompit la glace. Il désirait en connaître davantage sur ce qui les attendait. Sur le sujet, Alvarès se montra prolixe.

— À vrai dire, nous sommes dans un beau bourbier. D'un côté le FLN, de l'autre l'OAS. Nous, nous sommes les barbouzes de service, le cul entre deux chaises. Notre boulot est d'éviter le bain de sang en traquant les terroristes d'un côté comme de l'autre. Personnellement, je m'en fous que ce bled soit français ou pas. Je suis un Français de Tunisie. Tout ce que j'sais, c'est que j'en ai plein le dos de leurs conneries.

— Penses-tu que les tractations d'Évian vont changer quelque chose ?

— Vous autres, en métropole, vous prenez vraiment tout ce qu'on vous dit pour argent comptant ? Quelle naïveté ! Pourquoi crois-tu que les ronds-de-cuir se soient retirés de la table des négociations ?

— Parce qu'ils ne trouvent pas d'accord sur l'avenir du pays.

— Tu parles ! C'est plus simple que ça. Ils n'en ont rien à foutre du pays, et encore moins de sa population. Le seul enjeu est le Sahara et ses étendues désertiques, où ils peuvent faire péter leurs bombes atomiques en toute tranquillité.

Alexis écoutait en silence. Il avait du mal à admettre les propos d'Alvarès.

— L'an dernier, le premier essai, au sud du pays, a atteint une puissance quatre fois supérieure à la bombe larguée sur Hiroshima. Depuis, d'autres explosions ont suivi, les fameuses « Gerboise ». On sait que la dernière n'a pas sauté selon les directives. Grosse bavure. Ils ont donc décidé de continuer dans des galeries souterraines creusées dans le Hoggar. Maintenant, pour asseoir leur puissance aux yeux du monde, ils sont prêts à ajourner un processus de paix. Alors les victimes des attentats ici ou là, ils n'en ont rien à cirer ! Pertes et profits. Le ver est dans le fruit. En revanche, c'est à nous de gérer ça comme on peut.

Le commissaire alluma une cigarette puis lança d'une voix atone, les yeux rivés sur la route poussiéreuse :

— Mieux vaut qu'ils trouvent une solution. Et vite. Sinon… c'est la boucherie assurée !

Alexis détourna la tête sur le paysage alentour. D'un coup, il se sentit tout petit avec ses beaux idéaux. Le franc-parler d'Alvarès venait de lui ouvrir les yeux. Certes, il devait noircir le tableau, comme tous les pieds-noirs, mais quoi qu'il en fût, la vérité ne devait guère être reluisante. La nature humaine était capable du pire. Alexis le vivait au quotidien. Tessa, par exemple, ne reculait devant rien pour parvenir à ses fins. Qu'adviendrait-il si une personne de son espèce accédait aux plus hautes responsabilités de l'État ? Les montagnes se battraient entre elles.

Jusqu'à présent, Alexis avait couru après des rêves de gloire, dont celui de porter l'héritage de son père sur la plus haute marche de la scène internationale. Mais était-ce vraiment ce qu'on attendait de lui ? Dans sa course, n'avait-il pas oublié les siens ? Bianca, leurs enfants… et sa mère. Tatiana les avait quittés un an auparavant. Elle lui manquait cruellement. Elle avait été sa confidente, sa meilleure alliée. Pourquoi n'avait-il pas été près de la piscine ce jour-là ? Il aurait pu la secourir. Il portait la responsabilité de cette nouvelle tragédie.

— Nous voilà arrivés, lança le conducteur en arrêtant la voiture devant la terrasse d'un café. Bienvenue à Sidi El Ker. Viens. Je parie que tu meurs de soif.

En habitué, Alvarès prit possession des lieux par une tape amicale sur l'épaule de certains ou en adressant un reproche à d'autres. Il s'installa à sa table puis héla le propriétaire de l'établissement, qui accourut avec un plateau et deux verres.

— Tiens, monsieur le commissaire, des pastis bien frais, dit le vieux musulman à la moustache grisonnante. Cadeau de la maison.

— Merci, Saïd. Tu ne l'as pas noyé avec de la glace, au moins ?

— Non, non, monsieur le commissaire. Deux tiers, un tiers, comme tu l'aimes.

— C'est bien, mon ami.

Alvarès lui présenta Alexis. Le cafetier le salua avec respect avant de s'éclipser.

— C'est un brave type, confia le policier. Il a servi la France à Verdun avant de rempiler en 1940. Mais il faut se méfier de tout le monde. Ici, on vit dans un climat de suspicion. Les amis du jour sont les ennemis la nuit.

Alexis ne releva pas. Il avait du mal à imaginer le brave Saïd en dangereux terroriste sitôt le soleil couché. Alvarès exagérait.

Au fil des semaines, Alexis découvrit Sidi El Ker. Alvarès régnait en maître sur la petite bourgade. Partout où il était reçu, les commerçants lui répondaient « cadeau de la maison » en le servant. La seule autorité devant laquelle le commissaire gardait un profil bas était celle du préfet, un énarque familiarisé avec les mondanités, pointilleux sur le protocole et totalement dépassé par les événements.

Fin juillet, l'ajournement des négociations d'Évian réveilla une tension au sein de la communauté. Deux bombes explosèrent en centre-ville. La première, un pain de plastic déposé devant la vitrine d'une boutique de l'artère marchande, fit deux blessés légers. Elle fut attribuée au FLN. La deuxième, depuis une voiture piégée, tua trois musulmans. L'OAS revendiqua l'attentat. Alvarès était sur des charbons ardents. Le préfet ne cessait de lui téléphoner. À la mi-septembre, il devait inaugurer une nouvelle fontaine sur la place principale, le commissaire tremblait pour sa sécurité.

Le 6 septembre 1961, une perquisition dans une ferme reculée permit de mettre au grand jour d'importantes informations. Une série d'actes terroristes était en préparation sur le territoire français. Paris était la cible principale. Mais le document le plus édifiant concernait le général de Gaulle en personne. Les commanditaires lui reprochaient ses propos lors de sa dernière conférence de presse : « Une Algérie indépendante et associée à la France, qui aura vocation à revendiquer le Sahara. » Les terroristes avaient prévu de le supprimer deux semaines plus tard. Alexis en référa immédiatement à son colonel, qui le pria de le rejoindre à Constantine dans les plus brefs délais. Le lieutenant fit le trajet sous escorte. Une cellule de crise fut organisée. Les rafles se multiplièrent des deux côtés de la Méditerranée. Mais le 8 septembre, sur la route du Petit-Clamart, la DS présidentielle essuya des coups de feu. Le président sortit indemne de cet attentat, mais la tension monta d'un cran…

— Lieutenant, jappa Fournier-Lérel. Vous rentrez sur-le-champ à Sidi El Ker. Cette région est un véritable foyer de meurtriers et on redoute de nouveaux incidents. Je ne voudrais pas que l'inauguration sur la place centrale, en présence de nombreuses personnalités qui plus est, se termine dans un bain de sang. Il ne manquerait plus que l'on supprime un préfet !

Alexis exécuta les ordres. En chemin, son véhicule subit une crevaison. Les deux soldats qui lui servaient d'escorte s'activèrent à changer la roue arrière. Consternés, ils s'aperçurent qu'une des roues avant était également à plat. Un nuage de poussière, au loin sur la piste, les rassura. Quelques minutes plus tard, une Dauphine s'arrêta à leur hauteur.

— Un problème, lieutenant ? Voulez-vous que je vous dépose quelque part ?

C'était Medhi, un employé de la mairie, une fréquentation du commissaire. Alexis monta à bord de sa voiture. Ce fonctionnaire, la trentaine, appartenait à la nouvelle génération des musulmans progressistes. Selon lui, la guerre actuelle ne résoudrait rien. Les Français avaient développé ce pays, les Algériens le peuplaient bien avant. Ensemble, ils pouvaient trouver des compromis. Medhi revendiquait son attachement aux principes de laïcité et défendait les valeurs de la république sans lesquelles ce fils d'ouvrier agricole n'aurait eu aucune perspective d'avenir.

— Alors, lieutenant, quand nous ferez-vous l'honneur de goûter au couscous de ma mère ? lança-t-il en le déposant devant le commissariat.

— Bientôt, c'est promis.

Sur le pas de sa porte, Alvarès observait la scène. Il tira une profonde bouffée sur son mégot, l'air mécontent. Les jours suivants, Alexis et le policier mirent au point un plan de haute sécurité, travaillant sans relâche jusque tard dans la nuit. Le vendredi, Alexis sortit de bonne heure du commissariat. Il croisa Medhi dans la rue et les deux hommes décidèrent de dîner ensemble. Le fonctionnaire habitait dans le quartier populaire de Sidi El Ker. Son appartement, au deuxième étage d'un petit immeuble, comprenait deux chambres, autour d'une vaste pièce jonchée de tapis. Quoique modeste, Medhi était fier d'offrir le confort moderne à sa famille. Il vivait là en compagnie de Raïssa, sa jeune sœur, et de Fatima, sa mère, veuve depuis quatre ans. Leur simplicité n'avait d'égale que la chaleur de leur accueil. Un homme les rejoignit, Albert, le fiancé de Raïssa, un Alsacien. La cohabitation de deux cultures différentes était possible ; ce couple en était la parfaite illustration. Alexis apprécia cette soirée qui se prolongea jusque tard dans la nuit. Sa famille lui manquait. Ils discutèrent des événements sanglants qui avaient marqué la région. Tous partageaient le même avis. Cependant, et conformément à ses ordres, Alexis ne révéla rien de ce qu'il savait.

La veille de l'inauguration, Alvarès devint irascible. Il suspectait tout le monde et vociférait à longueur de journée, perdant le semblant de correction qui lui restait.

— Que se passe-t-il, commissaire ? lui demanda Alexis.

— Quoi, qu'est-ce qui s'passe ? Le FLN vient de demander à toutes les boutiques du centre-ville de tirer le rideau de fer et aux habitants de rester chez eux sous peine de représailles. Voilà ce qui se passe !

— Que va-t-on faire ?

— Fournier-Lérel dépêche une garnison supplémentaire. Ils arrivent en fin de journée.

— Mais la sécurité est déjà assurée. Nous avons travaillé sur ce point depuis plus d'une semaine.

— Crois-moi, lieutenant, nous ne serons pas trop nombreux. Imagine que ces crétins ferment boutique devant le préfet et les représentants de l'État. Nous aurons l'air de quoi ?

— Si tel est le cas, le préfet devra l'admettre. On ne peut pas contraindre quelqu'un à ouvrir son commerce.

— Tu penses vraiment à ce que tu dis ? Pardonne-moi, lieutenant, mais tu es un vrai bleu. On est en Algérie, ici. On fait ce qu'on veut.

Quand le soleil se leva sur Sidi El Ker, ce matin du 15 septembre, le centre ressemblait à une ville déserte. La brise taquinait les nombreux fanions tricolores qui ornaient les avenues menant vers la place principale. Les massifs de fleurs avaient été taillés, mais les devantures restaient closes. Soudain, troublant le silence qui avait envahi la commune, retentit un vrombissement sourd et menaçant, en provenance du quartier populaire. Au détour d'une rue apparut un char, prêt à écraser les foyers de résistance. Il s'immobilisa bientôt. Trois Jeep légères, munies de mitraillettes, et la voiture du commissaire se parquèrent derrière le mastodonte d'acier. Le colonel Fournier-Lérel dirigeait le convoi. D'un geste agacé, il ordonna que l'on procède aux sommations de rigueur.

— Vous devez lever le rideau de fer, s'écria le soldat au porte-voix. Sans quoi, nous serons dans l'obligation d'ouvrir le feu.

Aucune réaction.

À l'étage des commerces, les volets restaient tirés. Le colonel réitéra l'ordre. Alexis, à son côté, espérait de toutes ses forces que Fournier-Lérel renoncerait à son projet. Mais il vit le gradé donner des directives afin que le canon s'oriente sur une façade, au hasard. La première concernée était celle du café de Saïd. Le lieutenant implora du regard Alvarès. Il n'allait tout de même pas laisser détruire le troquet de son ami.

— Deuxième sommation. Nous allons tirer. Veuillez…

Le commissaire s'empara du mégaphone.

— Saïd, claironna-t-il. C'est le commissaire Alvarès. Fais pas l'con. Ouvre, bon sang. Ils vont tirer !

Mais l'intervention du commissaire n'eut aucun effet. Désemparé, Alexis plissa les yeux, puis se tourna vers Fournier-Lérel.

— Un problème, lieutenant ? siffla celui-ci, le bras déjà en l'air.

— Non, mon colonel…

— Parfait. FEU !

La manche de l'uniforme fendit l'air. Un coup de canon tonna, le projectile détruisit le rez-de-chaussée du petit immeuble. Quand le nuage se dissipa, une fenêtre à l'étage s'entrouvrit, laissant passer le bruit de cris déchirants.

— Ayïï. Mais qu'est-ce qui te prend, monsieur le commissaire ? Pourquoi tu me fais ça, à moi ?

— T'étais averti, Saïd. Je n'avais pas le choix. Maintenant, dis à tous tes p'tits copains d'ouvrir leur bouclar, où les forces de l'ordre leur réserveront le même sort.

En début d'après-midi, lorsque M. le préfet arriva en ville, tous les commerces avaient rouverts et la foule s'était amassée autour de la nouvelle fontaine drapée de tricolore. Il expédia un discours de circonstance, pressé de regagner les salons sécurisés de la préfecture, et plus encore de recevoir sa mutation en métropole.

De son poste, Alexis scrutait la population et le moindre individu au comportement suspect. Le préfet remonta sans s'attarder dans sa Citroën noire. Le pire semblait avoir été évité. Mais au moment où les gens se dispersaient, une fusillade éclata. Des hurlements s'élevèrent parmi les habitants. Sous les arcades, des balles ricochèrent, des vitres se brisèrent.

— Par ici, ordonna Fournier-Lérel.

— Ils s'enfuient par là, rétorqua Alvarès.

Chacun donnait des ordres contradictoires. L'émeute était totale. Le bilan tomba le lendemain : cinquante-quatre blessés, dix-neuf tués... Mais le préfet était indemne ! En représailles, les forces de l'ordre organisèrent des rafles, sur dénonciations, et renforcèrent les contrôles d'identité. Les interpellés furent entendus au commissariat. La plupart des hommes furent relâchés, les autres rassemblés dans la cour de l'école municipale avant d'être à nouveau interrogés.

— Lieutenant, trancha Fournier-Lérel d'un ton sans appel, vous partez dans l'heure avec le commissaire et les prisonniers à la ferme Azouarine. Hier, sur la place, il ne s'agissait que d'une diversion. Par contre, des hommes ont eu le temps de pénétrer dans le dépôt de munitions. Il manque vingt bombes.

Alexis prit place à bord d'un camion de l'armée, sans connaître le but de leur trajet.

— Cette ferme, c'est quoi au juste ? demanda-t-il à Alvarès sitôt le convoi arrêté.

— Un lieu de vérité, répliqua-t-il, amusé de sa plaisanterie.

Alexis vint en aide à certains prisonniers, trop âgés pour descendre du camion. Plus loin, Alvarès scindait un groupe en deux de manière arbitraire. D'un côté, ceux à interroger en priorité, de l'autre, ceux qui attendraient.

— En avant. On va voir ce que vous avez dans les tripes.

Le lieutenant fut pétrifié par ce qu'il découvrit. Derrière les murs épais de la ferme, une odeur âcre de moisissure le saisit à la gorge. Ils traversèrent un corridor sombre jusqu'aux anciennes écuries, où croupissaient à même le sol des corps décharnés. De temps à autre s'élevait un cri d'horreur.

— Qu'est-ce que ça signifie, Alvarès ? s'écria-t-il en lui saisissant l'avant-bras avec fermeté.

— Voyons, lieutenant. Comment crois-tu que l'on puisse se renseigner ? Par des « s'il-te-plaît-merci » ?

— Mais... vous pratiquez la torture !

— Oui. Et nous sommes en guerre.

— Comment peux-tu cautionner ça ? Il y a des femmes, des enfants et des vieillards, ici !

— C'est vrai. Mais derrière chacun d'eux se cache peut-être un père, un frère ou un fils, qui n'hésitent pas à plastiquer une école ou une église bondée. Je ne suis pas fier de ça, mais de toute manière, je n'ai pas le choix ! Et puis, celui qui refuse de faire avouer un terroriste prêt à faire péter des bombes d'un instant à l'autre est lui aussi un assassin. Après tout, de nombreuses victimes perdront la vie à cause de lui.

Dans cet enfer, Alexis ne trouvait plus d'argument. Il aurait aimé fuir de cette horrible ferme. À cet instant, un soldat vint l'informer d'un appel téléphonique du colonel. Tandis qu'il revenait sur ses pas, il reconnut parmi les prisonniers Raïssa, la sœur de Medhi, et sa mère Fatima.

— Et elles ? s'insurgea-t-il. Que font-elles ici ? Fatima vient d'avoir quatre-vingt-cinq ans ! J'ai même dîné chez elles avant-hier.

— Raison de plus. Elles font partie des suspectes. Du reste, je vais commencer par interroger Raïssa.

— Alvarès ! siffla Alexis, menaçant. Relâche-les. Elles n'ont rien à voir avec l'émeute. Elles étaient à l'inauguration. Je les ai vues et je peux en témoigner.

— Et Medhi ? T'as vu Medhi ?

Le lieutenant hésita.

— C'est lui notre principal suspect. Nous le filons depuis des semaines !

— Medhi ? répéta Alexis, incrédule. Mais ce n'est pas possible. C'est un de tes amis.

D'un air narquois, le policier lâcha :

— Je n'ai aucun ami, lieutenant.

Alexis gagna le bureau et prit le combiné du téléphone. Fournier-Lérel, d'ordinaire si bref, le retint près d'une demi-heure et lui confirma les dires d'Alvarès au sujet de Medhi. Qui croire ? Depuis son arrivée en Algérie, Alexis avait perdu tous ses repères. Comment devait-il agir ? Medhi était-il le coupable recherché par la police ? Lui-même avait-il révélé des informations lors de ce dîner chez eux ? La suspicion s'empara de lui comme une maladie contagieuse. La violence aveugle au nom de nobles causes était méprisable. Il n'oublierait jamais l'assassinat de son jeune neveu, le petit Pierrot, abattu sous les yeux de Louise sept ans plus tôt. Il devait suivre l'interrogatoire, sans quoi il perdrait la raison.

Raïssa et Fatima ne se trouvaient plus dans la grande écurie. Faisant claquer ses bottes, le lieutenant se dirigea vers le box où Alvarès était en train de « s'occuper » d'elles. Il poussa la porte, aperçut la vieille femme, le visage noyé de larmes. Face à elle, à terre, sa fille gisait, à demi consciente, sur le flanc. Bien qu'il réprouvât ces procédés, il laissa ses sentiments de côté. Elles étaient peut-être complices d'un terroriste. Pour sa part, le commissaire semblait à bout de nerfs, prêt à gifler de nouveau Fatima.

— Arrête, Alvarès, ordonna le militaire.

Il se radoucit.

— Tu es fatigué. Prends une pause, je vais m'occuper d'elles.

À la surprise du commissaire, l'officier insista.

— Moi aussi j'ai besoin de savoir. À plus d'un titre…

Une main sur l'épaule, il entraîna Alvarès vers la sortie.

— Pas de conneries, lieutenant.

— Sois sans crainte. Et pour une fois, fais-moi confiance. J'ai horreur de la trahison... D'une manière où d'une autre, j'apprendrai la vérité.

Puis l'officier Bastide s'adressa au soldat en faction, et le congédia pour la même raison avant de refermer la porte derrière lui. Il se retourna lentement, une singulière expression sur le visage, la mâchoire serrée, les yeux fixés sur les détenues. La remarque d'Alvarès lui revint en mémoire : « Derrière chacun d'eux se cache peut-être un père, un frère ou un fils qui n'hésitent pas à plastiquer une école ou une église bondée. » Les assassins du petit Pierrot avaient eux aussi des sœurs et une mère...

Le lieutenant s'avança vers Raïssa, la secoua avec la pointe de sa botte afin qu'elle retrouve ses esprits, puis se dirigea vers l'abreuvoir. Il remplit un seau qu'il déversa sur elle. Au contact de l'eau froide, la jeune femme roula sur le dos, libérant sa poitrine. Alexis découvrit des brûlures de cigarette. Choqué, il questionna Fatima du regard. La pauvre femme tremblait d'effroi.

— Venez m'aider ! lança-t-il à son intention. Il faut sortir de là, sans quoi ils vous tueront.

Alexis souleva Raïssa et s'approcha de l'entrée. Le couloir était désert. Avec peine, ils se hissèrent tous les trois à l'extérieur, évitant les gardes en patrouille, et se dirigèrent vers une Jeep isolée. Les deux femmes prirent place à bord du véhicule.

— Quelque chose ne va pas, lieutenant ? cria un appelé du contingent, un doigt appuyé sur la détente de son arme.

— Non, tout va bien, répondit Alexis en venant à sa rencontre.

Bastide passa une main hésitante dans sa barbe naissante, puis, d'un coup, lui décocha un coup de poing magistral. Assommé, le jeune homme s'effondra lourdement sur le sol.

— Je déteste la violence gratuite.

Ce dernier détail réglé, le 4×4 démarra et quitta les limites de la ferme Azouarine.

Lorsqu'il apprit l'évasion des deux femmes et de Bastide, le colonel Fournier-Lérel composa le numéro de Tessa pour l'informer de l'incident.

— Je vous annonce que le lieutenant Alexis Bastide vient de déserter de son poste en compagnie de deux suspectes. En temps de guerre, c'est un délit très grave. Votre oncle est désormais un hors-la-loi et un traître à sa patrie. S'il devait réapparaître, je vous préviens que c'est la cour martiale assurée…

17

Avignon, 1962

Sous le choc, Louise resta un instant adossée contre le mur de l'entrée. Elle venait de reconduire deux inspecteurs, des militaires chargés d'enquêter sur Alexis. L'armée française traquait son oncle, impliqué selon eux dans l'évasion de complices d'un chef de réseau terroriste ! Comment était-ce possible ? Louise avait du mal à comprendre. Pendant la Résistance, il avait fait sauter des transformateurs ou fait dérailler des trains de marchandises, mais jamais il n'aurait intenté quoi que ce soit contre des civils. Alexis respectait trop la vie pour ça. Il s'agissait d'une erreur.

Depuis son départ pour l'Algérie, il avait donné des nouvelles régulièrement, un appel téléphonique le vendredi de chaque quinzaine, à seize heures. Les communications s'étaient interrompues à la mi-septembre. En octobre dernier, au lieu d'entendre sa voix, elles avaient reçu de lui un message laconique :

« Pour votre sécurité, je ne peux rien vous dire. Détruisez ce billet et ne me cherchez pas. Tout va bien. Ne vous inquiétez pas. Je reprendrai

contact avec vous bientôt. Avec toute mon affection. »

À L'Amédoune, Bianca et Louise s'étaient inquiétées. Pourquoi ce silence ? Chaque jour, la presse relatait de nouvelles émeutes. Louise supportait mal tous ces mystères. Cependant, elle avait l'habitude de suivre les consignes d'Alexis, et quoi qu'il lui en coûtât, elle lui obéirait sans réserve. La vie de son oncle était peut-être en jeu. Deux autres messages de ce type leur étaient encore parvenus, un en novembre, l'autre la veille de Noël. Chacun d'eux était réconfortant. Dans le dernier, deux phrases avaient cependant soulevé les interrogations de Louise :

« Ne tenez aucun compte de ce qu'ils diront. Ne faites confiance à personne. »

Ces recommandations lui revinrent à l'esprit. Son oncle avait anticipé la visite des inspecteurs. Sans hésitation, elle acquit la certitude qu'Alexis était victime d'une erreur judiciaire. La jeune femme ferait tout pour lui venir en aide.

— Maître Horiaud, dit-elle à l'avocat de la famille dès qu'elle l'eut en ligne, il faut que je vous voie. Et vite.

À l'autre bout du fil, l'homme de loi affirma avoir lui aussi des choses à lui révéler.

Après la naissance de Norma, Bianca sombra dans la déprime. La petite ne supportait pas d'être éloignée de sa mère. Chaque soir, depuis un an et demi, Bianca appréhendait l'instant de s'abandonner au sommeil car sa fille l'appelait toutes les deux heures par des hurlements à faire exploser les tympans. Ce petit être innocent avait décidé de la pousser à bout. Exaspérée, elle regrettait parfois de lui avoir donné la vie. Clément, son premier enfant, avait lui aussi connu une période difficile au début, mais il avait fini par faire ses nuits. Julien, lui, avait tout de suite trouvé un rythme régulier. Pourquoi Norma ne se comportait-elle pas comme ses frères ? Le bébé sentait-il la détresse de sa mère et l'absence de son père ? Bianca en voulait à son mari, coupable selon elle de délaisser sa propre famille, d'abandonner sa femme et, pis, de la trahir avec Tessa. Et bien qu'il réfutât ce dernier point, Bianca avait acquis l'intime conviction qu'ils avaient une liaison. Peut-être avaient-ils été ensemble bien avant leurs mariages respectifs ? Tout le monde, à L'Amédoune, devait être au courant. Tout le monde sauf elle. Ils avaient dû rire sous cape de sa naïveté. Bien sûr, elle ne leur ferait pas le plaisir de le leur demander. Elle se sentait déjà assez humiliée. Elle savait, et cette certitude lui suffisait. Alors, tant bien que mal, elle gérait le quotidien, des jours sans rêve ni espoir. À quoi bon ? N'avait-elle pas déjà assez souffert ?

Exténuée, la soprano ne pesait plus que cinquante-deux kilos. Elle tenait le coup avec des antidépresseurs et traversait les journées dans le brouillard, guettant les rares instants de repos comme un fragment de paradis. Son cœur, asséché par la « trahison » d'Alexis, s'était refermé. Même le décès de Tatiana ne l'avait guère émue. Le départ de son mari pour l'Algérie avait finalement été pour elle une délivrance. Ses deux aînés passaient le plus clair de leurs journées dans le sillage de Fanfan. Eux aussi se détachaient d'elle. Clément, d'ailleurs, ne manquait jamais une occasion de rappeler à sa mère son incapacité à assumer ses responsabilités.

— Tout le portrait de grand-mère, disait souvent Louise à son propos.

Bianca ne relevait pas, mais cette évocation la blessait. Les Bastide lui avaient arraché ses enfants, le fruit de ses entrailles, pour les mouler à leur image. Tatiana en particulier. Bianca l'avait aimée plus que sa propre mère et s'était confiée à elle en toute confiance. Et pourtant, sa belle-mère lui avait dissimulé les frasques de son fils. La soprano avait un faible pour Julien, son cadet. Certes, il était turbulent, rivalisant d'ingéniosité avec son frère pour jouer des tours pendables, mais il savait se montrer câlin avec elle. Il adorait la mer et passait de nombreuses heures à confectionner des navires imaginaires à l'aide de cartons ou de morceaux de bois. Bianca l'imaginait bien, plus tard, baroudeur au long cours.

Dans son berceau, la petite Norma s'était calmée. Ses paupières, lourdes de fatigue, luttaient contre le sommeil.

— Chuuut, murmura Bianca en lissant le crâne de sa fille. Endors-toi. Maman est auprès de toi.

Le bébé s'assoupit enfin. Bianca ferma les yeux, impatiente de se reposer à son tour. Son esprit s'évada. Dans son rêve, elle entendait les notes des premières mesures de *Lakmé*, de Léo Delibes. Elle s'imaginait enregistrant le « Duo des fleurs », sa voix libérant tout ce que son cœur retenait. Le mouvement l'apaisait. Quand elle s'éveilla, elle eut la surprise de découvrir Norma dans son couffin en train de mordiller calmement son doudou. Pour une fois, elle n'avait pas dérangé sa mère dans son sommeil. Bianca se pencha sur le berceau et fredonna le morceau. Sa fille la considéra en silence, les yeux écarquillés.

— Tu aimes Delibes, petite fleur. Tu as très bon goût, tu sais. Si tu es sage, ce soir, peut-être que maman te chantera un beau morceau pour t'endormir.

Louise était troublée. L'homme, debout sur le seuil du cabinet, ne ressemblait en rien à l'avocat habituel d'Alexis.

— Bonjour, mademoiselle Bastide, la salua-t-il, avenant. Je suis maître Horiaud. Entrez, je vous en prie.

L'air surpris de Louise devait se lire sur son visage car l'avoué crut bon d'ajouter :

— Quentin Horiaud. Je suis le fils de maître Albert Horiaud. J'ai rejoint son cabinet depuis peu et c'est moi qui prendrai en charge le dossier de votre oncle. Enfin, si vous êtes d'accord.

La jeune femme opina de la tête en signe d'acquiescement.

— À la bonne heure, s'enthousiasma-t-il, le sourire étincelant. Installez-vous.

Déstabilisée par le charme de l'homme de loi, Louise prit place sur un fauteuil en cuir, en face du bureau. Elle hésitait à relever les yeux, perturbée à l'idée que l'avocat pût deviner sa confusion. Comment demeurer insensible devant ce séduisant trentenaire ? Du coin de l'œil, elle étudia son profil, régulier, la finesse de ses traits, le hâle de sa peau, ses cheveux bruns, courts. Il dégageait à la fois une impression de douceur et de dynamisme.

— Votre appel est tombé à point nommé, reprit-il. Je voulais justement vous rencontrer.

Était-ce seulement une impression ? ou l'interlocuteur de Louise jouait-il le registre de la séduction ? Elle prit sur elle pour ne pas perdre ses moyens et lui exposa les faits. Maître Horiaud l'écouta avec attention. Inconsciemment, elle observait ses mains tout en parlant. Tout à coup, Louise se sentit rougir jusqu'à la racine des cheveux. Elle fixa l'avocat quelques secondes sans poursuivre sa phrase. Quelques secondes de trop. *« Reprends-toi, petite idiote, se reprocha-t-elle. Oui, il doit avoir des épaules musclées sous sa veste de costume. Mais tu n'es pas là pour fantasmer. Tu es là pour aider Alexis. »*

— Peut-on le sortir de cette sale affaire, à votre avis ? se ravisa-t-elle.

Horiaud n'avait pas bougé. Il l'observait en silence. Louise hésitait à soutenir son regard intense aux reflets d'or. Elle réajusta son tailleur afin de retrouver un semblant de contenance.

— Je le pense, lâcha-t-il après d'interminables secondes. Nous ferons notre possible pour cela.

Cette remarque soulagea Louise, pressée de fuir ce bureau et de cacher ses émotions. Elle avait passé l'âge de soupirer d'amour devant un bellâtre. *« Soutiens son regard. Tu le dois. Sans quoi, tu es perdue !* » Elle releva la tête et l'écouta lui expliquer comment il comptait procéder. Les mots coulaient entre ses lèvres charnues. Tout paraissait si simple. Louise se figea tout à coup lorsqu'elle aperçut l'anneau sur son annulaire gauche. Il portait une alliance !

— Mademoiselle Bastide..., s'interrompit-il.

— Pardon, bredouilla-t-elle. Je pensais à...

« Il est marié. Et après ? Tu ne viens pas ici pour chercher un fiancé. »

Louise se concentra sur les grandes lignes de son affaire. Selon l'avoué, Alexis devait prouver son innocence, donc se constituer prisonnier. Par ailleurs, le cabinet avait reçu des consignes de la part de leur client. Si, pour une raison quelconque, il ne pouvait plus assumer ses fonctions à la tête de L'Amédoune, il nommait Louise à sa place.

— Vous sentez-vous d'attaque pour cette nouvelle aventure ?

À cette question, Horiaud fit pivoter son anneau d'or avec le pouce, révélant les armoiries d'une chevalière. *« Il n'est pas marié ! Je ne peux pas croire que cet homme si séduisant ne soit pas marié... »*

Pour la quatrième nuit consécutive, Norma n'avait pas réveillé sa mère ! Pour Bianca, il ne s'agissait pas encore d'une victoire, mais simplement d'un peu de répit. Qu'il était doux d'entendre les babillages de son enfant dès les premiers rayons du soleil au lieu des cris habituels ! Jusque-là, la recette avait été simple. Bianca entonnait un air d'opéra *moderato* en caressant la tête du bébé. Elle avait aussi déplacé le berceau dans sa chambre, malgré les réserves de Louise. L'essentiel était de dormir. Cependant, il lui paraissait impossible de vaincre sa fatigue, qui l'anéantissait.

Bianca retrouva au rez-de-chaussée Clément et Julien, qui déjeunaient dans la cuisine en compagnie de Fanfan.

— Alors ? demanda Louise.

— Mlle Norma a fait sa nuit, répondit Bianca en installant sa fille dans la chaise haute.

— Formidable ! Je crois qu'à présent tu fais tes nuits, pitchounette.

— Attendons quelques jours avant de nous réjouir.

Louise lui versa une tasse de café noir, ignorant comment aborder avec elle le sujet qui la taraudait. Elle n'avait pas fermé l'œil de la nuit à l'idée de recevoir maître Quentin Horiaud sous leur toit. Si elle perdait ses moyens ? Si lui ou les enfants s'apercevaient de son trouble ? Il pouvait refuser l'affaire, après tout. Alexis perdrait une chance de se défendre et Louise celle de mieux connaître son homme de loi...

— Les enfants, reprit Bianca, que diriez-vous si je vous emmenais faire du vélo au parc, ce matin ?

Devant cette proposition inespérée, les enfants sautèrent de joie.

— Mais ce n'est pas possible, protesta Louise, l'avocat d'Alexis arrive dans moins d'une heure !

— Et tu ne peux pas t'en charger ?

Cette phrase était de trop. Louise sortit de la pièce en priant Bianca de la suivre. Dans le salon, à l'abri des jeunes oreilles, elle laissa échapper sa colère.

— Je ne te comprends pas, Bianca. On dirait qu'Alexis est devenu un étranger pour toi. Il s'agit de ton mari, tout de même ! Il a de gros problèmes en ce moment, et il risque de passer le reste de sa vie derrière les barreaux si nous ne bougeons pas.

— Tu fais ça mieux que moi. Par ailleurs, les enfants ont le temps d'apprendre qui est leur père. Pour l'instant, je préfère les préserver.

Louise sentit la colère enfler ses veines.

— Que veux-tu dire par là ?

— Rien d'autre que la vérité, siffla-t-elle avant de partir.

Furieuse de l'indifférence de Bianca, Louise s'affaira à la cuisine après leur départ et ne remarqua pas l'arrivée de maître Horiaud.

— Bonjour, Louise, fit-il doucement afin de ne pas l'effrayer. J'ai frappé, mais personne ne m'a répondu.

Prise de court, la jeune femme réajusta avec maladresse une mèche de cheveux. En tablier, les mains dans l'eau, elle ne se trouvait guère présentable.

— Je vous prie de bien vouloir me pardonner cette intrusion. Je vous dérange, ajouta l'avocat, comme s'il eût deviné l'embarras de Louise.

— Ce n'est rien, rougit-elle, honteuse de la piètre apparence qu'elle devait donner. Je vais me changer et je suis à vous dans un instant.

— Non, s'écria-t-il tandis qu'elle se retirait.

Il se radoucit.

— Je vous trouve très bien comme cela.

L'espace d'une seconde, Louise se troubla davantage. Était-ce une déclaration ? L'intonation posée sur les derniers mots pouvait le laisser croire. Quant à son regard… Il l'enveloppait de tendresse. « *Cesse de te faire des idées, ma pauvre Louise. Cet homme n'est pas pour toi.* » Elle reprit ses esprits. Quentin cherchait un endroit où déposer sa serviette.

— Pardonnez-moi, passons au salon, nous y serons mieux installés.

— Ne vous tracassez pas. La table de la cuisine m'ira très bien.

— Voulez-vous que je vous serve une tasse de café ? Je manque à tous mes devoirs…

Elle étira le bras afin d'écarter la coupe de fruits. Maître Horiaud posa sa main sur la sienne dans un geste léger et empreint de douceur, d'une tiédeur envoûtante.

— Ne vous sous-estimez pas, Louise. Je vous trouve admirable. Vous affrontez l'adversité avec un courage exemplaire.

« *Ne reste pas plantée là sans rien dire !* »

L'avocat revint au motif de sa visite sans laisser le temps à son hôtesse de réagir.

« *Tu viens de laisser passer le coche.* »

— J'ai demandé un entretien au ministère de la Guerre.

— Et alors ?

— J'attends leur réponse. Cependant, je ne vous cache pas que nos chances d'intervenir en faveur de votre oncle sont minces tant qu'il ne se constitue pas prisonnier. Encore une fois, Louise, et je me répète, si vous entrez en contact avec

Alexis, dites-lui de se rendre. C'est sa seule chance d'envisager une défense convenable. Nous ferons valoir ses états de service pendant la Résistance et son importance dans la région sur le plan économique. Mais je fonde peu d'espoirs sur ce dernier point.

— Je vous le promets.

Maître Horiaud aborda l'autre sujet de sa venue. À la demande de sa cliente, il avait examiné la situation financière de L'Amédoune. Selon ses prévisions, l'avenir était incertain. Les Bastide devaient renflouer leur trésorerie au plus vite s'ils ne voulaient pas creuser un dangereux déficit dans leurs caisses.

— Hélas ! je crains que les liquidités ne suffisent pas, ajouta l'expert en droit des affaires.

La jeune femme s'installa face à lui.

— Pensez-vous qu'en vendant mes parts des studios de La Cybiline cela suffirait ?

— Mais il s'agit de l'héritage de votre père !

— Je le sais, reconnut-elle, le cœur lourd. Mais je dois être lucide. Je n'y connais rien dans l'industrie du cinéma, et sans apport, selon vos propres termes, L'Amédoune court à sa perte. Je suis certaine que Benjamin Braunstein n'aurait pas hésité une seconde à revendre La Cybiline pour aider les Bastide. Est-ce possible, à votre avis ?

— Tout est possible, souffla Quentin. Je ne vous cache pas que la somme dégagée permettra à votre entreprise de surmonter cette mauvaise passe. Mais il faut revoir vos marges et augmenter vos commandes. Là aussi, il y a des solutions.

— M'aiderez-vous dans cette tâche ?

Livrée à elle-même, il lui paraissait inconcevable de tenir la barre plus longtemps. Elle donnait l'apparence d'une femme solide mais se gardait de présumer de ses forces, car il ne s'agissait que d'une façade. La vie ne lui avait-elle pas enseigné l'humilité ? À présent, elle mesurait ses limites et recherchait un soutien que Bianca était incapable de lui donner. Une nouvelle fois, Quentin lui saisit la main, un sourire confiant aux lèvres.

— Je suis là pour ça, Louise.

Assise sur un banc, à l'ombre d'un platane, Bianca surveillait les enfants en train de faire une course à vélo. Julien, son fils cadet, se mesurait à son grand frère Clément et à sa cousine Fanfan, et bien qu'il fût distancé, il tentait vaillamment de se raccrocher au peloton de tête. Pour la première fois depuis des mois, Bianca se sentait reposée. Sa main était en appui sur le landau où dormait Norma. De temps à autre, elle jetait un regard vers sa fille plongée dans un sommeil paisible.

— Le miracle du chant, se dit-elle.

Quoi d'autre, à part son art, lui avait procuré autant de bonheur ? Certainement pas l'amour. En femme passionnée elle avait fondé des espoirs fous sur ses deux mariages pour se retrouver chaque fois plus vide. Sa vie ressemblait à celle de *Tosca*. Avec nostalgie, elle entonna le « Vissi d'arte » de l'héroïne du grand Puccini.

J'ai vécu pour l'art, j'ai vécu pour l'amour sans faire de mal à âme qui vive... Furtivement, j'ai tenté d'alléger les souffrances que j'ai rencontrées... Mes prières montaient d'un cœur sincère vers le Saint Tabernacle. Toujours, d'un cœur sincère, j'ornais de guirlandes les autels. Dans mon heure d'affliction, pourquoi, pourquoi, ô Seigneur, pourquoi me récompenser ainsi ?

Dans un dernier murmure, Bianca fut surprise d'entendre un applaudissement derrière elle. Elle n'avait pourtant que fredonné la partition. Elle se retourna, contrariée par cette intrusion dans son intimité, et le fut plus encore en découvrant le sourire cynique de Vittorio Giglione, son ex-agent et ex-époux.

— Que fais-tu là ? lança-t-elle sèchement.

— Je t'écoute. Je t'admire.

— Cesse tes balivernes, Vito, et passe ton chemin.

Giglione vint s'installer près d'elle. Il avait vieilli depuis leur dernière rencontre, mais ses yeux avaient conservé leur éclat .

— Nulle autre que toi ne possède un tel talent.

— Arrête.

— Non, Bianca. Je suis sincère.

Elle le considéra du coin de l'œil. Il avait l'air effectivement sincère. Mais comment oublier ses innombrables tromperies, qui lui avaient fait tant de mal ?

— Quel dommage que tu aies choisi de priver le monde de ta voix, ajouta-t-il. La voix des anges, celle de la Cavaldi.

— Laisse-moi.

— La seule chose que nous ayons réussie dans notre couple, reconnut Vito comme s'il se parlait à lui-même, c'est ta carrière. Mais quelle carrière ! N'est-ce pas ?

— Le seul amour que j'aie reçu au cours de notre mariage est celui du public, siffla Bianca.

— Certes. Mais c'est aussi le seul qui ne t'ait jamais déçue. Je me trompe ? Oseras-tu me dire qu'il ne te manque pas, à présent ? Oseras-tu prétendre que ta vie actuelle te comble ? Pourquoi cette mine éteinte aujourd'hui ?

Bianca baissa les yeux, consciente de son propre échec. Giglione lisait en elle comme une portée de notes sur une partition. Il avait raison.

— Je me trouve dans la région car je monte *Mireille* dans les arènes d'Orange. Tu serais parfaite dans le rôle. Si tu veux me joindre, je suis à l'hôtel jusqu'à la fin de la semaine.

Il se leva, lui baisa la main avec élégance, puis ajouta, avant de se retirer :

— Voici ma carte, Bianca. Ton public t'attend.

À plusieurs reprises, au cours des semaines suivantes, Louise trouva tous les prétextes pour rencontrer l'avocat de son oncle. Son désengagement dans La Cybiline en était un excellent, d'autant plus que l'affaire se négocia promptement avec une société monégasque de placements, la Monte-Carlo Investissements. Quentin, pour sa part, ne semblait pas se plaindre de leurs rendez-vous, au contraire. Ce soir-là, pour fêter la signature du compromis de vente, il avait invité Louise à dîner et, en la raccompagnant, il avait transgressé les règles du métier et l'avait embrassée ! Une fois seule, Louise resta un instant contre la porte du vestibule, dans l'obscurité. Elle caressait sa bouche avec son index, à l'endroit même où elle avait goûté à l'extrême douceur des lèvres de Quentin. Ce baiser furtif mais intense l'avait rassurée. *« Ton attirance est partagée. »* Elle sourit à cette évidence, puis se dirigea vers l'escalier d'un pas léger. Mais tandis que son pied se posait sur la première marche, elle entendit un bruit curieux provenant de la cuisine. Elle s'immobilisa, tous ses sens en alerte. Le grincement de la porte du cellier l'interpella une nouvelle fois. Elle n'osait respirer. Les sons étouffés, presque hésitants, ne pouvaient être ceux d'une personne de la maison. Quelqu'un venait de s'introduire à L'Amédoune. À tâtons, Louise saisit un chandelier sur la commode voisine et, le cœur battant, avança à pas feutrés en direction de l'office. Une main suspendue au-dessus de la poignée, elle hésitait à ouvrir, lorsqu'elle vit la clenche s'abaisser lentement. Pétrifiée, elle éleva le candélabre au-dessus de sa tête, prête à se défendre contre son agresseur. Le battant pivota sur ses gonds…

— Hé, c'est moi ! s'écria Alexis en évitant de peu le chandelier. Vois comme tu me reçois !

Louise sauta dans les bras de son oncle, les larmes aux yeux.

— Tu es là, Dieu soit béni. Tu es vivant, pleurait-elle en le couvrant de baisers. Oh, mon Lanou, j'ai eu si peur pour toi !

— Ça va, je suis en parfaite santé. Mais je dois faire vite. J'ai de gros problèmes.

— Oui, j'ai eu la visite des enquêteurs. Je sais tout.

Louise tenta de le persuader de se rendre. Alexis s'en défendit. Il préférait fuir à l'étranger, le temps que les événements se tassent.

— Mais tu ne vas pas fuir le reste de tes jours ?

— Non. Un certain temps seulement. Il le faut.

En quelques mots, il lui décrivit comment il était parvenu à fuir l'Algérie après être resté quelque temps caché dans un village, coupé du monde et de toutes communications. Le mois précédent, il avait décidé de rentrer en France en passant par l'Espagne.

— J'ai besoin de certains papiers qui sont dans le coffre ainsi que d'argent. Dès que je serai en sécurité, je te ferai signe. Patiente encore quelques semaines. Je vais t'épauler, Louisounette.

— Mon Lanou, lâcha-t-elle, désespérée, c'est de la folie !

— Fais-moi confiance.

À cet instant, Bianca apparut sur le seuil. Vêtue d'une simple chemise de nuit, elle dominait la scène, debout dans l'escalier. Son visage restait fermé.

— Chérie ! s'écria Alexis.

Bianca ne bougea pas, mais Alexis n'eut pas le temps de monter la volée de marches qui le séparait de la femme qu'il aimait, car il fut interrompu dans son élan par le bruit de coups intempestifs contre la porte.

— Police ! Ouvrez !

Aux abois, Bastide prit la fuite dans le parc tandis que des hommes armés entraient dans la maison.

Terrifiée, Louise vivait un cauchemar. Elle sortit sur la terrasse. Trois policiers pointaient leur fusil vers la silhouette d'Alexis en train de s'échapper. À la troisième sommation, ils tirèrent. Louise vit Alexis s'écrouler sous ses yeux.

18

Nice, 1962

Henri Drac arpentait la pièce, mains jointes derrière le dos, révolté par la nouvelle qu'il venait d'apprendre. Lèvres pincées, il contenait sa colère en attendant l'arrivée de sa femme. Quelle explication lui fournirait-elle ? Aucun des agissements d'Alice n'était innocent. Il l'avait bien compris. Depuis leur mariage, il avait découvert en elle un être animé par la vengeance, un sentiment redoutable lorsqu'il devient le seul but d'une existence. La peur ne dominait plus son épouse, et ce nouvel aspect de sa personnalité le déstabilisait. Alice lui échappait.

Quelques jours après leur union, Drac choisit de s'installer de manière définitive à Château Braun. Vivre dans les vestiges des Braunstein ne le dérangeait pas. Au contraire, cette perspective l'amusait, comme un signe du destin. Il croyait aux signes, les décryptait, convaincu que la Providence avait placé sa quête personnelle sous de bons auspices. Aux yeux de tous, il s'était façonné une image de mondain, d'incorrigible galant et de requin de la finance. Mais derrière cette cuirasse se dissimulaient ses véritables motivations. La fortune représentait pour lui peu de chose, en réalité. Lui aussi endurait la souffrance dans sa chair, mais il était assez habile pour cacher son jeu. À la différence d'Alice, il fomentait dans l'ombre, cultivant avec patience sa revanche, qui serait éclatante. Pourquoi agir à l'instinct, au risque de se dévoiler, lorsque le temps travaillait pour lui ? La manipulation lui demandait peu d'effort, et pour un meilleur résultat. Depuis des années il affûtait son arme, le pouvoir lui permettait de placer ses pions, jusqu'à l'instant propice où il se dévoilerait. Pour l'heure, son intuition lui recommandait davantage de vigilance. Alice courait à l'aveuglette, preuve de son manque de discernement, mais elle risquait de ruiner les desseins de son mari. En quelque sorte, elle devenait gênante pour lui.

Drac s'immobilisa devant la baie vitrée, le regard perdu sur les contours du jardin cubique. À l'aide d'un cordeau, trois jardiniers taillaient les buis, sectionnant les rameaux de l'année. À chaque coup de cisaille, les topiaires retrouvaient leur apparence. Drac vit là une allégorie, celle de l'être humain devant se débarrasser des branches indésirables s'il voulait conserver l'équilibre de son environnement. C'était dans la nature des choses.

La porte s'ouvrit pour laisser Alice entrer dans la chambre. Indifférente à la présence de son mari, elle s'installa devant la coiffeuse et examina son apparence, comme elle le faisait avant chacune de ses apparitions en public. Drac suivit son rituel. D'une main délicate, elle lissa son chignon, retoucha son léger maquillage, ajusta le double rang de perles sur l'encolure de son tailleur sombre à la coupe stricte. Alice cultivait son image de veuve de notable. Comment être attirée par une telle femme ? Son classicisme poussé à l'extrême la desséchait. Drac se posta derrière elle, impassible.

— Qu'avez-vous à me regarder ainsi ?

Drac méprisait cette femme. Avec la fierté des faibles elle tentait de donner le change, trouvant refuge sous des airs arrogants qui soulignaient son incapacité à gérer une situation délicate, comme le pacte de leur mariage. La répugnance d'Alice à son égard s'exprimait par un ridicule vouvoiement de circonstance. Drac gardait en mémoire la première nuit où elle avait dû dévoiler son intimité. Elle lui avait offert son ventre, immobile, dans une attitude révélant avant tout le dégoût qu'il lui inspirait. Malgré cela, il l'avait obligée à se soumettre, pour la forme. Ne devait-il pas affirmer sa domination ? Elle lui appartenait.

— Savez-vous que Louise Bastide veut vendre ses parts de La Cybiline ?

— Oui.

— Et vous n'avez pas fait de propositions ?

— À quoi bon, je ne suis pas intéressée.

Alice reconnaissait les faits d'un air détaché, comme s'il s'agissait d'un détail insignifiant. Sans s'étonner de la nature de cette question, elle s'appliqua derrière chaque oreille une goutte de *Chanel n° 5*. Dans son dos, Drac se crispa. Il réussit cependant à contenir la rage qui s'emparait de lui. Avait-elle conscience des conséquences de son refus ? Avait-elle agi sciemment, dans le but de limiter les manœuvres de son mari ?

— Vous deviez m'en informer !

— Je l'ignorais, répliqua-t-elle d'un ton narquois.

L'attention de Drac se concentra sur la nuque d'Alice. Il eût été aisé de l'enserrer avec force, sans aucun remords, d'étrangler cette traîtresse jusqu'à son dernier souffle.

Dans le miroir, le regard d'Alice semblait défier son mari. Elle était prête à mourir, comme si tout le reste n'avait plus d'importance. À l'issue de ce duel silencieux, Drac comprit qu'il devait revoir sa stratégie de toute urgence.

— Votre col est retourné, lança-t-il en retournant le bandeau de soie.

Puis ses mains prirent les épaules d'Alice. Il pencha la tête, se rapprocha de son oreille et lui murmura :

— Je veux savoir qui se cache derrière la MCI, votre nouvel associé.

— Sinon ? Vous révélez mon passé ? Vous me supprimez ?

Elle le toisait, un sourire ironique aux lèvres. Drac comprit que cette menace n'avait plus la moindre emprise sur elle depuis le décès de Braunstein. Mais il savait comment l'atteindre.

— Non, ma chère. J'ai plus subtil, bien que ce ne soit pas l'envie qui m'en manque. Je vous réserve mieux. Vous ferez ce que je vous ordonne, sans quoi je veillerai personnellement à ce que les biens de votre regretté Benjamin reviennent en totalité à Alexis Bastide. Si je dois perdre cette manche par votre faute, je vous promets une revanche cinglante.

Drac venait de retrouver son influence, la pâleur extrême d'Alice le lui confirmait. Hantée par la menace de son mari, elle se surprit à vouloir contre-attaquer sur son propre terrain. Pour elle, il était hors de question de voir l'héritage de Benjamin passer dans les mains de son assassin. Avec sa disparition, Braunstein lui avait offert son indépendance. Et si elle a eu la faiblesse de croire Drac assez fort pour la soumettre à ses désirs, à présent, elle reconnaissait sa naïveté. Il ne pouvait rien faire sans son consentement. Les forces s'équilibraient. Cependant, elle devait trouver un moyen de le lui faire savoir.

Au cours de cette soirée ennuyeuse où il avait tenu à la traîner, Alice surprit une conversation entre deux financiers à propos de Claxton, une entreprise d'agro-alimentaire récemment introduite en Bourse, et d'un certain Périet, un ami de son mari. Tout portait à croire que ce dernier était mêlé à une sombre affaire politico-financière. Il y aurait eu une fuite entre les autorités et les milieux financiers. Isolée derrière un paravent, la jeune femme tendit l'oreille.

— C'est un coup du sénateur Périet, disait l'un d'eux. Il est pourri jusqu'à la moelle.

— Nous le savons tous, répondit son interlocuteur. Reste à découvrir qui a agi en son nom.

— On ne le saura jamais, mon ami. Peut-être est-il parmi nous ce soir...

Alice prétexta une migraine pour rentrer au plus vite à Château Braun. Elle tenait Drac...

Après deux ans de cavale, Ron Howard eut la chance de retrouver la liberté. Et cette chance se nommait Tessa. Sans son intervention énergique, Ron aurait toujours vécu dans l'ombre. Pour parvenir à ses fins, elle avait usé de son influence auprès des plus hautes sphères politiques, recourant parfois à des méthodes dont elle seule avait le secret. Et quand Tessa désirait quelque chose, elle l'obtenait. Le fisc leva les charges retenues contre son mari. Elle-même n'était pas parvenue à comprendre les motifs de son implication ou, plus exactement, se refusait à les admettre.

— Je t'ai réservé une surprise pour ton retour, lança-t-elle à Howard à son arrivée à Mougins.

— Une surprise ? Me retrouver auprès de toi et Rudy est déjà une merveilleuse surprise.

— J'ai acheté cette maison.

Ron ne manifesta aucun enthousiasme à cette nouvelle qui aurait pourtant dû le réjouir.

— Tu n'as pas l'air content...

— Si, si, bien sûr. Je suis très heureux pour toi.

— Pour moi ?

Il la regarda, incrédule.

— Pour nous. bredouilla-t-il. Tu veux dire...

— Évidemment ! Si tu crois que j'ai l'intention de m'exiler aux États-Unis, j'aime mieux t'avertir que c'est hors de question. Nous resterons ici. J'ai une affaire à régler. Par ailleurs, j'ai pris des dispositions afin de gérer nos magasins à distance.

Le regard de Ron s'illumina.

— Tessa, serais-tu en train de me dire que nous allons vivre ensemble ?

— Ne sommes-nous pas mariés ?

— Vivre ensemble tout le temps ?

— Il me semble que c'est ainsi que fonctionnent les couples, non ?

— Rien que toi, moi et Rudy ?

Rudy... Ses rapports avec l'adolescent étaient conflictuels.

— À ce sujet, Ron, il faut que je te parle.

— Qu'y a-t-il ? Il lui est arrivé quelque chose ?

— Non, rien, rassure-toi. En revanche, il a découvert que Valentine n'a jamais existé.

Howard baissa la tête, l'air peiné.

— Comment a-t-il réagi ?

— Mal, comme tu peux le deviner.

— Je présume que c'est pour cette raison qu'il n'est pas là aujourd'hui... Il m'en veut.

— C'est exact.

— Où est-il ?

— Chez un ami du collège, pour le week-end.

Tessa anticipa la question de Ron.

— Non, je ne lui ai rien dit.

— Nous devons lui dévoiler la vérité.

— Je pense que c'est à toi de le faire, c'est ton fils.

— C'est aussi le tien !

Cette réplique, contenue pendant tant d'années, vint claquer aux oreilles de Tessa avec une violence inouïe. Pour la première fois, Ron la plaçait face à ses responsabilités de mère, face à ses erreurs, à son égoïsme. Car il s'agissait bien d'égoïsme de sa part. Elle avait fait le choix d'oublier ce frein à sa réussite et avait contraint Ron à inventer l'histoire de Valentine afin que Rudy ne souffrît pas. Les hasards du destin avaient voulu que leur famille soit à nouveau réunie.

— Tu as raison, reconnut-elle. Rudy est mon fils et je l'ai abandonné pour vivre ma vie. Je ne suis pas fière de cela et je ne pourrai jamais rattraper les années perdues. Je ne suis pas un exemple à suivre. Peut-être vaut-il mieux ne rien lui dire.

Ron s'écarta d'un pas, laissant éclater sa colère.

— Nous y voilà ! Une fois encore, tu te défiles. Quand vas-tu cesser de fuir, Tessa ? Quand ? Je sais que tu ne m'as jamais aimé, que Rudy est un regrettable accident à tes yeux. Mais tu ne peux pas faire comme s'il n'existait pas ! J'ai tenté pendant quinze ans de l'aimer pour deux. J'ai accepté d'être le complice de ta lâcheté en lui mentant, non pas pour toi, mais pour l'épargner, lui, pour qu'il n'apprenne jamais quel monstre d'égoïsme est sa mère. Tu n'existes pas à ses yeux. Tu n'existes plus aux miens. Ma faiblesse est de t'avoir aimé dès l'instant où je t'ai vue. Mais j'aime plus encore Rudy. Adieu, Tessa. Vis ta vie, garde cette belle maison, tes richesses, ton pouvoir. Ils seront ton mausolée.

Depuis le départ de Ron, Tessa n'avait pas cherché à entrer en contact avec lui. Par fierté, elle souhaitait le voir revenir à de meilleurs sentiments à son égard. Mais plus les semaines défilaient, plus elle devait admettre son impuissance face à l'amour d'un père pour son fils. Selon certaines indiscrétions, Ron et Rudy avaient trouvé refuge au Négresco. Le trajet entre Nice et Mougins n'était pas si long. Peut-être devait-elle s'y rendre ? Le silence de Ron la dérangeait, elle détestait être éconduite et, plus que tout, un étrange sentiment la taraudait. Était-elle en train de tomber amoureuse ? Non, c'était impossible.

Heureusement pour elle, une nouvelle arriva fort à propos, qui chassa de son esprit ses soucis de cœur. Le colonel Fournier-Lérel lui apprit l'arrestation d'Alexis. Son oncle avait tenté de fuir lors de son interpellation et avait été grièvement blessé. Interné dans l'hôpital de la prison militaire, un procès en cour martiale l'attendait à sa sortie. Pour l'heure, son état de santé demeurait stationnaire.

— J'espère que la sanction sera à la hauteur de son crime, s'enquit-elle. Je vais avoir besoin de temps pour lui rendre la monnaie de sa pièce.

Contre toute attente, Rudy Howard ne voulut pas connaître l'identité de sa mère. Cette personne méprisable qui lui avait pourtant donné la vie ne l'avait-elle pas abandonné ? Par ailleurs, son père lui avait menti, et il lui en voulait terriblement. Il ne lui adressa plus la parole pendant près de trois semaines, marquant ainsi sa colère. Finalement, lors d'une promenade sur les plages du débarquement, Rudy se montra de nouveau disposé à l'écouter.

— Je comprends les motifs de ta colère, fiston, commença Ron, tandis qu'ils longeaient la plage de Pampelone sur la presqu'île de Saint-Tropez, à l'endroit précis où, le 15 août 1944, le soldat Howard et les forces Alpha avaient accosté avec le fol espoir de libérer la France occupée. À ta place, j'aurais sans doute agi de la sorte. J'en aurais voulu à la terre entière. Ta réaction est légitime. Mais tu dois savoir que j'ai inventé cette histoire pour te protéger. Tu représentes, à mes yeux, la plus belle chose qui me soit arrivée dans la vie.

L'un et l'autre s'arrêtèrent en lisière de la pinède.

— Je ne tenais pas à ce que tu souffres de la situation. Je me suis trompé et je ne me le pardonnerai jamais. Pourtant, si tu savais comme je t'aime, Rudy.

Pour toute réponse, l'adolescent vint se blottir dans les bras de son père.

Sur le trajet du retour, Rudy se plaignit de maux de tête. L'atroce migraine persista un jour encore. Finalement, inquiet de l'extrême fatigue de son fils, Ron appela un médecin.

— Il faut hospitaliser Rudy en urgence, déclara le docteur après l'avoir examiné. Mon premier diagnostic me laisse à penser qu'il s'agit d'un problème rénal sérieux

Au jeu de la perfidie, Alice avait retenu les leçons de son professeur de mari. Ce soir-là, ils dînèrent sur la terrasse de Château Braun, un tête-à-tête orchestré à la perfection, de la table dressée avec goût aux mets succulents. La maîtresse de maison se réjouissait à l'avance de la surprise qu'elle allait réserver à son époux.

— Vas-tu me dire à quoi rime cette mascarade ? ironisa Drac au moment du dessert.

Entre deux gorgées de champagne, Alice savourait cette revanche, attendue depuis si longtemps.

Pour l'occasion, elle avait détaché ses cheveux auburn, en parfaite harmonie avec la moire émeraude d'une robe de soirée Yves Saint Laurent au décolleté vertigineux.

— Au lieu de perdre du temps à tenter de me séduire, tu ferais mieux de te renseigner, comme je te l'ai demandé.

Alice le nargua, pas du tout impressionnée.

— Je n'en ai pas la moindre intention.

— Vraiment ?

— Vraiment.

Drac dévisagea son épouse d'un air surpris. Derrière ce flegme apparent, Alice devinait le carnassier prêt à bondir sur sa proie.

— Par ailleurs, poursuivit-elle, je ne me plierai à aucun de vos ordres.

— Je te demande pardon ? s'écria-t-il, caustique.

— Vous avez parfaitement entendu.

— À ta guise. Tu connais les risques. Si cautionner Alexis Bastide, l'assassin de Benjamin, te séduit, libre à toi... ma chère.

— Vous ne ferez rien.

— Crois-tu ? Est-ce un défi ?

— Non. Une certitude.

Alice se rapprocha de lui, sans le quitter des yeux.

— À compter d'aujourd'hui, ne vous avisez plus de me dicter ma conduite ou d'agir sans mon consentement. Ce temps-là est révolu. J'ai beaucoup appris à votre contact, et il se trouve que l'élève vient de dépasser le maître. Maintenant, laissez-moi vous dire pourquoi...

Stoïque, Drac ne bougea pas, impatient d'en savoir davantage.

— Je suis au courant de tout à propos de Claxton, la société d'agro-alimentaire. Si les cours ont flambé, c'est à cause de vous et du sénateur Périet. Vous êtes coupable d'un joli délit d'initié.

Alice exultait. Pour la première fois de sa vie, elle retournait les cartes à son avantage.

— L'enjeu est simple, proposa-t-elle. Nous vivons en bonne intelligence chacun de notre côté, et nos petits secrets seront bien gardés.

À ces mots, elle se leva pour se retirer. Lorsqu'elle passa à côté de Drac, il l'attrapa sans ménagement par le poignet.

— Méfiez-vous. La partie ne fait que commencer.

Il l'avait vouvoyée. Alice venait de rejoindre les requins dans le bassin.

— Comme il vous plaira, mon cher mari, dit-elle en le toisant de toute sa hauteur. Je suis prête à vous affronter. Mais je sais que vous ne bougerez pas par crainte d'être poursuivi. Par ailleurs, conclut-elle, je ne souhaite pas divorcer. Je préfère garder mes ennemis à vue.

Tessa apprit l'hospitalisation de Rudy en milieu de matinée le lendemain. Cette nouvelle la bouleversa bien au-delà de ce qu'elle aurait pu imaginer. Elle s'habilla à la hâte et quitta la maison sans même annuler ses rendez-vous. Elle prit le volant l'esprit focalisé sur Rudy, son fils, pour lequel elle n'avait rien fait jusque-là si ce n'était l'effacer de sa mémoire. Les mots cinglants de Ron revenaient sans cesse frapper son esprit. Tessa avait honte de la vérité. Comment avait-elle pu se montrer aussi égoïste ? Après des semaines d'hésitations sur la démarche à adopter, cette nouvelle venait de révéler une évidence : elle tenait à Ron et s'était attachée à Rudy. Pendant quinze ans, elle s'était persuadée que son enfant appartenait à une autre vie, qu'il était une erreur de parcours sur laquelle elle ne devait pas s'apitoyer les soirs de solitude. Fléchir, c'était mourir un peu. Aveuglée, elle n'avait pensé qu'à conquérir ou détruire Alexis. Puis Rudy avait débarqué dans son existence, un adolescent avec les fragilités de l'adolescence, souffrant aussi de l'absence de son père. Tessa n'avait pas voulu s'investir sur le plan émotionnel et avait préféré rester fidèle à ses principes. À présent, la situation avait changé. Elle devait agir, et vite, car demain il serait peut-être trop tard. Tessa avait un sixième sens pour déceler les priorités. Elle entra en courant au service des urgences de l'hôpital, inquiète de ce qu'on allait lui annoncer.

— Êtes-vous une parente, madame ? lui demanda l'infirmière de garde des soins intensifs.

Tessa allait répondre mais Ron s'en chargea à sa place.

— Seule la famille est autorisée à le voir. Et tu n'en fais pas partie.

— Dis-moi simplement comment il va. De quoi souffre-t-il ?

— Qu'est-ce que ça peut te faire ?

— S'il te plaît, Ron, répondit-elle avec un geste agacé de la main.

— Les médecins ont décelé une insuffisance rénale.

— Que va-t-on lui faire ?

— Je n'en sais rien pour le moment. J'attends le médecin.

— Très bien. Moi aussi.

Elle s'installa dans la salle d'attente, bien décidée à être tenue informée elle aussi. Ron ne dit rien. Il ne pouvait pas l'en empêcher. Il s'éloigna et disparut derrière les portes battantes des urgences.

Une demi-heure plus tard, le docteur qui avait pris en charge Rudy vint à la rencontre de son père.

— C'est bien ce que je craignais. Votre fils souffre d'une insuffisance rénale. Heureusement, nous l'avons diagnostiquée à temps. Cependant, je crains que la situation ne se détériore assez vite.

— Que faut-il faire ?

— Idéalement, il faudrait que Rudy subisse une transplantation. Son rein gauche est très atteint.

Ron Howard devint exsangue.

— Mais il y a un risque, non ?

— Toute intervention est risquée. Mais la médecine a beaucoup progressé depuis la guerre. Cependant, nous devons d'abord trouver un donneur compatible. Un parent, par exemple.

Une voix s'éleva derrière eux. C'était Tessa.

— Je suis volontaire.

Surpris, les deux hommes se retournèrent en même temps.

— Êtes-vous de la famille ? demanda l'homme en blouse blanche.

Tessa défia Ron du regard, bien déterminée à rattraper le temps perdu.

— Je suis… sa mère.

L'opération eut lieu la semaine suivante. Tessa et Rudy restèrent en soins intensifs pendant quelques jours, puis tous deux furent transférés dans des chambres séparées. Dès qu'elle le put, Tessa traversa le couloir, avec peine, afin de se rendre compte par elle-même de l'état de santé de son fils.

— Merci, dit l'adolescent à contrecœur, sur l'insistance de Ron.

— Tu ne me dois rien. Je n'ai fait que réparer ce que j'ai mal fait la première fois.

Elle se retira sans rien attendre d'autre. Rudy allait bien, c'était le principal. Ron la rattrapa sur le pas de la porte, incapable de la remercier comme il l'aurait souhaité. Mais ses yeux brouillés de larmes parlaient pour lui. À son retour dans sa chambre, Tessa fut surprise de découvrir Alice assise sur son lit.

— Vous venez prendre de mes nouvelles ?

— En quelque sorte. J'ai surtout un marché à vous proposer…

19

Avignon, 1963

Dès la sortie de la ville, la route nationale en direction de L'Isle-sur-la-Sorgue devenait plus sinueuse, traversant des vallons plantés d'oliviers, dominés par des massifs rocheux aux tons bleutés. D'aussi loin qu'elle se souvienne, Louise aimait sa région, lui trouvant toujours plus de charme à chaque promenade. Ce jour-là, elle avait accepté l'invitation de Quentin à Gigondas, lieu de villégiature de la famille Horiaud. Après les épreuves subies ces dernières années, peut-être devait-elle songer à reconstruire sa vie.

Elle était prête.

Lancée à vive allure, la Triumph de l'avocat suivait la route des vignes. À bord du cabriolet, Louise se laissait griser par la vitesse, détendue malgré la conduite sportive mais parfaitement maîtrisée du pilote en qui elle avait toute confiance. Foulard au vent, caressée par l'air tiède, rien ne pouvait lui arriver. Quentin veillait sur elle. Quentin, une épaule sur laquelle elle pouvait désormais se reposer. À ses côtés, elle retrouvait le goût du bonheur.

De temps à autre, il jetait un œil espiègle sur elle et, ravi de voir sa passagère partager sa passion de la vitesse, accélérait. Louise le compara mentalement à Arnaud, son ex-mari. Lui aussi aimait les belles voitures. Mais son unique plaisir était de posséder un objet luxueux et valorisant qui lui permettait d'imposer sa supériorité. Quentin, lui, trouvait sa satisfaction dans le dépassement de soi et le partage d'une expérience unique. Leur sensualité devait s'exprimer de la même manière…

Louise rougit à cette pensée. Comment était-il dans l'intimité ? Pour l'heure, leurs rapports s'étaient limités à des baisers et quelques caresses. À présent, Louise en demandait davantage ; elle imaginait le frémissement de ses seins sous les mains de Quentin, la chaleur de son corps, la tendresse d'une étreinte. Quentin était en tout point l'opposé d'Arnaud.

À la sortie de Gigondas, la voiture ralentit au passage de la grille d'entrée du Clos des Agniel, le domaine des Horiaud, puis s'engagea sur l'allée rectiligne, à l'ombre des platanes. La terre était gorgée de soleil, la campagne exhalait des senteurs de thym et de lavande. Du son des cigales, de la chaleur ou des parfums, Louise n'aurait su dire lequel de ses sens était le plus en éveil. Elle se laissait emporter sans retenue dans ce tourbillon de délices. Le bonheur existait, il prenait les traits de Quentin. La bâtisse apparut enfin au bout de l'allée. Édifiée au XVIIIe siècle, cette splendide demeure respirait la douceur de vivre loin du tumulte du quotidien. Dans un crissement de graviers, la Triumph contourna le bassin de la cour d'honneur avant de s'immobiliser devant le porche.

— Nous voici arrivés ! s'écria Quentin. Sois la bienvenue.

D'une main galante, il aida Louise à s'extraire de l'habitacle exigu, détacha sa valise de la galerie de coffre et l'invita à le suivre. Cette invitation donna l'impression à la jeune femme de franchir un nouveau cap. En la conviant à pénétrer dans ce vaisseau qui avait transporté des générations de notables depuis deux siècles, Quentin lui offrait l'insigne honneur de partager l'intimité de la famille Horiaud. Combien de femmes avant elle avaient foulé ces dalles à cabochons ? Peu, certainement. Tout du moins, elle osait l'espérer.

— Je te fais visiter ?

— Avec joie.

Sans lâcher la main de son invitée, il l'amena à l'étage, où portes et couloirs se succédaient, distribuant les chambres, les unes orientées d'un côté sur le parc, les autres donnant sur le vignoble et les Dentelles de Montmirail. Louise se demandait laquelle lui serait allouée. Peut-être partagerait-elle celle de Quentin… Le mystère demeurait.

Après un furtif baiser, ils regagnèrent le rez-de-chaussée embaumé par de délicats effluves de pomme. Amusée de le voir ainsi radieux, elle se laissa conduire dans l'enfilade de salons qu'ils traversèrent d'un pas rapide et léger. La journée fut à cette image, nourrie par une succession de fous rires. En début de soirée, la pluie vint perturber leurs projets.

— Qu'à cela ne tienne, décréta Quentin. Nous pique-niquerons quand même.

— Pique-niquer ? Avec une averse pareille ?

— Oui. Le tapis de la bibliothèque sera parfait.

Louise partit se changer. Lorsqu'elle retrouva Quentin, elle le découvrit allongé au centre du tapis, devant un feu de cheminée. À chaque extrémité, un bougeoir Régence éclairait cette table improvisée. Dans le cabinet lambrissé à l'ambiance feutrée, luisaient les reliures dorées d'une collection de livres anciens.

— Tu es plein de ressource, lança-t-elle, étonnée.

— Nous n'allons pas nous laisser impressionner par si peu, non ?

Il lui tendit une coupe de champagne.

— À ce week-end, déclara-t-il solennellement.

— À nous…

Louise se reprocha d'avoir murmuré ces mots. Pourquoi s'était-elle dévoilée ainsi ? Elle venait de trahir la promesse qu'elle s'était faite en quittant L'Amédoune. Quentin ne releva pas et contempla le foyer.

— Merci à toi pour tout ce que tu as fait pour mon oncle, se reprit-elle, afin de changer de conversation.

Elle se rappelait la fuite d'Alexis. La balle qui l'avait atteint n'avait touché aucun organe vital. Un miracle. Après deux mois d'hôpital, il s'était rétabli et avait pu assister à son procès. Quentin n'avait pas pu plaider en cour martiale, car seul un militaire est habilité à le faire. En revanche, maître Horiaud avait monté le dossier de la défense et, grâce à son travail, Bastide avait obtenu de purger sa peine dans une prison civile. Cette sanction adoucie lui permettait de recevoir des visites et de suivre ses affaires. Néanmoins, le fondateur de L'Amédoune resterait derrière les barreaux pendant les cinq prochaines années.

— Je n'ai fait que ce qui me semblait juste, répondit Quentin. À la place d'Alexis, j'aurais agi de la même manière. Comment peut-on torturer des femmes, des enfants et des vieillards ? La violence physique ou morale est contre tous mes principes.

Louise se sentit fondre. N'avait-elle pas quitté Arnaud parce qu'il cautionnait ces pratiques monstrueuses ?

— Tu aurais été merveilleux en droit civil.

— Peut-être. Mais si j'ai choisi le droit des affaires, c'est parce que, à mon sens, les plus grandes injustices sont commises dans les milieux professionnels. Regarde L'Amédoune. Combien de vies dépendent de votre entreprise, de façon directe ou indirecte, en France comme à l'étranger ?

Louise se rembrunit. Cinq ans, c'était long sans véritable maître à bord. Aurait-elle les compétences ?

— Il peut se passer tant de choses pendant son emprisonnement. Aurai-je l'énergie suffisante... ?

Quentin se tourna vers elle.

— Alexis a pleine confiance en tes capacités. Moi aussi, du reste. La passion t'anime.

Pour souligner ses propos, il lui prit la main et la serra.

— Ne te sous-estime pas, Louise. Tu es brillante.

Dans l'orage, son regard de miel était si doux. Elle se sentit confuse, le souffle court, incapable de cacher sa gêne. Magnétisée, elle laissa Quentin s'approcher d'elle. Ses paupières étaient plissées, creusant à chaque extrémité de petites ridules rieuses. Louise répondit à son baiser et s'abandonna à ses caresses. Ils passèrent la nuit dans la bibliothèque, bercés par la chaleur du foyer. Chacun anticipait le désir de l'autre. L'escalade des émotions ne connaissait aucune limite. Aux premières lueurs du jour, ils étaient lovés l'un contre l'autre, épuisés mais heureux.

— Tu es la première femme que j'emmène au Clos des Agniel.

— Ne te moque pas de moi, murmura Louise.

— Non, je t'assure.

Pour la première fois, elle le surprit par son air grave. Et tandis que sa main caressait doucement sa poitrine, Quentin lui raconta son histoire. Il avait connu des aventures sans lendemain, puis une liaison pendant sept ans. Il avait même envisagé de se marier, de fonder une famille, d'avoir une vie normale en quelque sorte. Mais sa fiancée habitait Chambéry, travaillait avec sa mère, une femme possessive qui manipulait sa fille afin qu'elle ne lui échappe pas. L'idée d'être séparée d'elle, de la voir s'installer dans la maison de famille de son futur gendre l'avait terrorisée. Alors, sans se donner la peine de connaître Quentin, sa belle-mère avait joué les entremetteuses, jusqu'au jour où il avait découvert sa place prise par un jeune freluquet inconsistant.

— Je m'étais promis de ramener ici la personne avec laquelle je désirais vivre quelque chose, avoua-t-il. Tu es celle-là, Louise.

Le dimanche soir, lorsque la Triumph de Quentin déposa Louise à L'Amédoune, celle-ci sentit ses forces décuplées. Elle pouvait maintenant venir à bout de la moindre épreuve, elle était prête à relever de nouveaux défis. À peine eut-elle refermé la porte derrière elle que Bianca se précipita sur elle.

— Enfin, tu es là ! gémit-elle. Il y a quelqu'un qui t'attend.

— Qui ?

Sans autre explication, sa tante lui désigna la silhouette d'un homme à travers la porte-fenêtre vitrée du grand salon. Louise hésita une seconde avant de reconnaître son visiteur, mal rasé et aux cheveux trop longs sur la nuque.

— Que fais-tu là ? lâcha-t-elle sèchement dès qu'elle eut repris ses esprits.

— Je viens te rendre une petite visite, répliqua Arnaud, fébrile. Mais il semblerait que tu délaisses Fanfan pour partir en week-end, et avec Dieu sait qui...

Bien décidée à ne plus se laisser impressionner par son mari, Louise ne releva pas. N'était-il pas mal placé pour jouer au père modèle ? Quelques années auparavant, à peine sa femme et sa fille parties de la ferme Lombrage, il les avait oubliées entre les cuisses d'une jeune naïade de quinze ans sa cadette.

— Que cherches-tu ? insista-t-elle.

Depuis leur dernière rencontre, Arnaud s'était métamorphosé. Ses traits, alourdis par les excès de tabac et la bonne chère, le vieillissaient d'une vingtaine d'années. Louise savait qu'il avait quitté Oran après les événements d'Algérie. L'indépendance avait interrompu sa vie opulente de colon et marqué le début d'une déchéance certaine. Il suffisait de voir son pantalon taché et sa chemise froissée, lui qui avait toujours pris soin de ses tenues.

— Je viens t'annoncer mon installation définitive à Avignon, lança-t-il avec fierté.

Cette nouvelle glaça Louise. Qu'attendait-il ? Qu'elle lui saute au cou ? Qu'ils reprennent la vie commune ? Son intuition lui laissait redouter le pire. Elle le vit prendre place d'un pas saccadé sur une bergère et dissimuler le tremblement de ses mains entre les genoux. De temps à autre, il jetait de manière compulsive une œillade furtive autour de lui. Son attention se porta sur la carafe de liqueur posée à côté de lui, sur la desserte. Louise ressentit de la pitié pour son ex-mari. Il était devenu alcoolique.

— J'ai très soif, admit-il. Il fait si chaud… Puis-je ?

Avant qu'elle accède à sa requête, il se servit un verre et le but d'une traite avant d'en remplir un nouveau. Tandis qu'il levait le coude, Louise subtilisa la bouteille et la plaça hors de sa vue, sur la commode derrière elle.

— Bien. Si nous allions droit au but, Arnaud… Pourquoi reviens-tu dans la région ?

— Pourquoi ? s'écria-t-il. Tu ignores qu'on nous a tout pris ? La ferme de mes ancêtres, les terres, notre hôtel particulier à Oran. Tout. Ils ont tout raflé, tout saccagé, tout brûlé. Nous avons dû fuir comme des malpropres ! Nous qui avions pourtant construit cette région…

Si des milliers de Français d'Algérie avaient ainsi fui, et souvent dans la précipitation, Louise avait du mal à imaginer qu'il en ait été de même pour la famille Lombrage. Leur patrimoine, en France, plaçait leur clan à l'abri du besoin pour des décennies. Par ailleurs, elle aurait parié qu'ils avaient rapatrié leur fortune dans les coffres des banques de la métropole avant qu'il ne soit trop tard. Quant à la perte de leur ferme, Louise ne pouvait pas les plaindre. Comment aurait-elle pu effacer de sa mémoire le comportement de son ex-mari ou de son contremaître avec les ouvriers agricoles qui travaillaient pour eux ? Et comment aurait-elle pu oublier que son petit Pierrot avait été assassiné sur le perron de cette propriété ? Ce lieu la faisait frémir.

— Et qu'attends-tu de moi, Arnaud ? dit-elle lentement.

Sans prêter attention à elle, l'homme aux cheveux gras s'agita puis se leva, arpentant la pièce avec nervosité.

— Je ne sais pas, balbutia-t-il. On pourrait essayer de vivre à nouveau ensemble, tu ne crois pas ?

— Non, Arnaud, répliqua-t-elle, les doigts crispés sur la bouteille qu'elle tenait toujours cachée dans son dos. C'est hors de question ! Nos vies suivent désormais des chemins opposés.

Cette réponse l'irrita et il fondit sur elle, l'œil morne, les lèvres pincées.

— Je veux voir ma fille. J'en ai le droit et tu ne m'en empêcheras pas. Vu ?

Sa réaction effraya Louise. Arnaud était possédé. Par chance pour elle, il choisit de partir. Elle resta un moment sans bouger après son départ. Fanfan ne devait pas revoir son père dans cet état...

Après huit ans de retraite, le public retrouvait sa diva. La Cavaldi venait d'embraser les arènes d'Orange. Certaines mauvaises langues ayant murmuré que l'artiste avait accepté de jouer sur une scène de second ordre parce que sa voix s'était détériorée, Bianca se défendit. Ce gala ne signait pas son retour dans le monde lyrique, mais simplement une participation exceptionnelle, une « contribution en voisine », selon son communiqué de presse. Pourtant... trois heures durant, la soprano avait donné libre cours à ses émotions et connu l'extase en interprétant le rôle-titre de *Mireille* dans le magnifique opéra de Gounod, tiré d'un poème de Frédéric Mistral.

Les jours suivants, Vittorio Giglione harcela la Cavaldi. Les propositions pleuvaient de toutes parts, les théâtres du monde entier la réclamaient. Classicus Records, sa maison de disques, était prête à lui signer un chèque d'un montant vertigineux pour qu'elle enregistre à nouveau sa voix. Mais Bianca était terrorisée à l'idée de délaisser ses enfants et d'affronter une fois de plus la critique. Pouvait-elle en outre se permettre d'abandonner un mari en prison ?

La vie carcérale était un supplice pour Alexis, qui, réduit à l'inaction, voyait son existence ruinée. Quentin Horiaud se démenait pour obtenir une remise de peine qui tardait à venir. Louise se débattait dans les problèmes financiers de L'Amédoune, et Bianca... Bianca limitait son devoir d'épouse à quelques visites. Son cœur s'était éteint trois ans plus tôt à la lecture de l'article qu'elle avait découvert dans ce maudit magazine grec. Depuis, les événements s'étaient acharnés contre Alexis et ne lui avaient laissé aucune possibilité de la reconquérir. Ce jour-là, il reçut sa nièce, qui était accompagnée de maître Horiaud. Leur mine sombre l'inquiéta.

— Que me cachez-vous ? s'écria-t-il. Dites-le-moi. Il s'agit de Bianca ? des enfants ?

Quentin prit la parole en premier.

— Non, c'est L'Amédoune.

— Que se passe-t-il ?

Louise se sentit fondre. Son oncle venait de poser sur elle un regard accusateur. L'homme de loi poursuivit.

— Les cours de l'action flambent de manière anormale depuis quelques jours. La publication de nos résultats n'a pas encore été rendue publique. Par ailleurs, ceux-ci ne sont pas très bons.

— Pensez-vous à une OPA ?

— Il est trop tôt pour nous prononcer. Si tel est le cas, nous ignorons qui est derrière et comment nous devons réagir. Il ne s'agit peut-être que d'un coup d'épée dans l'eau. Inutile de vous alarmer. Nous restons vigilants.

— Non, c'est une prise de contrôle.

— À qui pensez-vous ?

— À Tessa, bien sûr !

Selon les premières informations de Quentin, la Monte-Carlo Investissements s'était portée acquéreur d'une part du capital.

— La MCI..., reprit Alexis, dubitatif. Ne s'agit-il pas de ceux qui ont racheté tes parts des studios à La Cybiline ?

Louise confirma.

— Non. C'est Tessa, je vous dis ! Cette femme me hait. Elle fera tout pour me perdre. Vous devez l'empêcher d'agir, vous m'entendez ? Faites-lui barrage. Il est hors de question de laisser l'héritage de notre famille entre les mains de cette garce.

Quentin lui fit remarquer que L'Amédoune n'avait plus assez de liquidités pour riposter.

— Je m'en fous ! Empruntez. Au besoin, vendez ! Hypothéquez jusqu'au dernier bibelot ! Trouvez de l'argent frais. Et faites-moi sortir de là avant que je ne devienne fou !

Louise quitta la maison d'arrêt sans dire un mot. Elle comprenait la souffrance de son oncle, privé de lumière derrière ces murs épais. Dans la rue, elle ressentit un vertige et perdit connaissance. Lorsqu'elle revint à elle, Quentin lui soutenait la tête avec son bras. Lentement, elle reprit ses esprits. Le soleil de midi inondait son visage, la chaleur l'irradiait à nouveau. Comment pouvait-on survivre ainsi, dans l'ombre et le froid ?

— Ne lui en veux pas, bredouilla-t-elle, à peine remise du choc de sa visite. Il ne mesure pas ce qu'il dit.

— Sois tranquille. Je le comprends.

— Alexis n'était pas comme ça. Avant…

Sa phrase resta en suspens. Le bonheur avait fui encore une fois les Bastide.

Encouragée par Louise, Bianca rendit visite à Alexis le endemain. Dans le parloir, épiée par les gardes en faction et séparée de son époux par une table, elle prit conscience que, face à elle, se tenait son chevalier servant d'antan, celui qui, à Milan, lui avait rapporté son sac à main, l'avait fait chavirer au point de la détourner de sa passion pour l'opéra. De l'image radieuse de ses souvenirs, il ne restait qu'un spectre aux traits tirés, au regard vide. Son mari parlait de manière sèche, saccadée, alors que, jadis, ses yeux l'invitaient à l'amour.

— Je ne la laisserai pas faire. Elle va voir de quel bois je me chauffe.

La vengeance. Alexis n'avait que ce mot à la bouche. Et, une nouvelle fois, Tessa gagnait la partie contre la soprano. Le rideau était tombé. Aujourd'hui, Bianca devait s'effacer.

— Nous allons avoir besoin de fonds pour lui faire mordre la poussière. Pourras-tu m'aider ?

— Non, Alexis, répondit-elle doucement, les yeux dans le vague. Je n'entretiendrai pas le mal qui te ronge. Le sentiment inverse de l'amour est l'indifférence, pas la haine. Et Tessa ne te laisse pas indifférent. Ton corps m'a été fidèle mais ton cœur et ta tête sont avec elle. Elle te possède, Alexis. À quoi bon le nier ? Tu ne vis que pour te venger. La vengeance est ta manière de lui faire l'amour.

Elle releva sur lui un regard lourd.

— Adieu, Alexis. Je n'ai plus de place dans ta vie.

Les semaines qui suivirent confirmèrent les craintes de Louise et Quentin. L'Amédoune était la proie d'une prise de contrôle sauvage. Contre leur gré, l'avocat et sa cliente exécutèrent les consignes d'Alexis Bastide et hypothéquèrent les biens de la famille.

— Ce n'est qu'une maison, confia la jeune femme à son amant. En revanche, l'entreprise de mon oncle représente bien plus à ses yeux. C'est sa vie. Sa mémoire.

De son côté, Bianca accepta la proposition de Vito, une tournée internationale pendant une année. De récital en récital, elle s'éloignerait ainsi d'Avignon et pourrait faire le point sur sa vie. La Cavaldi emmènerait avec elle ses trois enfants, leurs nourrices, un précepteur ainsi qu'une secrétaire particulière. Du jour au lendemain, L'Amédoune vécut ainsi dans le souvenir d'un bonheur perdu. Les persiennes se fermèrent, les draps furent jetés sur les meubles. L'obscurité envahit les pièces.

Louise et Fanfan s'installèrent au rez-de-chaussée, seules. Un soir, tandis qu'elles terminaient de dîner, la jeune fille poussa un hurlement. Elle venait d'apercevoir quelqu'un près de la porte de l'office. Louise barricada les issues. Un bruit de verre brisé les effraya. Elles se retranchèrent dans le grand séjour.

— Qui est-ce ? Que va-t-il nous arriver ? gémit Fanfan, qui s'était réfugiée dans les bras de sa mère.

— Rien, ma chérie. Ne t'inquiète pas. Tout ira bien. Je te le promets.

Mais un craquement de plancher dans le vestibule indiqua le contraire. Louise plaça sa fille en sécurité dans le petit salon adjacent, lui ordonna de ne pas bouger et s'approcha de la porte.

— Ouvre, vociféra Arnaud. Ouvre ou j'enfonce la porte. Je veux voir notre fille

— Va-t'en, gronda Louise avec mépris. Tu es ivre. Va-t'en ou j'appelle la police !

Plus aucun son ne lui parvenait de l'extérieur. Elle se réfugia auprès de Fanfan et téléphona à Quentin. Lorsqu'il arriva, il les découvrit prostrées derrière le piano du boudoir.

— Vous ne pouvez pas rester ici. La maison est trop grande. Vous allez vous installer au Clos des Agniel.

Dès le lendemain, elles emménagèrent à Gigondas. Quentin resta deux jours auprès d'elles avant de les confier aux bons soins de la vieille gouvernante du domaine. Quelques jours plus tard, alors que Louise se promenait dans le parc, elle fut appréhendée par Arnaud qui s'était introduit à son insu dans la propriété.

— Je vous ai suivies l'autre jour, la nargua-t-il d'un regard de fou.

— Va-t'en ou j'appelle…

— Qui ? Tu es seule. Je t'espionne depuis ton arrivée ici.

Il fondit sur elle, menaçant. Paniquée, Louise se mit à courir, Arnaud sur ses traces. Elle s'enferma dans la serre, avançant à reculons entre les plantations, les yeux rivés sur l'entrée. Munie d'une bêche, elle était prête à se défendre. Mais Arnaud ne venait pas. Peut-être n'avait-il voulu que l'impressionner ? Méfiante, elle ne baissa pas sa garde. Soudain, il surgit derrière elle, l'empoigna, la renversa sur la table à terreau, prêt à l'étrangler, l'haleine chargée d'alcool. Louise ne parvenait pas à se défaire de son emprise. D'une main désespérée, elle gratta la terre en quête d'un outil. Ses doigts se crispèrent sur un pot qu'elle réussit à saisir, avant de le fracasser sur le crâne d'Arnaud. Sonné, il perdit l'équilibre et s'affaissa de tout son poids sur la pointe contondante des transplantoirs de la table d'en face. Louise poussa un hurlement à la vue du sang qui jaillit aussitôt de la bouche de son agresseur. Paniquée, elle courut vers la maison pour téléphoner à Quentin et demander du secours. Mais elle n'eut aucune réponse.

Vers dix-sept heures, Quentin apprit que Monte-Carlo Investissements venait d'engloutir L'Amédoune et l'ensemble des biens Bastide. Dans le même temps, Alexis fut appelé au parloir de la prison. Il patienta une minute, irrité à l'avance par la nouvelle farce qui l'attendait. La porte s'ouvrit, laissant entrer une silhouette féminine, la taille enserrée dans une robe rouge. La démarche ondulante, elle avança en direction du détenu, le visage dissimulé sous une large capeline.

Alexis ricana.

— Alors, Tessa, tu viens savourer ton triomphe, m'annoncer que je n'ai plus rien ?

La mystérieuse visiteuse eut un petit rire sarcastique avant de siffler, les lèvres pincées :

— Tu n'as plus rien en effet, Alexis Bastide. Même ta maison sera rasée. Tu es ruiné. Fini. Puni comme tu le mérites. J'espère que tu seras maudit pour le mal que tu as fait.

Elle releva les bords de sa capeline, révélant sa beauté glaciale. Interloqué, Alexis eut un mouvement de recul. Alice lui faisait face et le fixait d'un air sardonique…

LIVRE TROISIÈME

1963-1969

20

Italie, 1963

— Ah, Vito, souffla Bianca, le regard perdu sur la baie de Portofino, tu ne m'as jamais parlé ainsi lorsque nous étions mariés...

— Que veux-tu, je suis comme le bon vin, je me bonifie avec l'âge.

Bianca rit de bon cœur à cette remarque. Vittorio Giglione, homme retors en affaires, ne doutait pas de ses qualités. Elle l'avait haï. Aujourd'hui il l'amusait. Mais, très vite, ses préoccupations reprirent le dessus. Par nature, cette tragédienne dans l'âme aimait avec excès, vibrait ou s'étiolait comme une véritable héroïne puccinienne. La gloire ou la fortune lui importaient peu. Bianca avait cru partager des émotions pures et authentiques auprès de ses deux maris. Mais chacune de ses unions l'avait meurtrie davantage. Était-elle condamnée à la souffrance ? Les hommes étaient-ils tous infidèles ? Elle se rendait à l'évidence : l'amour éternel n'existait pas.

De la terrasse du Splendido, Bianca profitait d'un jour de répit au milieu de sa tournée internationale. Après la France, l'Angleterre et l'Allemagne, Vito avait organisé un circuit en Italie où elle allait donner des représentations dans les théâtres les plus renommés, comme à ses débuts. Afin de ménager sa diva, l'agent avait eu la délicatesse de lui laisser du temps à consacrer à ses enfants entre les galas, une condition exclusive sans laquelle la célébrissime soprano aurait refusé cette aventure. Par ailleurs, il déployait des trésors d'ingéniosité afin d'éloigner la horde de photographes qui harcelait déjà sa protégée. Giglione cumulait les défauts, sauf la bêtise.

En contrebas, un bateau entrait dans le port. Pensive, Bianca suivait des yeux son sillage. Elle se trouvait dans un somptueux palace… mais sans Alexis. Il lui manquait. Depuis son départ de L'Amédoune, en juillet, elle s'était souvent reproché sa fuite d'Avignon et la vivait comme un abandon. Son cœur était resté auprès de son mari. Ensemble, ils auraient dû faire front aux problèmes qu'ils rencontraient. Mais comment oublier cette haine dans le regard d'Alexis ? Il était possédé par Tessa.

— Madame, une communication pour vous, lui annonça sa secrétaire.

Lorsqu'elle revint sur la terrasse, Vito la questionna, inquiet plus que curieux.

— C'était Louise, lâcha-t-elle. La demande de réduction de peine a été rejetée.

Au fond de son fauteuil, Giglione resta impassible.

— Et toi, Bianca, lança-t-il après quelques secondes de silence, qu'espérais-tu ?

— Qu'il sorte de prison, bien sûr !

— Vraiment ?

Elle croisa l'œil vif du vieil homme et se sentit incapable de lui cacher la vérité. Vito parvenait à sonder son âme. Qui d'autre que lui la connaissait aussi bien ?

— Je ne sais pas..., reconnut-elle, honteuse.

— Bien sûr que tu sais. D'un côté, tu le souhaites libre, de l'autre, tu le redoutes car votre mariage est en péril.

Démasquée, Bianca baissa les yeux. Comment faisait-il pour lire en elle de la sorte ? Confier ses déboires conjugaux à son ex-mari la dérangeait. Pourquoi le hasard plaçait-il Vito dans un rôle de confident ? Était-ce un signe ?

— Maintenant, reprit-il en s'avançant vers elle, laisse-moi te poser une question : peux-tu vivre éternellement dans le doute ?

— Je ne comprends pas.

— En es-tu certaine ? Peux-tu effacer de ta mémoire l'idée qu'Alexis soit attiré par une autre femme ?

La soprano avait du mal à contenir ses larmes.

— Nous savons tous les deux que la réponse est non, Bianca. J'ai été suffisamment bête pour ignorer ton intégrité. Aujourd'hui, je le déplore.

Bianca tressaillit lorsque Vito posa sa main sur la sienne. Cependant, elle resta incapable de bouger.

— Pense à toi, reprit-il avec douceur. Tu as tout pour être heureuse.

— Alors pourquoi le bonheur fait-il si mal ?

— Tu es une idéaliste. La vie t'a comblée de toutes les grâces. Tu es belle, pleine de talent, tu as trois merveilleux enfants et un public qui t'adore.

Combien de femmes ont la chance d'en dire autant ?

Bianca ne sut que répondre. Vittorio poursuivit :

— Ce n'est qu'une épreuve à surmonter. Qui aurait pu croire un jour que la pauvre petite fille que tu étais en arriverait là ?

Il avait raison.

Les images de son enfance lui revinrent en mémoire. Pazzano... Son pauvre village natal, qui se perdait au sommet d'une route poussiéreuse où de maigres chèvres paissaient sur un sol aride sous un soleil écrasant. Sa mère, Rina, une femme austère, amère. Sa sévérité avait été dictée par la dureté de son existence. Qu'était-elle devenue ? Elles étaient brouillées depuis si longtemps... Avec le recul, Bianca comprenait son attitude, mais il y avait certaines choses qu'elle ne lui pardonnerait jamais. Rina ne l'avait-elle pas toujours rejetée ?

— Vito, demanda-t-elle, j'ai une requête à t'adresser.

— Accordée.

— Je voudrais retourner à Pazzano.

— Pazzano ? En Calabre ? Là où tu as grandi ?

— Ce Pazzano-là, en effet.

— Mais pourquoi veux-tu y aller ? Il n'y a que des mauvais souvenirs, là-bas.

— Je t'en prie, c'est important pour moi.

— Très bien. Comme tu voudras, se résolut l'agent. Je changerai notre programme en fonction.

— Merci, Vito. Tu es adorable.

— Je sais. En échange, accepte la proposition de Yanis Stratolopoulos. Il nous invite à passer quelques jours sur son yacht. Ses relations peuvent servir ta carrière.

— S'il le faut, répondit-elle sans entrain.

Bianca dissimula son visage derrière de larges lunettes de soleil et respira l'air marin. Retourner sur les traces de son enfance était une priorité. À quarante-six ans, certains pèlerinages s'imposent. Avec ce retour aux sources, elle trouverait peut-être des réponses à ses préoccupations...

Après Florence et Venise, la tournée de la Cavaldi s'arrêtait à la Scala de Milan. Pour Bianca, la cité de Verdi marquait une étape importante. C'est ici que tout avait débuté. Un après-midi, elle se fondit dans l'anonymat du centre-ville, bien décidée à recoller les fragments épars de sa passion pour Alexis. Ses pas la guidèrent dans la galerie marchande du Duomo, puis vers la piazza dei Mercanti, là où ils s'étaient rencontrés la première fois. Son cœur battait à tout rompre lorsqu'elle longea le passage, à l'ombre des arcades. Les souvenirs affluaient, vifs et douloureux. Comme par le passé, elle espérait de toute son âme qu'un voleur lui arracherait son sac et qu'Alexis le lui rapporterait. Alexis...

Elle demeura un instant immobile à contempler le pilier derrière lequel s'était produit l'incident. Les images restaient vivaces, ses sentiments aussi. Mais aujourd'hui, elle était seule. « Regagne l'hôtel et concentre-toi sur le récital de ce soir », se dit-elle. Mais elle se ravisa lorsqu'elle aperçut, au coin de la via Dante, la silhouette massive du château

Sforzesco et, juste derrière, le parc Sempione. Les cimes des grands arbres l'attiraient et l'effrayaient à la fois. Un jour, au pied de l'un d'entre eux, elle avait écrit la plus belle page de son existence. Bianca frémit, hésita, l'esprit chahuté par une foule d'arguments contradictoires. À quoi bon souffrir davantage ? Elle succomba pourtant à la tentation de se rendre dans ce jardin à l'anglaise. L'endroit n'avait pas changé, avec ses allées bordées de fleurs délicates. Au détour d'une courbe, un pont de bois enjambait un plan d'eau. Bianca ressentit une vive émotion en l'apercevant. Cette vision se juxtaposait à l'image du passé. Douze ans plus tôt, à cet endroit, elle avait retrouvé Alexis Bastide. D'un geste fluide, il jetait des miettes de pain aux cygnes gourmands en l'attendant. « Tu es folle, ma pauvre, s'était-elle dit en arrivant sur le bord de la rive, rebrousse chemin. Il est encore temps. » Cette perspective lui avait été impossible. L'emprise d'Alexis avait été immédiate. C'était lui. Autour d'eux, le monde paraissait terne.

Bianca retrouva *leur* banc, dissimulé sous les branches d'un saule pleureur. Elle s'assit, renouant avec les souvenirs, lorsqu'un homme l'aborda :

— Pardon, *signora*, pourriez-vous me donner un autographe, *per favore* ?

Bianca se prêta au jeu, mais fut bientôt assaillie de tous côtés par d'autres admirateurs. Ce fut l'émeute. Elle rentra par miracle à l'hôtel. Vito avait raison. Le seul amour qui ne l'avait jamais déçue était celui du public.

Sa prestation à la Scala fut saluée par une *standing ovation*. Le public avait adoré le florilège des plus belles arias qu'elle venait de leur interpréter.

— C'était divin, lui confia Vito en coulisses, tandis que les acclamations redoublaient pour un ultime rappel. Tu n'as jamais atteint un tel niveau de perfection.

— Sans doute parce que j'ai l'impression de chanter pour la dernière fois.

Bianca lança cette phrase comme une évidence, avant de retourner en pleine lumière.

Une semaine plus tard, un singulier cortège attira l'attention des habitants de Stilo, qui s'amassèrent sur le trottoir. À travers la vitre arrière d'une limousine, Bianca devinait ce qui motivait leur curiosité. Elle connaissait leur mentalité pour avoir passé son enfance dans la région.

— Ici, les enfants, dit-elle en désignant un café à la façade moderne, il y avait une boutique de mode réputée pour la beauté de ses vêtements. J'ai passé des heures devant sa vitrine à y contempler les robes.

— Tu t'habillais ici ? demanda Julien.

— Mais non, idiot, gronda Clément, gêné par la réflexion de son frère cadet.

— Je n'en avais pas les moyens, mon chéri, reconnut Bianca avec tendresse. Ma famille était très pauvre, tu sais.

Elle n'en dit pas plus, jugeant ses garçons trop jeunes pour connaître la vérité. Pourtant, un jour, la jeune fille qu'elle était avait eu l'occasion de se vêtir chez cette modiste. Cette journée était restée gravée dans sa mémoire, car le soir même, elle avait fui Pazzano dans d'horribles circonstances...

Le convoi roula en direction d'un village perché au sommet d'un éperon rocheux. Avec ses maisons en vieilles pierres, Pazzano se fondait dans la rocaille, presque invisible aux yeux d'un touriste égaré. À cette époque de l'année, la chaleur y était accablante, l'eau précieuse et l'air rare. En contrebas, les champs peuplés d'oliviers larges et tortueux constituaient l'unique source de revenus de la commune.

— On est arrivés, maman ? demanda Julien.

— Oui, mon chéri.

Bianca se souvenait de tout. Rien n'avait changé dans cet immuable coin d'Italie.

— Là, les enfants, c'est l'enclos où je gardais les bêtes. Je n'étais guère plus âgée que vous. Je me rappelle un après-midi en particulier.

Elle a sept ans et a pour mission de surveiller trois chèvres efflanquées. Autour d'elle, la campagne desséchée est assourdie par le chant des cigales. Bianca fredonne un Ave Maria, *couchée dans l'herbe grillée, à l'ombre d'un figuier. Elle répète en boucle ce chant religieux qu'elle connaît par cœur. Elle rêve de l'interpréter à la* confrunta, *une procession qui a lieu chaque année au mois d'août. Tous les habitants se mobilisent pour célébrer la Transfiguration du Christ. Les statues de Jésus, de la Sainte Vierge et de Joseph sont portées à bout de bras jusqu'au sanctuaire Santa Maria di Monte Stella, une grotte perchée dans la montagne. La ferveur de la population, à l'occasion de cette fête religieuse, ponctue l'année.*

Malgré la canicule, la fillette reprend inlassablement son cantique, jusqu'à atteindre la perfection. Soudain, une fourmi la pique alors qu'elle bute sur la note la plus haute. En se redressant, elle parvient à libérer un son d'une pureté absolue. Ivre de joie, elle se lève, prend une profonde inspiration. Les notes coulent sans effort, flattant son oreille intransigeante. Bientôt, sa voix est assurée, elle enchaîne les variations avec une aisance remarquable.

Les voitures peinèrent dans le raidillon, à l'entrée de la commune, avant de s'immobiliser devant un potager.

— C'est là ? s'enquit Vito, surpris de ne pas trouver de maison. Tu es sûre ?

— Oui, j'en suis certaine... La porte se trouvait à cet endroit.

Elle descendit de l'auto pour s'en assurer. Mais la masure de son enfance avait été rasée.

— Je vais me renseigner. Ma mère est sûrement en vie et habite toujours ici, lança-t-elle, dépitée.

Sur la placette du village, un lavoir de pierre récoltait les eaux d'une source tarie en été. Une vieille femme en noir frottait un drap rêche sur le plan incliné du bassin.

— Pardon, *signora*, je cherche Rina Cavaldi. Est-elle toujours vivante ?

Pour toute réponse, la veuve redressa lentement la tête. Sa peau était burinée par le soleil et son visage strié de profonds sillons. Quelques mèches de cheveux grisâtres s'échappaient d'un châle noué sur le sommet du crâne. D'un œil morne, elle la considéra, méfiante. Bianca insista en forçant la voix. Peut-être n'avait-elle pas entendu ?

— Qu'est-ce que tu lui veux, à Rina Cavaldi ? maugréa-t-elle en continuant de frotter son linge.

— Je voudrais lui parler. Je suis sa fille, Bianca.

La vieille femme s'interrompit, essuya ses mains râpeuses dans son tablier avant de les poser sur ses hanches, et fit face à la soprano.

— Tu ne m'as donc pas reconnue ? Mais je suis Rina Cavaldi.

Bianca était anéantie. Comment était-ce possible ? Comment pouvait-elle être sa mère ? Dans ses souvenirs, Rina était une femme belle, élancée. Trente ans… c'était si loin.

— Mamma, murmura-t-elle, étreinte par l'émotion.

Elle voulut la prendre dans ses bras mais se ravisa. La vieille femme restait de marbre. Le temps n'avait rien effacé.

— Laisse-moi te présenter tes petits-enfants, poursuivit-elle, certaine de l'attendrir.

Clément ne savait pas comment saluer cette grand-mère inconnue, Julien se cacha derrière son frère aîné et la petite Norma hurla en la voyant.

— Va-t'en, siffla Rina d'un œil haineux. Ne m'as-tu pas fait assez de mal ? À cause de toi, j'ai perdu le peu que j'avais. Après ta fuite, *il* a rasé ma maison et m'a jetée à la rue. Je suis devenue l'impure de Pazzano. Mais, dans mon malheur, j'ai eu de la chance que le curé me prenne à son service. Tout ça est de ta faute. Va-t'en, je te dis ! Tu as le regard du diable.

Les limousines repartirent dans un nuage de fumée en direction de Rome. Prostrée, Bianca berçait Norma en la serrant contre sa poitrine. Ce n'est qu'une fois seule avec Vito qu'elle sortit de son mutisme.

— L'homme le plus riche du village était don Batista, un être autoritaire. Il a obligé ma mère à quitter notre maison. Bien sûr, à cette époque, j'ignorais les conditions de notre départ. Il m'a comblée comme si j'avais été sa fille, jusqu'au jour où, devant lui, j'ai essayé des robes merveilleuses qu'il venait de m'offrir. Il a tenté d'abuser de moi. J'ai pu me sauver de justesse. Ma mère, qui était ivre, me regardait me débattre. Je me suis enfuie et ne l'ai plus jamais revue depuis.

Bianca se tut. Le reste ne regardait qu'elle. Don Batista n'était autre que le fils maudit de Virgile Bastide, le demi-frère d'Alexis. Chassé par leur père, Martial, de son vrai prénom, avait trouvé refuge à Pazzano où il était devenu l'un des représentants du parti fasciste. Cet homme avait le mal dans le sang. Il était capable de transformer le plus doux des êtres en tortionnaire. Tessa était sa fille…

De Rome, Bianca et Vito embarquèrent le surlendemain sur un avion pour Gênes. Le yacht de Stratolopoulos les attendait sur la Riviera. Ils devaient ensuite s'envoler pour les États-Unis, puis l'Argentine, dernière étape de la tournée. Cette croisière n'enthousiasmait guère Bianca, mais après la déception qu'elle venait d'essuyer avec sa mère, elle avait besoin de se changer les idées. Elle aurait voulu cependant reporter leur départ, car elle avait attrapé froid au retour de Pazzano. Sa gorge la brûlait…

Comme Saint-Tropez en France, San Marin connaissait un nouvel essor avec le twist. Il était de bon ton, pour la jeunesse argentée, de se montrer dans la station balnéaire où, partout dans les rues, la génération *yé-yé* déferlait en bande sous l'indignation de ses aînés, offusqués par un tel tapage.

Avec ses six étages et ses cent cinquante mètres de long, le *Stampida* était amarré à l'extérieur du port de plaisance. De la vedette annexe qui les amenait à bord, les invités, impressionnés, ne se lassaient pas d'admirer la blancheur immaculée de ce magnifique navire. Repliée sur elle-même, Bianca ne parlait pas. Comment aurait-elle pu oublier ce lieu, si attaché au souvenir d'Alexis et Tessa en escapade pour Stratos ?

— Soyez les bienvenus, se réjouit Yanis Stratolopoulos d'un sourire éblouissant. Nous n'attendions que vous pour partir.

Le millionnaire fixait Bianca avec intensité. Elle avait souvent entendu parler de lui, de sa fortune considérable, de ses réceptions et… de ses nombreuses conquêtes. Grâce à sa position sociale et à son physique de dieu grec, l'homme d'affaires voyait l'univers tourner autour de lui. Ses désirs devenaient des ordres et le moindre de ses caprices était exaucé sans restriction. Pourtant, tandis qu'il baisait la main de Bianca sans détacher son regard du sien, elle comprit pourquoi ce prince des temps modernes se plaçait au-dessus des hommes. Il possédait un charisme hors du commun. Vaniteux, mégalomane et autoritaire, on lui pardonnait volontiers ses défauts. Son aura rejaillissait sur les individus qui le côtoyaient et balayait les critiques de ses détracteurs.

— Mes croisières ont la réputation d'être une douce musique de plaisir. En votre compagnie, ma chère, cette traversée sera symphonique.

Le *Stampida* possédait le luxe d'un palace, du personnel accompagnant aux prestations, raffinées à l'extrême. Bianca reçut la suite Neptune, composée d'une chambre hollywoodienne, d'une salle de bains d'or et de marbre, d'un salon grandiose ouvert sur une terrasse privative et aménagée avec un spacieux jacuzzi surplombant le pont arrière. Une porte de communication lui permettait d'accéder aux chambres des enfants. Elle choisit une tenue de circonstance et réapparut au bras de Vito dans le salon d'apparat. Assis à une table de jeu, des invités de marque disputaient une partie de backgammon. Plus loin, Bianca reconnut une princesse qui s'entretenait avec une actrice montante de Hollywood. Stratolopoulos maîtrisait l'art de regrouper les gens par affinité et, très vite, les hôtes eurent l'impression de se fréquenter depuis des années.

La première nuit de Bianca à bord du *Stampida* fut perturbée par un cauchemar où sa mère la chassait avec haine. Choquée, elle ne trouva plus le sommeil et décida de prendre l'air sur le pont. Pourquoi Rina la haïssait-elle à ce point ? Comment pouvait-elle rejeter sa propre fille ? Bianca trouvait cette idée inconcevable. En contemplant le reflet de la lune sur les flots, elle repassa mentalement le film de sa vie. Que de chemin parcouru depuis les champs arides de Pazzano ! Elle avait connu la pauvreté, la richesse, puis la haine et la passion. Pourtant, à cet instant, elle ne se sentait pas à sa place. Elle aurait tant aimé partager cette croisière de rêve avec Alexis. Il lui manquait cruellement. Elle se sentait fautive de l'avoir abandonné dans l'épreuve qu'il traversait et, après des semaines de séparation, elle admettait avoir été injuste envers lui. Il avait été manipulé par Tessa, qui voulait lui arracher L'Amédoune. Mais pouvait-elle lui jeter la pierre ? N'aurait-elle pas agi de même si une rivale avait tenté de détruire sa carrière ? Trop préoccupée par l'éducation de ses enfants, elle n'avait pas su voir la détresse de son mari. Bianca fixa la lune, certaine que ses pensées pour Alexis parviendraient jusqu'à lui, si fortes.

« Dès demain, j'annoncerai à Vito que nous rentrons, se dit-elle. Ma place est auprès de mon mari. »

— Vous semblez bien soucieuse, lui souffla une voix à l'autre extrémité du pont.

Dans la pâleur lunaire, le visage de Stratolopoulos se dessina. Il s'avança vers elle à pas de loup.

— Vous n'avez pas froid ? lui demanda-t-il en la prenant par le bras.

Bianca eut un mouvement de recul. Elle avait compris où il voulait en venir, mais elle n'était pas candidate.

— Chère amie, poursuivit l'homme d'affaires, avouez que nous formons un couple « extraordinaire ». Je suis l'homme le plus riche du monde, et vous la femme la plus célèbre. Nous devrions nous entendre, non ?

— Je suis mariée, s'indigna-t-elle.

— Et après ? Moi aussi !

Bianca se détourna, de plus en plus mal à l'aise sur ce bateau.

— Je vous remercie pour votre invitation, Yanis, mais je vais rentrer chez moi demain.

— Demain ? Mais vous deviez rester trois jours de plus.

— Au risque de vous paraître grossière, je préfère écourter cette croisière. Vous vous trompez, nous n'avons rien en commun. L'argent et la célébrité ne représentent rien pour moi si je suis malheureuse. Mon bonheur est auprès de mon mari.

Stratolopoulos sourit avec cynisme.

— Dans ce cas, siffla-t-il, pourquoi être venue sans lui ?

— J'étais aveugle. Mais ce soir, j'ai retrouvé la vue. En partie grâce à vous ! Et de cela, je vous remercie.

Aux premières lueurs du jour, le *Stampida* débarqua Bianca et sa suite à Monte-Carlo. Sans plus attendre, la diva prit la route d'Avignon, déterminée à sauver son mariage. Sa volonté lui donnait des ailes, et c'est à peine si elle ressentait la mauvaise angine qui lui irritait la gorge...

21

Nice, 1963

Sur le faire-part, centrées, trois lignes laconiques annonçaient le décès de Gonzague du Plessis de la Tour. Tessa triturait nerveusement le carton entre ses doigts. Elle venait de perdre un ami. Une foule de souvenirs lui revint à l'esprit, heureux pour la plupart. Elle se rappela le jour où Ziggy les avait accompagnées sur la Côte d'Azur, elle et Bianca. Elles étaient alors de jeunes artistes sur le point de jouer dans un film produit par leur ami Benjamin Braunstein. Sur la route qui les menait à Nice, ils avaient fait halte à Vienne, Chez Point, l'étape gastronomique incontournable des têtes couronnées. C'était en 1937, Tessa avait vingt-cinq ans et débutait une carrière d'actrice. Bien qu'elle jouât les blasées, elle avait été très impressionnée par le lieu. Des années plus tard, lorsqu'elle avait retrouvé Ziggy après son retour de déportation, ils s'étaient donné rendez-vous à Lyon, lui descendant de Paris, elle remontant de Nice avec François Valrins. Au moment de partir, l'agent avait démontré sa générosité lorsqu'il avait proposé à une jeune fille qui avait manqué son autocar pour Saint-Étienne de l'y conduire.

— C'est très aimable à vous. Ma patronne, Mme Bonaudeau, aurait été furieuse si je n'avais pas livré ces serviettes d'écoliers.

Ziggy avait déposé les cartons dans le coffre de sa Facel et annoncé à ses amis son intention de faire un détour par la ville stéphanoise. Serviable, désintéressé, il avait été le seul véritable ami de Tessa. Aujourd'hui, il allait rejoindre ses ancêtres au cimetière du Père-Lachaise.

— Ma pauvre chérie, compatit Ron, je sais combien tu tenais à lui.

— Oui, avec sa disparition, je perds un frère. On ne se voyait pas souvent, mais on se téléphonait régulièrement. Ziggy m'a toujours aidée sans me juger. La dernière fois que je l'ai vu, je lui avais promis de rendre publique son histoire. Il y tenait beaucoup.

— Dans ce cas, tu sais ce qu'il te reste à faire. Mais dans l'immédiat, tu te dois d'aller lui rendre un dernier hommage à Paris.

Le voilier fendait les eaux turquoise de la Méditerranée, toutes voiles dehors. Drac tenait la barre, Alice profitait du soleil sur le pont avant. Ils se détestaient, et c'était le yachting qui réunissait ce drôle de couple lors de régates entre membres du club : dès leur retour au port, ils se déchiraient de plus belle.

Derrière le gouvernail, Drac gardait les yeux rivés sur la ligne d'horizon. Par temps clair, le ciel et la mer se confondaient en un dégradé azur. Les pensées du commandant de bord se concentraient sur sa femme allongée sur le pont, en maillot de bain, les cheveux défaits. « Il serait si facile de se débarrasser d'elle », pensait-il. Pour cela, il aurait suffi à Drac de virer à bâbord d'un coup sec, et Alice aurait glissé. Il l'imaginait se débattant, agrippée aux cordages, le corps plaqué contre la coque, et lui, s'emparant d'une perche pour lui briser les doigts afin qu'elle lâche prise, avant de l'envoyer par le fond. À cet endroit, les courants auraient entraîné son corps vers le large.

Alice se redressa, enfila sa robe de plage et tituba.

— Ne pourriez-vous pas modérer la vitesse ? lui reprocha-t-elle.

— Pourquoi ? répondit-il sans bouger.

— Cet endroit est réputé pour ses turbulences. L'ignorez-vous, ou avez-vous décidé d'être désagréable ?

— Vous n'avez pas le pied marin, ma chère. Nous disputons une course, dois-je vous le rappeler ?

— Et nous sommes largement en tête. Arriver le premier, cela vous excite, n'est-ce pas ?

— Vous connaissez ma devise, le monde appartient aux gagnants.

Alice haussa les épaules puis se retira, agacée. Derrière elle, le visage de Drac se referma aussitôt. Du coin de l'œil, il l'épiait. Avec précaution, elle descendit les marches conduisant à l'intérieur et claqua la porte derrière elle. Dans l'élan, le loquet de sécurité extérieur se rabattit, bloquant l'issue. Drac resta à la barre.

Dans la cabine, Alice fulminait. Il était temps pour elle de mettre un terme à ce simulacre de mariage.

Dès leur retour à terre, elle prendrait des dispositions dans ce sens. Déshydratée par son bain de soleil, elle déposa une bouilloire sur le feu, tandis que, de l'autre main, elle jetait l'emballage des sachets de thé dans le broyeur. Elle actionna le bouton. La manche de sa robe fut avalée dans l'appareil. Prise de panique, elle appela à l'aide. Mais Drac ne viendrait pas, Alice en était persuadée. Elle se débattit comme une furieuse, frappa du pied la porte d'entrée, en vain. *In extremis*, Drac surgit dans la cabine et la libéra.

À son retour de Paris, Tessa aspirait au calme, mais elle fut agressée par le tapage d'une musique endiablée dès qu'elle franchit le seuil de la maison.

— Rudy, s'écria-t-elle en entrant dans la chambre de son fils. Ne pourrais-tu pas baisser le volume, s'il te plaît ?

L'adolescent s'exécuta à contrecœur.

— Sais-tu où se trouve ton père ?

Pour toute réponse, l'adolescent se contenta de hausser les épaules avec indifférence. Irritée par son insolence, Tessa se retira, avec la ferme intention de s'entretenir avec Ron. Il trouverait une solution. Il réalisait tant de miracles ! Aucun homme avant lui n'avait su la séduire, la comprendre ou l'aimer sans la juger. Chaque jour, Tessa remarquait sa bienveillance à son égard. Il proposait, elle disposait, sans craindre de le froisser. Cette générosité avait instauré un profond respect mutuel. À sa manière, Ron avait réussi à changer le comportement de Tessa. Pour la première fois, elle découvrait l'amour sans faux-semblants ni crainte de révéler la face sombre de sa personnalité. Après des mois de doutes, Tessa admettait qu'aimer sans peur d'être blessée était possible.

Elle prit connaissance de son courrier. Parmi les lettres qu'elle triait avec nonchalance, deux retinrent son attention. La première provenait de l'étude notariale de Gonzague. Le défunt confiait à Tessa, par contrat avec La Cybiline, le soin de mettre en œuvre la réalisation d'un film inspiré de son témoignage. La deuxième, émanant du Trésor public, l'informait d'un prochain contrôle fiscal. Malgré une gestion irréprochable de ses comptes, Tessa redoutait néanmoins que certains transferts injustifiés soulèvent des interrogations de la part de Ron. Comment réagirait-il en découvrant qu'elle avait profité de la situation ?

— Comment te sens-tu ? lui murmura-t-il en la rejoignant. Comment vas-tu, *vraiment* ?

En fin psychologue, Ron avait dû deviner la contrariété de son épouse, et s'il insistait de la sorte, c'était pour l'inviter à se confier. Mais Tessa hésitait. D'un côté, elle savait qu'il pouvait tout entendre, tout comprendre et tout pardonner ; il le lui avait déjà prouvé à plusieurs reprises. De l'autre, elle se demandait quelles étaient les limites de cette tolérance. La hantise de le perdre l'empêchait d'aller plus loin. Elle se tut.

Au moment où ils allèrent se coucher, Ron lui offrit une autre opportunité de se confier.

— Quelque chose te contrarie ? Tu as l'air soucieuse.

— Non, non. Rien. C'est juste l'idée que je ne reverrai plus jamais Ziggy.

— Je comprends, ajouta Ron en la prenant dans ses bras.

D'un geste tendre, il lui caressa les cheveux. Tessa resta blottie au creux de son épaule, honteuse de son silence. Elle abusait de lui quand il aurait été si simple de tout lui avouer. Et bien que la tentation fût grande, ses lèvres restèrent closes. Ron s'assoupit. Tessa ne trouva pas le sommeil.

Drac marqua un temps d'arrêt. L'information qu'il venait d'apprendre le laissait sans voix.

— Vous êtes sûr de vos sources ? s'écria-t-il, vexé.

Il raccrocha après qu'on lui eut confirmé ses craintes, et il resta assis à son bureau, silencieux, jouant avec la pointe contondante d'un coupe-papier. Petit à petit, il retrouva son calme. Mais sa détermination à mettre Alice hors d'état de nuire grandissait. Ne lui avait-elle pas déclaré la guerre en rachetant L'Amédoune ? Il était temps de mettre ses pions sur l'échiquier. Le soir même, il intercepta sa femme à son retour à Château Braun.

— Qu'y a-t-il ? demanda-t-elle, surprise de voir Drac fondre dans sa direction.

Il l'empoigna sans ménagement et l'attira dans le salon, où il lui intima de s'asseoir.

— Mais enfin, s'indigna Alice, que vous arrive-t-il ? Où sont passées vos bonnes manières ?

— Sans doute ont-elles été écrasées sous le poids de votre bêtise !

— Qu'ai-je fait pour vous mettre dans un état pareil ? Notez bien que le fait de vous voir ainsi contrarié n'est pas pour me déplaire.

Drac la fusilla du regard.

— Quel orgueil, siffla-t-il avec ironie. Le jour où vous parviendrez à me contrarier, vous pourrez craindre pour votre misérable existence.

— J'en tremble d'avance.

— Vous pouvez.

— Si nous arrêtions ces enfantillages ? Que voulez-vous ?

Mains dans le dos, Drac arpenta la pièce en silence.

— Je viens d'apprendre des choses très intéressantes sur votre compte.

— Ah oui ? Comme ?

— Comme votre participation dans le rachat de L'Amédoune, par exemple.

Alice se cabra, pleine d'arrogance.

— Je prends cette manœuvre pour une déclaration de guerre, poursuivit-il.

— Et pourquoi ? Dois-je demander votre avis au sujet de mes placements ?

— Non. Sauf quand vous me doublez. Dans ce cas, je me vois dans l'obligation de vous traiter en adversaire.

— N'est-ce pas ainsi que vous me voyez déjà ?

— Voyons, s'écria Drac, faussement indigné, nous sommes mariés !

— Mariés ? Mais vous êtes fou ! Nous ne sommes qu'associés, rien de plus.

— Peut-être, mais ne perdez pas de vue que je peux aussi devenir veuf.

— Dans ce cas, qu'attendez-vous pour passer à l'acte ?

— Ce serait vous faire trop d'honneur. Et puis, j'ai l'habitude d'avancer mes pions jusqu'au bout avant de les jeter.

— Dois-je en déduire que vous avez encore besoin de moi, *mon très cher amour* ?

— En effet. Pour commencer, je vous convie à un petit rendez-vous avec votre complice. Nous partons dans une heure. Préparez-vous.

Alice mit un point d'honneur à dissimuler son appréhension. Drac était capable du pire. Sa cruauté ne connaissait aucune limite, et, pour parvenir à ses fins, il torturait ses ennemis avec un plaisir sadique jusqu'à ce qu'ils déclarent forfait. Pour l'heure, elle lui avait tenu tête. Le pourrait-elle davantage ?

À Mougins, Tessa et Ron profitèrent de l'absence de leur fils pour aborder le problème de son éducation. Rudy était replié sur lui-même, hermétique aux efforts de sa mère, et il préférait l'école buissonnière, passant ses journées enfermé à écouter des vinyles sur son tourne-disque, oubliant de manger ou de dormir si Tessa n'y veillait pas. Ses parents se désespéraient.

— Je ne tiens pas à ce que notre fils devienne une sorte de parasite qui passe son temps au lit !

— Ne t'inquiète pas, chérie. Rudy traverse une période difficile en ce moment. Il s'en sortira, je te le promets.

— Et les avions ? rappela-t-elle en ajustant une boucle d'oreille, il adorait voler lorsqu'il était plus jeune. Il devrait poursuivre dans cette voie. Nous pourrions lui offrir des cours de pilotage.

— Ça pourrait le motiver, en effet.

Ron observait sa femme en train de se préparer pour dîner à l'extérieur. Tessa avait des scrupules à lui mentir, mais avait-elle le choix ? En agissant de la sorte, elle préservait leur relation. Enfin, elle le croyait.

— Rien de grave ? s'enquit-il, comme s'il avait deviné son inquiétude.

— Non, je t'assure.

— Tu sais que tu peux tout me dire…

Tessa croisa le regard bienveillant de Ron dans le miroir. Elle ne pouvait plus vivre sans lui à ses côtés. C'est pour cette raison qu'elle réglerait seule ses comptes avec le passé. Mais après avoir résolu cette histoire de contrôle fiscal, elle n'aurait plus de secret. Plus aucun.

— Je le sais.

Elle quitta la maison de Mougins contrariée. « C'est la dernière fois », se persuadait-elle derrière le volant de sa Mercedes.

D'une main galante, Drac invita sa femme à le précéder dans la salle de La Réserve, le restaurant où ils avaient donné rendez-vous. Sur ses gardes, Alice s'exécuta, certaine d'être le plat de résistance d'une meute de prédateurs dont son mari serait le meneur. Drac la guida vers un box capitonné où les attendait leur convive.

— Ma chérie, je ne fais pas les présentations, triompha-t-il. Je crois que tu connais déjà l'actionnaire principal de la Monte-Carlo Investissements.

Alice blêmit. Elle se retrouvait face à face avec Tessa.

Dans la soirée, Rudy, qui était sorti, avait averti son père qu'il dormirait chez un copain. En réalité, l'adolescent se trouvait dans un cabaret de Juan-les-Pins, prêt à saisir la chance de sa vie. Il allait monter sur une scène ! Dans le public, on murmurait que certains producteurs cherchaient de nouveaux talents. Rudy rêvait d'une carrière de chanteur. Les lumières s'éteignirent. Il gratta deux accords sur sa guitare, sa voix fluette commença à gémir. Puis le mouvement s'accéléra. Le timbre prit de la couleur, gagna en assurance. Les spectateurs réagirent instantanément. Ils se mirent à taper des mains en cadence. Rudy se leva. L'instrument et lui ne faisaient qu'un. Sa gestuelle, emplie de sensualité et de force, renvoyait les rockers confirmés sur la couche des gentils matous. Rudy s'imposait comme un félin, prêt à bondir hors de sa cage.

Sur le trajet du retour, au volant de son luxueux cabriolet, Tessa n'était pas fière d'elle. Ses richesses matérielles lui semblèrent soudain bien dérisoires au regard des sacrifices qu'elles demandaient. Sur la route du pouvoir, Tessa avait perdu son âme. Lorsque Ron lui avait confié les clefs de sa fortune, elle en avait profité pour transférer des fonds sur le compte d'une société écran, la Monte-Carlo Investissements, et avait ainsi racheté les parts de Louise dans La Cybiline. Avec Alice, l'autre actionnaire des studios, et qui partageait la même haine pour

Alexis, elles avaient profité de son incarcération pour lui souffler L'Amédoune. Les deux femmes avaient gagné. Mais c'était compter sans les manigances de Drac. Lorsqu'il découvrit l'affaire, il fit pression sur Tessa en la menaçant d'un contrôle fiscal. Il savait qu'elle trahirait sa nouvelle associée pour préserver son bonheur avec Ron. Howard ne pardonnerait pas à sa femme de l'avoir utilisé afin de détruire Alexis, un ami de longue date.

Tessa articula le rétroviseur sur la droite afin de ne plus voir son reflet dans le miroir. Elle avait sacrifié le passé pour sauver son avenir. Au cours du dîner avec Alice, elle l'avait trahie pour se ranger à l'avis de Drac. L'homme d'affaires envisageait de raser les studios de La Cybiline pour réaliser un vaste programme immobilier. Mais en raison du coût des terrains environnants, les studios ne pourraient pas être reconstruits ailleurs. Ils étaient condamnés. Avec cette décision, Tessa enterrait le rêve de sa mère, la Grande Zoé, l'initiatrice de La Cybiline, et la promesse faite à Ziggy de produire son film. Tessa ne laisserait personne se mettre en travers de son chemin vers le bonheur...

En l'absence de son mari, retenu à l'extérieur pour parrainer une fête de charité, Alice en profita pour coucher sur papier son infortune de la veille. Méfiante, elle avait congédié les domestiques, Château Braun était désert. Au plus profond de sa détresse, amère et grisée par l'alcool, elle avait trouvé le courage de révéler toute son histoire par écrit. Le chantage de Drac, la torture psychologique qu'il lui faisait subir depuis leur mariage, la trahison de Tessa... Elle était une femme bafouée, celle que le destin avait oubliée sur son passage. Le scotch brûlait sa trachée, les lignes de son texte partaient dans tous les sens. Un bruit attira son attention. Il provenait du rez-de-chaussée. Alice tressaillit, se releva avec peine. Elle tituba jusqu'à l'entresol. Là, sur la plus haute marche de l'escalier, elle s'immobilisa un instant, certaine d'avoir entendu un intrus dans la maison.

Non loin de là, Henri Drac remettait un chèque à la présidente d'une fondation pour l'enfance, sous les applaudissements du public. Au premier rang, le couple Howard suivait l'événement. Tessa se sentait enfin libérée d'un lourd fardeau. À présent, Ron et elle pouvaient vivre heureux.

Aux premières lueurs du jour, au pied de la falaise de Château Braun, entre des blocs de pierres, un détail insolite attirait l'attention : un bras, diaphane, se détachait. Dans son prolongement, ballotté par les eaux, gisait le corps ensanglanté d'Alice.

22

Avignon, 1963

— Mais qu'est-ce que tu crois ? s'insurgea Louise sans ménagement. Nous avons fait notre possible en ton absence pour sauver ce qui pouvait l'être.

Bianca n'osait pas répondre, se sentant fautive. Elle savait les Bastide en danger, cependant elle était loin d'imaginer la situation aussi grave.

Louise poursuivit :

— L'Amédoune était dans la famille depuis des siècles. Ce fut un déchirement de s'en défaire. Mais cette propriété ne représente rien par rapport à la souffrance qu'endure Alexis aujourd'hui.

Avec cette remarque, Bianca comprit que Louise lui en voulait surtout pour cette raison. Mais avant même qu'elle ait eu la possibilité de se justifier, elle aperçut un attroupement de journalistes alors qu'elle descendait sur le quai, entourée de ses enfants. Elle décida de reporter leur conversation à plus tard.

— Il vaudrait mieux passer par l'entrée de service, nota Louise. La presse va te sauter dessus. Et sans ton garde du corps, tu seras assaillie.

— Vito est resté à Marseille. Je sais me débrouiller seule.

Bianca avait une idée en tête. Elle avait fui Avignon, elle était remontée sur scène et sa popularité était relancée. Depuis, les médias cherchaient à lui arracher des confidences et lui rendaient la vie impossible en privé. La soprano vivait mal cette notoriété retrouvée, mais aujourd'hui, elle allait s'en servir et réussirait là où une armée d'avocats avait échoué.

— Que fais-tu ? s'inquiéta Louise. Tu es folle, ne va pas à leur rencontre !

— Sois sans crainte, j'ai un plan. Une diva sort toujours par la grande porte, non ?

Bianca s'approcha des barrières de sécurité censées contenir les débordements de ses admirateurs. Elle fut assaillie de questions.

— Ma déclaration sera simple, trancha-t-elle avec autorité. J'ai choisi de mettre un terme à cette tournée internationale afin de soutenir mon mari dans l'épreuve qu'il endure. Je suis révoltée qu'un grand pays comme la France pratique la torture sous couvert d'une situation de guerre. Le pays des droits de l'homme ne peut accepter d'enfermer plus longtemps un héros de la Résistance qui a sauvé une femme et sa vieille mère de la barbarie.

Bianca ne se livra pas davantage et parvint à se frayer un passage jusqu'à la voiture de Louise.

— Où allons-nous ? demanda-t-elle quand elles furent en route.

— À Gigondas. La famille de Quentin met à notre disposition le Clos des Agniel, le temps pour nous de nous retourner.

— C'est très gentil à eux. Mais notre place est à L'Amédoune. Nous devons récupérer notre maison.

Avant que Louise n'intervienne, la soprano reprit :

— Tu sais, j'ai conscience de ne pas avoir été à la hauteur ces derniers temps. Je n'aurais pas dû partir. Mais ce voyage à l'étranger m'a permis de comprendre quel était mon rôle. Je veux me battre pour qu'Alexis sorte de prison et, surtout, je veux attirer l'attention de l'opinion publique sur l'ignominie de la torture. Il est inadmissible que l'on cautionne ce genre d'actes à notre époque. Alexis devrait être décoré, et non enfermé comme un criminel.

Silencieuse derrière le volant, Louise semblait du même avis.

— Sais-tu qui est propriétaire de L'Amédoune, désormais ?

— Il faudrait le demander à Quentin.

— Mais dis-moi un peu, la taquina Bianca, tu me parles beaucoup de ce Quentin. Est-ce sérieux entre vous ?

— Je l'espère, chuchota Louise, après avoir jeté un œil sur les enfants assis sur la banquette arrière.

En fixant la route d'un air grave, Bianca poursuivit :

— Je vais racheter notre maison avec mes cachets. Je tiens à ce qu'Alexis rentre chez lui. Il sera plus combatif.

Du coin de l'œil, la soprano guettait la réaction de la conductrice. Celle-ci parut ennuyée.

— Tu sais, Bianca, Alexis est encore de la vieille école. Tu devrais peut-être lui en parler avant, non ?

— Allons. Ce qui est à moi est à lui !

Pour Bianca, c'était une évidence, son couple surmonterait les épreuves. À condition, toutefois, de puiser dans l'énergie de chacun. L'éloignement lui avait été salutaire. Grâce à ce pèlerinage italien, elle avait renoué avec sa passion du chant, de la vie et, après s'être laissée aller au fil des ans dans une existence bourgeoise, elle avait retrouvé la force nécessaire pour se battre. La petite paysanne de Pazzano n'avait-elle pas conquis la Scala ? La femme désorientée n'avait-elle pas renoncé aux avances du plus envoûtant millionnaire du monde ? L'épouse amoureuse soutiendrait son mari.

Dès leur arrivée au Clos des Agniel, les deux femmes prirent leurs quartiers respectifs. La demeure était vaste et l'invitation touchante. Néanmoins, pour Bianca, il s'agissait d'une situation intermédiaire, dans l'attente de leur retour à L'Amédoune. Sitôt ses affaires installées, elle annonça à Louise son intention d'aller visiter Alexis avec les enfants.

— Ne crains-tu pas qu'ils soient perturbés de voir leur père en prison ? s'inquiéta sa nièce.

— Les enfants sont en âge de connaître la vérité.

Bianca quitta le Clos des Agniel avant que Louise ait pu lui proposer de l'accompagner. Elle regarda la voiture s'éloigner dans l'allée avec la certitude que les événements allaient être bousculés. Vers midi, Quentin fut surpris de ne pas trouver les Bastide réunis pour le déjeuner.

— Bianca et les enfants ne sont pas ici ?

— Pas pour le moment, ils sont partis voir Alexis.

— Va-t-elle rentrer cet après-midi ? Il faut que je lui parle de toute urgence.

— Qu'y a-t-il ? Rien de grave, j'espère.

Quentin lui saisit la taille d'un air satisfait.

— Non, au contraire. Aux infos de la mi-journée, la radio a relaté les déclarations de Bianca. En quelques phrases, elle a renversé la situation. Les pouvoirs publics vont bouger, j'en suis certain. Notre requête risque d'être entendue.

— Formidable ! Cela veut dire...

— ...qu'Alexis devrait obtenir une remise de peine !

Louise jubilait. Dans un élan spontané, elle sauta au cou de l'avocat. Alexis allait revenir auprès d'eux. Les nuages s'éloignaient. Puis, sitôt l'instant d'euphorie passé, elle parut soudain maussade.

— Si seulement elle avait agi plus tôt. Nous n'aurions peut-être pas perdu L'Amédoune...

— Détrompe-toi ! Cette tournée a permis à Bianca de redevenir la Cavaldi, la plus célèbre voix de notre siècle. Son prestige donne une portée mondiale aux causes qu'elle défend, et en ce qui nous concerne, cela peut se révéler utile. La position de la France dans le conflit algérien est délicate et non exempte de reproches. Bianca vient de lancer un coup de pied dans la fourmilière. La justice est lente, je suis bien placé pour le savoir. En revanche, elle peut se montrer expéditive devant la pression de l'opinion publique, d'autant plus lorsqu'il s'agit de garder sa crédibilité face aux acteurs de la politique internationale.

Dès son entrée dans le parloir, le détenu Bastide fut saisi. Sa femme et ses enfants se tenaient là, devant lui. Sa famille. Depuis des mois, il était séquestré entre les quatre murs de sa cellule, désespéré lorsqu'il pensait à eux. Que devenaient-ils ? quand les reverrait-il ? pourrait-il les enlacer à nouveau ? Le départ de Bianca l'avait terrassé. Il n'avait émis aucun reproche. Lui seul était fautif. Il aurait dû écouter sa mère lorsqu'elle lui conseillait de passer plus de temps auprès des siens. Tatiana était morte en son absence, Bianca s'était lassée sans qu'il le soupçonne. Quant à la petite Norma, c'est à peine si elle savait qui était son père. Aujourd'hui, il n'avait plus rien, pas même L'Amédoune, l'entreprise familiale pour laquelle il avait sacrifié le bonheur de ses proches. Quel gâchis !

— Bonjour, dit simplement Bianca.

Son visage affichait une singulière douceur. Alexis retrouvait la jeune Italienne qui l'avait séduit avec son joli accent et ce regard franc dans lequel brillait la passion. Elle rayonnait.

— Tu vas sortir, mon chéri, s'enflamma-t-elle en lui saisissant la main. Je te le promets.

Alexis réalisait avec peine ce qui arrivait. Bianca semblait si différente de la femme venue le visiter quelques mois plus tôt. Pourquoi un tel changement ? Elle invita les garçons à embrasser leur père. Alexis se prêta au jeu. Il se retint de les serrer dans ses bras de peur de les étouffer, de les effrayer. Pourtant, l'émotion le submergeait.

— Alors, mon grand, j'espère que tu es sage et que tu as de bons résultats scolaires, dit-il à l'attention de Clément. Tu sais qu'en mon absence, c'est toi qui dois seconder maman.

— Oui, papa.

— Moi aussi j'aurai le droit de commander, papa ? s'enquit Julien, le cadet.

Cette remarque amusa Alexis autant qu'elle l'attrista. Il ne voyait pas grandir ses enfants. Tandis que Norma montait sur ses genoux et que ses frères s'écartaient pour reprendre leurs jeux, il s'adressa à son épouse.

— Et toi, comment vas-tu ? Et ta tournée ?

— Moi, je vais bien. Aujourd'hui, c'est toi qui m'importes. Ma carrière peut attendre.

— J'ai entendu ta déclaration à la radio. La presse va en faire ses choux gras.

— Ce n'est rien, je t'assure, dit-elle avec modestie. N'importe qui en aurait fait autant.

— Peut-être, mais tu es ma femme et je t'ai beaucoup fait souffrir ces dernières années.

— Alexis... À quoi bon remuer le passé ? Nous nous sommes fait autant de mal l'un que l'autre.

— Bianca, reprit-il, incisif. J'ai le temps de réfléchir ici. Je ne fais que ça. Je peux te jurer que sitôt dehors, mes priorités vont changer. Enfin... si tu veux toujours de moi.

La cantatrice ne put contenir son émotion plus longtemps.

— Oh ! mon amour, si tu savais comme tu m'as manqué, comme je craignais que tu ne veuilles plus de moi.

— Comment le pourrais-je ? Je t'aime, Bianca !

Entre rires et larmes, elle finit par reprendre le contrôle d'elle-même.

— Nous avons un merveilleux avenir à bâtir ensemble. Tu verras, nous serons si heureux. Mais d'abord, nous allons te faire sortir de là. Je te le jure.

Le temps réglementaire des visites toucha à sa fin. Les Bastide se séparèrent avec la promesse de se retrouver le lendemain. Alexis regagna sa cellule la mine sombre. Lorsque la porte se referma derrière lui, il s'assit sur son lit et releva un œil vengeur sur le mur tapissé de photos qui lui faisait face.

— Tout ça est de ta faute, sale garce !

Avec rage, il jeta sa bible contre les clichés de Tessa.

Au cours d'une promenade dans le parc du Clos des Agniel, Bianca et Quentin établirent une stratégie en vue d'alerter l'opinion publique. L'avocat entendait profiter de l'intérêt des médias pour l'« affaire Bastide ». De son côté, Bianca écoutait, consentante, avec pour seul objectif la libération d'Alexis. Néanmoins, son intuition l'invitait à la méfiance. L'extrême mansuétude de l'avocat la dérangeait.

— Pourquoi faites-vous tout ça ? lui demanda-t-elle à brûle-pourpoint tandis qu'ils entraient dans la roseraie.

L'homme de loi parut dérouté par la question.

— Mon métier est de venir en aide à mes clients.

— Allons, maître Horiaud, tous les avocats n'installent pas leurs clients chez eux…

— Certes. Mais vous devinez les sentiments qui me lient à Louise.

Bianca ne releva pas et resta silencieuse, l'esprit préoccupé par les motivations de Quentin. Pouvait-elle lui faire confiance ?

— Quelles magnifiques marguerites ! dit-elle en arrivant dans le jardin anglais.

— Oui, elles sont très colorées.

— C'est vrai. Pourtant les marguerites sentent mauvais. La beauté cache parfois de désagréables odeurs…

Malgré les réserves de Bianca, leur tactique fut payante. À la suite d'une conférence de presse, Quentin reçut un appel de l'Élysée lui annonçant la libération de Bastide avant les fêtes de fin d'année.

Le jour de sa sortie, Alexis entendit la lourde porte de la maison d'arrêt se refermer derrière lui dans un bruit sourd, presque hermétique. Privé d'air, de lumière, et reclus des mois durant dans un monde répondant à ses propres lois, il se sentit soudain agressé, comme jeté à la rue, sans personne pour l'attendre. Pourtant, depuis son retour, Bianca l'avait visité chaque jour. Pourquoi n'était-elle pas là ?

Dans la longue rue sinistre, le mistral s'engouffrait par rafales, glaçant jusqu'aux os. Alexis releva le col de sa veste, empoigna sa valise et remonta le trottoir d'un pas lent en direction d'une station de taxis. Le dos courbé, il mesurait pleinement les épreuves qui l'attendaient. Il n'avait plus rien et une existence à reconstruire, sa réinsertion serait difficile. S'il avait supporté sa captivité, c'était dans le seul espoir de se venger de Tessa dès sa libération. À présent, il doutait. Cette haine valait-elle qu'il sacrifiât sa famille ?

Il redressa la tête. Au loin il aperçut Bianca, sa bonne fée, la seule qui parvint à laisser l'humain prendre le pas sur l'animal qu'il était devenu. Elle s'élança dans ses bras. Ils restèrent blottis l'un contre l'autre un fragment d'éternité, prêts à refermer la parenthèse du malheur.

— J'avais tellement peur d'être en retard, lui avoua-t-elle, que j'ai roulé un peu vite sur une ornière.

— Et tu as crevé ?

— Oui. Je suis désolée de ne pas avoir été là plus tôt.

— Cela n'a aucune importance, puisque tu es avec moi maintenant.

Alexis retrouva les siens au Clos des Agniel. Louise l'inonda de larmes, Clément et Julien se chamaillèrent afin d'obtenir ses faveurs. Seule Norma hurlait dès qu'il la soustrayait aux bras de sa mère.

— Laisse-lui le temps de s'adapter, murmura Bianca, un peu gênée.

Les jours suivants, Alexis et Bianca ressentirent le besoin d'être ensemble, comme si l'un et l'autre voulaient rattraper le temps qui les avait tenus séparés.

— Notre place est chez nous, rugit Alexis lors d'une promenade en compagnie de son épouse. Nous n'allons pas rester éternellement ici.

— Je suis bien de ton avis…

Jugeant l'instant opportun, Bianca poursuivit :

— Je suis en relation avec les nouveaux propriétaires de la maison. Je souhaiterais la racheter.

Alexis ne disait rien.

— Je pense que nos enfants doivent grandir dans le domaine familial. De plus, tu pourrais reprendre tes marques plus facilement, remonter une entreprise, relancer...

— Non, Bianca, la coupa-t-il sèchement. C'est hors de question.

— Pourquoi ? Enfin, je ne te comprends pas.

Alexis contenait avec peine sa colère.

— Je refuse que tu rachètes L'Amédoune. Trop de souvenirs douloureux s'y rattachent. Je veux tourner la page, tu entends ? Je veux oublier, passer à autre chose. J'ai déshonoré la mémoire des Bastide, laisse-moi le peu de fierté qu'il me reste. Je refuse de vivre à tes crochets.

— Alors il ne s'agit pas de cela ?

— S'il te plaît, siffla-t-il, si tu voulais faire de moi un prince consort, il fallait me laisser en prison.

Sur ces mots il s'éloigna, laissant Bianca consternée. Avec sa généreuse proposition, sa femme le plaçait face à son échec. Alexis n'avait plus les moyens de subvenir aux besoins de sa famille. Quoi de plus humiliant ? Il avait tout perdu et ne se sentait plus la force de rebondir.

Au fil des semaines, son comportement changea. Aigri par la situation, il se montrait autoritaire avec ses enfants, dur avec Louise et buté envers Bianca.

— Tessa t'a ruiné, certes, cria-t-elle, un soir où l'humeur de son mari était particulièrement maussade.

Vas-tu, en plus, lui laisser le privilège de nous détruire ? Nous sommes là, Alexis, ne nous oublie pas ! Qu'importe finalement notre toit, personnellement j'ai grandi dans une masure. En revanche, ne nous prive pas de ton amour, c'est la seule condition pour que nous restions une famille unie. Nous avons tant besoin de toi...

Alexis se tut et passa la nuit à réfléchir. Bianca avait raison. Il ne laisserait pas la situation se détériorer davantage. Au petit matin, il reprit son destin en main et sortit. À son retour, il annonça qu'il emmenait sa famille à Uzès, où il avait trouvé un emploi comme gérant de magasin, ainsi qu'une maison en location à la sortie du village. Il fondait de grands espoirs sur ce nouveau départ, loin de Tessa et de son désir de vengeance.

Lors de sa première visite à Uzès, Louise fut frappée par le désarroi de sa tante. Bianca tentait de masquer sa gêne en les recevant dans leur modeste logis, mais elle se confia dès qu'elles furent seules.

— Je ne sais plus que faire, lui avoua-t-elle désemparée, Alexis ne veut pas de mon aide. Il m'interdit de payer quoi que ce soit.

— Veux-tu que je lui parle ?

— Non, merci, Louise. Cela ne servirait à rien. Il est si obstiné.

— Et toi, comment vas-tu ?

— J'essaie de le comprendre et de le seconder du mieux que je peux. C'est dur pour lui. Il n'a que des regrets et plus aucun projet. Il ne m'en parle pas mais je sais que cet échec le ronge. C'est si difficile de voir l'homme que l'on aime devenir l'ombre de lui-même. Je l'aime tant...

— Je comprends. Que comptes-tu faire ? Tu vas repartir en tournée ?

— Non. Je ne laisserai plus Alexis.

— Et ta carrière ?

Bianca leva les yeux au ciel.

— Ma carrière..., souffla-t-elle. L'essentiel, aujourd'hui, est d'être auprès d'Alexis. Si seulement il admettait que je puisse l'aider...

Au printemps 1964, Bianca se rendit à l'évidence, la situation n'évoluerait pas. Avec le froid, les conditions de vie devenaient précaires dans leur maison mal isolée. Un soir, elle entra dans une violente colère.

— Et nos enfants, Alexis, tu penses à nos enfants ? La nuit dernière, il a fait si froid que les vitres de la chambre de Norma étaient givrées de l'intérieur. Cette fois, c'en est trop ! Nous ne pouvons pas continuer à vivre ainsi. Avec ou sans ton consentement, je vais acheter une maison confortable. J'ai gagné beaucoup d'argent et tu ne veux pas t'en servir pour le bien de notre famille. Comment dois-je réagir ? Mon argent est-il donc plus méprisable que le tien ? J'ai voulu croire que tu allais te remettre de l'épreuve de la prison, je t'ai cherché des circonstances atténuantes, j'ai accepté que nous prenions un nouveau départ, plus modeste, mais là, je n'en peux plus. Tu entends ? Les enfants et moi allons partir, avec ou sans toi, dès...

Elle ne termina pas sa phrase, secouée par une violente quinte de toux. Alexis, resté impassible devant les menaces de sa femme, s'inquiéta lorsqu'il la vit pliée en deux, se déchirant la gorge.

Tout au long de la nuit, il resta au chevet de Bianca, victime d'une poussée de fièvre. Profitant d'un moment d'apaisement, il se rendit auprès des garçons, les borda, puis alla voir sa fille. Il constata le froid piquant qui régnait dans sa chambre. Comment pouvait-il laisser sa famille vivre dans de telles conditions ? Avait-il perdu toute dignité ? Son orgueil le rendait aveugle au malheur des siens. Ses parents auraient eu honte de lui. Au petit matin, il annonça à Bianca qu'il acceptait sa proposition de racheter L'Amédoune. Bianca sourit. Ils allaient être heureux. Enfin...

Deux jours plus tard, le médecin vint au chevet de Bianca et examina sa gorge. La température de sa patiente était redescendue mais un détail le perturbait. Il lui conseilla de consulter le professeur Marjolin, à Nice.

— Qu'y a-t-il, docteur ?

— Je ne peux pas me prononcer sans effectuer des examens plus approfondis. Compte tenu de votre activité, je préfère vous envoyer chez le plus grand spécialiste.

— Allons, je sais être forte. Dites-moi ce que vous redoutez. J'ai le droit de savoir !

L'homme à la sacoche de cuir brun parut ennuyé, puis finit par lui confier ses doutes.

— Je crois avoir décelé un nodule sur une corde vocale...

Louise se félicitait de la décision d'Alexis. Une heure plus tôt, il l'avait appelée pour le lui dire.

— Je suis fier de toi, mon Lanou. Les Bastide doivent vivre à L'Amédoune. Tatiana et Virgile auraient dit la même chose. Je vais rechercher, parmi les papiers que nous avons ici, l'acte de vente.

Louise ne le trouva pas dans le secrétaire de sa chambre. Elle se rendit dans le bureau de Quentin, retenu en ville pour affaires, et fouilla les tiroirs. Dans celui du bas, elle trouva un dossier rouge qu'elle ouvrit. À l'intérieur était classé un double des papiers liés aux différentes démarches entreprises pour la vente de La Cybiline et celle de L'Amédoune. Au milieu d'eux, une enveloppe attira son attention. Louise découvrit une carte d'Henri Drac, où les mots « Faites vite » étaient mentionnés. La jeune femme contrôla le cachet de la poste. Il était de juin 1963, soit un mois avant la prise de contrôle de l'entreprise… Quelle serait l'explication de Quentin ?

23

Nice, 1964

En poussant la porte de Château Braun, Bianca eut une pensée émue au souvenir de Benjamin Braunstein. Elle se rappelait sa première rencontre avec lui à ses débuts, en compagnie de Tessa, puis, plus tard, lors des réunions familiales à L'Amédoune. Benjamin avait toujours eu un sens de l'humour corrosif, sans jamais se départir de son sérieux. Depuis sa mort, aucun Bastide n'avait plus remis les pieds chez sa veuve qui, conformément aux dernières volontés du défunt, avait gardé la jouissance de la propriété. Aveuglée par son chagrin, Alice leur avait reproché ce décès et s'était acharnée contre Alexis. Bianca comprenait sa réaction, mais elle avait été choquée par son remariage avec Henri Drac. Elle-même serait terrassée si elle perdait Alexis. Mais depuis six mois, Alice n'était plus là pour s'exprimer. Accident ? Suicide ? Ils ne le sauraient jamais. L'enquête n'avait pas pu trancher, car la victime était ivre.

Bianca se dirigea vers la chambre d'amis. Les vastes pièces étaient tempérées et prêtes à l'accueillir, une délicate attention de Louise qui avait donné des instructions avant l'arrivée de sa tante. Après la disparition d'Alice, Château Braun lui était revenu, ainsi que les parts de sa belle-mère dans les studios de La Cybiline. Néanmoins, dans la situation financière des Bastide, Louise ne pouvait se permettre de garder le personnel d'entretien. Elle avait fermé le domaine et congédié tout le monde.

— Je suis installée, annonça Bianca par téléphone à Alexis. Tout est parfait.

— Es-tu sûre que ça va ?

— Oui, ne t'inquiète pas.

— Tu n'aurais jamais dû partir seule.

— Sois sans crainte. Je reviens bientôt. Dans une semaine, tout au plus.

Bianca avait prétexté un rendez-vous avec le directeur de l'opéra de Nice. Elle ne tenait pas à alarmer inutilement son mari. Par ailleurs, elle souhaitait affronter la réalité seule. Si son état de santé s'avérait grave, elle pourrait réfléchir à l'attitude à adopter envers les siens.

— Bianca..., ajouta Alexis avant de raccrocher, rentre vite. Tu nous manques. Je t'aime.

Ces mots la réconfortèrent. Ils ne s'étaient pas perdus en chemin. L'avenir leur appartenait.

— Est-ce une idée de ma part ou vous me fuyez, très chère amie ?

Tessa parvenait difficilement à cacher sa gêne de se retrouver en présence de Drac. Depuis des mois, elle ne répondait plus à ses messages et évitait de le rencontrer, persuadée de sa responsabilité dans la mort d'Alice. Bien que le rapport d'enquête n'eût soulevé aucune interrogation dans ce sens, Tessa le suspectait.

— Vous savez ce que c'est, lança-t-elle, désinvolte. Nous sommes débordés. Quand ce n'est pas pour ses affaires, Ron consacre tout son temps au polo.

Contrariée de le voir s'imposer à côté d'elle dans les gradins, elle se tut et fixa le cavalier à la casaque verte, au centre de la pelouse de l'hippodrome. Avec aisance, Howard remontait la ligne de défense en direction des buts adverses.

— Non, répondit Drac d'une voix moqueuse, j'ignore complètement les réjouissances de la vie de famille. Et j'en suis ravi ! Ce genre de contraintes m'ennuie. Et vous savez ce que l'on dit : « L'ennui fait plus de joueurs que la cupidité, plus d'ivrognes que la soif et plus de suicides que le désespoir. »

Suicide. Pourquoi ce mot résonnait-il aux oreilles de Tessa avec tant de violence lorsqu'il était prononcé par lui ? Du coin de l'œil, elle détailla son voisin, accaparé par le match. Que cherchait-il ? Si, autrefois, le machiavélisme de Drac l'avait impressionnée, aujourd'hui il l'effrayait. Cet homme ne connaissait aucune limite.

— Vous n'êtes pas très bavarde. Dois-je en déduire que ma présence vous incommode ?

Tessa brûlait d'envie de lui répondre mais se retint par politesse, par crainte aussi de se dévoiler. L'expérience lui avait enseigné la prudence.

— Quelle idée ! Deviendriez-vous paranoïaque ?

— Non. Perspicace.

— Vous vous trompez, je puis vous l'assurer.

— Peut-être. Mais vous êtes si différente de la femme que j'ai connue.

Sans quitter des yeux Ron, qui venait de marquer un but, elle ajouta :

— Certaines circonstances dans la vie vous permettent de revoir vos positions.

— Je n'ose pas le croire ! Vous, Tessa, amoureuse ? Je pensais qu'il s'agissait d'une de vos intrigues habituelles. Mais, dites-moi, vous semblez vraiment accroché à votre Yankee.

— C'est vrai, répliqua-t-elle, cinglante, j'aime mon Yankee. J'ai beaucoup de chance de l'avoir rencontré. L'amour est plus grisant que le pouvoir, mon cher Henri. Vous devriez y goûter.

— Vous me voulez vraiment du mal ?

Elle le considéra avec compassion.

— Comme je vous plains !

Drac se releva et porta sur elle un regard condescendant.

— L'amour, non, merci ! Quand on voit le ramollissement que provoque l'état amoureux sur une personne de votre trempe, je préfère m'en passer. J'espère seulement que vous trouverez le temps de signer quelques papiers pour moi.

— Des papiers ? Quels papiers ?

— Je veux racheter vos parts dans les studios.

— Nous en reparlerons dans quelques jours.

— Je vous y invite. Sans quoi, il serait dommage que votre « cow-boy » découvre la femme que vous êtes vraiment... Non ?

Drac disparut, laissant Tessa désemparée face à cette menace. Elle était tellement perturbée qu'elle ne réagit pas quand Ron marqua un second but. Lorsque Howard la rejoignit à la fin du match, il nota son expression contrariée et lui en demanda la raison.

— Ce n'est rien, je t'assure.

Ron connaissait sa femme. Elle lui mentait.

La sonnerie du téléphone retentit à Château Braun. Bianca se préparait pour son rendez-vous chez le médecin. Elle décrocha le combiné du téléphone, qui se trouvait dans le bureau qu'occupait jadis Alice.

— Bonjour, Louise. Connais-tu l'identité des propriétaires de la Monte-Carlo Investissements ?

— Bianca, il faut que je te parle…

— Ne me dis pas que Tessa est derrière cette société, comme le pensait Alexis ?

— Je n'en sais rien. Toutefois, je soupçonne Henri Drac d'être dans l'affaire.

— Si Drac est impliqué, Tessa n'est pas loin.

— Sans doute. Mais je t'appelle pour une autre raison…

— Qu'y a-t-il, Louise ? lança-t-elle, soudain inquiète. Il s'agit des enfants ? d'Alexis ?

— Non, rassure-toi, ils vont bien. En revanche, Giglione…

— Qu'est-ce qu'il a encore fait ?

Louise restait silencieuse.

— Tu es là ?

— Oui… Bianca. Je ne sais pas comment t'annoncer ça. Il est mort.

— Mort ? Vito ?

— Crise cardiaque. Sa femme de chambre l'a retrouvé sans vie dans son lit, ce matin. Je suis désolée.

Cette nouvelle secoua Bianca plus qu'elle ne l'aurait pensé. Certes, Vittorio Giglione l'avait fait souffrir. Néanmoins, il l'avait propulsée au firmament. Et quelles que soient les causes qui l'avaient motivé, il avait tenu sa promesse. Avec sa disparition, Bianca tournait une nouvelle page de son existence. Elle raccrocha le combiné et resta un long moment immobile. Elle ressentait la curieuse impression d'être délestée d'un lourd fardeau, celui de la performance, comme si, tout au long de sa vie, elle avait chanté afin de pallier un manque affectif. À présent, elle était libre de se consacrer pleinement à sa famille. Bianca se releva et voulut replier la tablette du petit secrétaire sur lequel elle avait pris appui. D'un geste machinal, elle glissa la main à l'intérieur afin d'en dégager le passage. Ses doigts entrèrent en contact avec une enveloppe, coincée dans un angle.

— Qu'est-ce que c'est ?

Elle parvint à extraire un pli et reconnut l'écriture d'Alice.

— Mais, p'pa ! Tessa ne voudra jamais, s'écria Rudy.

— Fais-moi confiance, ta mère peut comprendre.

L'adolescent avait du mal à cerner son père. La proposition que venait de lui faire ce producteur ne se présenterait pas deux fois. Pourquoi devait-il demander l'avis de Tessa ?

— Elle se moquait pas mal de moi avant mon arrivée.

— Peut-être. Mais Tessa a une grande expérience de ce milieu. Elle pourrait être une aide précieuse pour toi. Elle ne veut que ton bonheur, tu sais…

— Elle cherche surtout à faire de moi son objet. S'il n'y avait pas eu cette opération du rein…

— Arrête, Rudy ! Sans elle, tu serais mort.

— J'aimerais mieux.

— Allons, mon fils, reprit Ron en l'enlaçant, est-ce que je t'ai déjà lâché ? Laisse-moi arranger ça.

Ron et Rudy allèrent ensemble au rendez-vous qu'avait fixé le producteur de disques. Ce dernier était prêt à engager le jeune homme dans son écurie. Howard avait décidé de soutenir son fils et il se chargerait de l'expliquer à son épouse.

Depuis son arrivée, Bianca n'avait pas profité du Vieux-Nice, un quartier populaire dont l'origine italienne parlait à son cœur d'exilée. Ce matin-là, elle errait dans les rues endormies, où seul le bruit des commerçants installant leur étal sur le marché aux fleurs animait les premières heures du jour. D'un pas alerte, elle longea le cours Saleya, bordé d'immeubles aux façades ocre. L'air était chargé d'iode, rappelant la proximité de la mer. Pour l'instant, personne n'avait reconnu la diva. Bianca s'en félicitait. Comment aurait-elle réagi après ce que venait de lui révéler son médecin ? Elle l'ignorait.

Par souci de discrétion pour son illustre patiente, le professeur Marjolin l'avait reçue à son domicile quatre jours plus tôt. Après de nombreux examens, les résultats avaient confirmé les soupçons de l'éminent scientifique. La Cavaldi souffrait d'un cancer de la gorge dont l'issue était inéluctable. Il lui restait à peine quelques mois à vivre. Quelle fin plus atroce pour une cantatrice ! Elle avait accueilli la nouvelle sans un mot, sans une larme, les yeux fixés sur les palmiers du jardin qu'elle apercevait par la fenêtre. La pauvre fillette calabraise avait connu la gloire, le bonheur et l'amour. Toute chose avait un prix, le sien serait de partir tôt. Pouvait-elle se plaindre ? Bianca ne se le permettrait pas, le Seigneur ayant comblé son existence terrestre. Elle avait quitté la solide bâtisse érigée au pied de la colline du Château et avait erré sans but tout l'après-midi.

En traversant le marché, elle repensa à sa famille. Les enfants, tout d'abord. Clément, si sérieux et pourtant si fragile ; Julien, son garnement préféré, et Norma, si petite... Elle ne les verrait pas grandir. Alexis aurait-il la force de les élever sans elle ? Pour cela, il fallait qu'il se libère du fantôme de Tessa. Elle l'aiderait à finir cette guerre en utilisant ses dernières forces. Peut-être que, dans sa miséricorde infinie, Dieu ne la rappellerait pas avant qu'elle ait ramené la paix chez les Bastide... La soprano regagna Château Braun avec l'intention de rentrer en Avignon le plus vite possible. Au préalable, elle irait s'entretenir avec Tessa. Elles avaient été amies. Peut-être restait-il quelque chose de cette amitié ?

En entrant dans sa chambre, la première chose qu'elle vit fut l'enveloppe laissée par Alice. Elle n'avait pas encore pris le temps de la lire, avec tous ces examens à faire, les silences du spécialiste, les inquiétudes et sa préparation mentale à l'irréversible. Elle se saisit du pli et le décacheta... Assise au bord du lit, elle laissa retomber le feuillet, horrifiée. Victime de Drac, la pauvre Alice avait enduré un calvaire. Bianca ressentit de la peine pour la défunte, puis de la colère envers Tessa, cette soi-disant « amie » qui avait été la complice d'un maître chanteur. Leurs intrigues étaient la cause des déboires d'Alexis. Mais les confidences posthumes d'Alice venaient à point nommé pour ramener le calme chez les Bastide. Bianca s'en servirait et quitterait ce monde en toute sérénité, après s'être expliquée avec Tessa.

À la mort d'Alice, Henri Drac avait repris ses quartiers au Négresco. Tessa l'y retrouva dans sa suite pour signer le contrat de rétrocession de ses parts de La Cybiline. L'homme d'affaires détenait à présent cinquante pour cent de ce qu'il convoitait, l'autre moitié revenant à Louise, comme le stipulait le testament de Benjamin.

— Voilà, lança-t-elle, pressée de repartir. Nous sommes quittes. Désormais, nos chemins se séparent.

— Dommage...

Tessa s'étonna de cette remarque. Le cynisme habituel de son interlocuteur avait laissé place à une déception notable.

— Je vais vous regretter, très chère amie. Nous formions un si beau tandem.

— Laissez les souvenirs à leur place, Henri. Les bons durent longtemps, les mauvais plus encore.

— Vous ne voulez pas savoir comment je compte récupérer la totalité des parts ?

— À vrai dire, non ! Je présume qu'il vous sera aisé de demander à Louise de vendre, étant donné que ma cousine s'est déjà débarrassée de la première moitié de son héritage. Dans le cas contraire, vous aurez certainement recours à vos pratiques expéditives.

Tessa s'apprêtait à quitter la pièce, mais Drac lui barra la sortie d'une main ferme.

— Que dois-je comprendre par ces mots ?

Pour la première fois, Tessa eut peur de son ancien allié. Où étaient passées ses manières courtoises ? Lui réservait-il le même sort qu'à Alice ?

— Rien d'autre que ce que je viens de dire, se troubla-t-elle.

— Et qu'avez-vous dit, au juste ?

— Je... Je...

Drac rejeta la tête en arrière, secoué par un rire théâtral.

— Voyons, Tessa, pourquoi ne pas me poser clairement la question qui vous effraie. Vous pensez que j'ai tué Alice, n'est-ce pas ?

En arrêt, elle le dévisageait, redoutant de partager une confidence qui la placerait dans un rôle de complice.

— La réponse est non. Je n'ai pas tué ma femme. Comment l'aurais-je pu ? Dois-je vous rappeler que je me trouvais à une fête de charité devant des centaines d'invités pendant qu'Alice agonisait ?

— Vous êtes capable de tout, Henri. Vous avez très bien pu engager quelqu'un.

— Pour quel motif ? Nous savons tous les deux qu'Alice répondait à mes ordres. En outre, vous oubliez un détail d'importance.

— Ah oui, lequel ?

— L'intérêt.

— L'intérêt ?

— Oui, l'intérêt. *Mon* intérêt. En supprimant Alice, je retardais mes chances de construire un complexe immobilier sur l'emplacement de La Cybiline, les parts de ma femme revenant à Louise. Et vous savez qu'en homme pressé, je déteste attendre. J'avais au contraire tout intérêt à ce qu'elle reste en vie le plus longtemps possible.

Tessa hésita quelques secondes avant de répondre :

— Soit, je vous crois. Néanmoins, ma décision est prise, et comme je vous le disais, nos chemins se séparent.

— Tant pis, j'aurai essayé. Je vous laisse toute à votre Yankee.

Tessa haussa les épaules puis s'esquiva.

Dans le salon de la villa de Mougins, où s'étaient retrouvées Tessa et Bianca, le ton s'était durci.

— Mais qu'ai-je à voir avec les problèmes de ton mari ? lança Tessa.

— Tout, rétorqua Bianca.

— Tu as perdu la tête, ma pauvre ?

— Non, rassure-toi. Au contraire, je n'ai jamais été aussi lucide. Il est fini, ce temps où j'ai pu te sembler naïve.

— À la bonne heure ! se moqua-t-elle. J'en suis très heureuse pour toi. Maintenant, si tu veux bien me laisser, j'ai des tonnes de choses à faire. Moi aussi, j'ai une famille. Va donc t'occuper de la tienne.

— Je n'ai pas fini ! s'écria Bianca en haussant le ton de manière impérieuse.

Tessa la considéra, surprise.

— Que veux-tu, encore ?

— Rends à Alexis ce que tu lui as volé.

— Bianca, j'ai été ravie de te revoir, mais là, tu commences à m'agacer. Puisque je te dis que je n'ai rien à voir avec les déboires de mon oncle ! Lui seul est responsable de ses ennuis. Et maintenant, s'il se plaint, qu'il s'en prenne à lui.

Bianca maîtrisait sa colère. Non sans une certaine satisfaction, elle abattit sa dernière carte.

— Ton orgueil va te conduire en prison, car ce que tu ignores, c'est qu'Alice a laissé une lettre avant de mourir. Je l'ai découverte à Château Braun.

Tessa redouta le pire.

— Elle y fait mention de l'acquisition de L'Amédoune et, plus intéressant encore, elle révèle votre acharnement contre Alexis avant que tu ne la poignardes dans le dos au profit de Drac. Elle t'accuse d'avoir détourné certains comptes de la société Howard's à l'insu de ton mari. Je ne pense pas que Ron serait ravi d'apprendre que tu t'es servie de sa fortune pour déposséder son ami. Alors arrange-toi pour rendre leurs biens aux Bastide et, surtout, pour les effacer de ta mémoire. Je te laisse avec ta conscience. Tu auras le temps de la sonder au fond d'une cellule. Tu sais, Tessa, tu ne vaux pas mieux que ton père.

En se détournant, Bianca marqua un temps d'arrêt. Ron et Rudy se trouvaient face à elle.

Désormais, retourner en Avignon devenait la priorité de Bianca. Elle boucla ses valises et ferma Château Braun. Tandis qu'elle démarrait, une Aston Martin entra dans la propriété. Henri Drac en descendit et vint à sa rencontre.

— Puis-je vous parler ?

Sans lui répondre, Bianca enclencha la première vitesse, contrariée de le voir s'appuyer sur la portière encore ouverte.

— Laissez-moi, j'ai de la route à faire.

— Voyons, Bianca, fit-il, refuser le dialogue ne changera rien.

Que lui voulait-il ? Tessa avait dû l'appeler pour l'informer de la menace qui pesait sur leurs têtes.

— Je n'ai rien à vous dire.

— Moi, si. Je vous demande juste d'écouter attentivement.

Bianca lui accorda quelques secondes.

— Vous adorez votre famille et aspirez à retrouver la paix dans votre foyer, non ? Que croyez-vous qu'il arrive si vous révélez à votre mari ce que vous venez d'apprendre ? Vous le lancerez dans une lutte fratricide où la vengeance l'absorbera complètement. À tour de rôle, lui et Tessa n'auront de cesse de se détruire. C'est leur sport préféré. Vous voyez, vous n'êtes pas au bout de vos peines. Le combat peut se poursuivre à l'infini avec ces deux-là. Faute de pouvoir s'aimer, ils se haïssent avec acharnement.

— J'ai une autre option. Vous avez les clefs de la Monte-Carlo Investissements depuis le décès de votre femme. Par ailleurs, l'argent vous intéresse et je suis riche. Dites votre prix. Je me porterai acquéreuse.

— Croyez-vous Tessa prête à rendre ce qu'elle a eu tant de mal à obtenir ? Je ne pense pas. Elle ne lâchera jamais l'entreprise. C'est un symbole. En revanche, je peux la persuader de se débarrasser de la maison. À vous de saisir l'opportunité.

Bianca démarra rapidement. Trop de décisions lourdes de conséquences pesaient sur ses épaules. En chemin, elle réfléchit à la situation. Parler ou se taire, les révélations posthumes d'Alice l'encombraient. Si seulement elle avait pu disposer d'un peu de temps...

Après le passage de Bianca, Ron et Rudy quittèrent définitivement Mougins. Howard, blessé d'apprendre que Tessa s'était servie de lui, avait décidé de se séparer d'elle, malgré ses supplications. Il lui aurait pardonné le détournement des comptes si elle ne lui avait pas menti. Tessa s'était peut-être sentie incomprise et avait agi ainsi pour enterrer le passé dans le but de préserver sa relation avec le seul homme qu'elle aimait. Mais elle ne lui avait pas fait confiance, et c'est ce qu'il n'avait pas admis.

Quant à Tessa, amèrement déçue et prisonnière de son image de manipulatrice, elle se rapprocha d'Henri Drac, son allié de toujours. Elle avait besoin de réconfort et, surtout, de s'assurer le soutien de son complice face aux accusations de Bianca. Elle se présenta chez lui vêtue d'un long manteau de fourrure.

— Je viens faire la paix, déclara-t-elle en brandissant une bouteille de Dom Pérignon.

— Beau programme. Mais je ne tiens pas à ce que vous vous enivriez. Vous risquez de pleurnicher sur votre futur ex-mari.

— Non, croyez-moi, annonça-t-elle d'un air sombre en s'avançant dans le salon feutré. Howard est comme Alexis, Valrins et tous les autres. Ils ne supportent pas qu'une femme soit indépendante et aille jusqu'au bout de ses ambitions. J'ai été aveugle de croire le contraire.

— Vous voilà enfin devenue raisonnable !

— En effet. Et je compte bien me déchaîner, à présent.

Drac releva un sourcil, intrigué par le sous-entendu.

Tessa s'avança vers lui et lui susurra à l'oreille :

— Et si l'on reformait notre tandem ?

D'un geste sensuel, elle ouvrit son manteau et le fit glisser le long de son corps, dévoilant sa nudité devant un Drac incrédule et gourmand.

24

Avignon, 1964

Cette nuit de mai enveloppait de douceur le Clos des Agniel. Seule sur la terrasse, Louise attendait le retour de Quentin, bien décidée à lui demander une explication qu'elle avait jusque-là reportée. Alexis, Bianca et leurs enfants étaient revenus habiter avec eux en attendant de retourner enfin à L'Amédoune, dont la vente aux enchères était programmée à la fin du mois. Depuis la découverte du mot de Drac dans les papiers de Quentin, Louise soupçonnait son fiancé d'être en contact avec le redoutable homme d'affaires. Quels étaient leurs liens ? Dans quel camp était l'avocat de son oncle ? Bien qu'elle refusât de le croire complice de ce sinistre individu, le doute la rongeait. À l'étage, la lumière de la chambre d'Alexis et de Bianca s'éteignit. Louise était désemparée. S'était-elle trompée sur le compte de Quentin ? Avait-elle manqué de discernement ? Un deuxième échec sentimental serait pour elle insurmontable. Elle devait se rassurer. Un faisceau lumineux éclaira le parc. Louise entendit le bruit d'un moteur de voiture se rapprocher, le claquement d'une portière, puis un crissement de pas sur les gravillons de l'allée.

— Tu es encore debout, ma chérie ? lança Quentin, surpris.

Louise esquiva son baiser.

— Je t'attendais.

— Quelque chose ne va pas ?

Elle le pria de s'asseoir avant d'entrer dans le vif du sujet. Horiaud marqua un temps d'arrêt et réagit dès qu'elle lui en laissa l'opportunité.

— C'est vrai. Drac a pris contact avec moi l'an dernier. Il souhaitait acquérir L'Amédoune. Je savais que tu ne souhaitais pas vendre, mais au lieu de lui claquer la porte au nez, j'ai préféré écouter sa proposition. Avec ton oncle en prison et aucune perspective de libération, son acharnement irraisonné contre Tessa et les dettes qui s'amoncelaient, la situation devenait critique. Tôt ou tard, vous auriez été acculés. Mais je ne tenais pas à ce que tu perdes dans un combat joué d'avance. Je lui ai alors demandé de me laisser un peu de temps pour réfléchir, d'où son message : « Faites vite. »

Louise ne demandait qu'à le croire.

— Tu me jures que c'est la seule raison ?

— Je te le promets.

Bianca hésitait encore. Fallait-il se taire ou tout révéler ? Il lui était impossible de demander conseil à un proche sans courir le risque qu'Alexis l'apprenne. Avec une telle information, les hostilités reprendraient de plus belle. Aussi, dès son arrivée au Clos des Agniel, la soprano avait dissimulé la lettre d'Alice. Pour préparer la paix, il faut savoir faire la guerre. Se sachant condamnée,

Bianca pensait avant tout à protéger ses enfants. Le rachat de L'Amédoune constituait la première étape du fragile équilibre qu'elle tentait de mettre en place.

À maintes reprises, depuis son retour de Nice, elle avait abordé le sujet de Tessa avec Alexis, mais elle s'était heurtée à un mur de silence. La guerre reprendrait entre eux lorsqu'elle disparaîtrait. Bianca le pressentait. C'est alors que lui vint l'idée de contacter Ron Howard, le talon d'Achille de Tessa, le seul qui pourrait l'aider. Bianca le rencontra en secret à Avignon.

— Qu'attendez-vous de moi ? demanda-t-il.

— Que nous trouvions une solution pour en finir avec cette haine ridicule entre nos conjoints !

— C'est impossible. Vous feriez mieux de renoncer.

En tant que mère, Bianca ne pouvait accepter de laisser ses trois enfants au milieu d'un champ de mines.

— Je vous en prie. Vous seul pouvez inciter Tessa à renoncer à se battre. Nous le savons. Moi, je m'occuperai d'Alexis.

— Tessa et moi, c'est terminé. J'ai quitté ma femme après votre passage à Mougins.

— Mais vous l'aimez, n'est-ce pas ?

— Oui, reconnut Ron, le cœur lourd.

— Tessa partage ce sentiment, nous le savons. Aidez-moi. S'il vous plaît...

Howard fut touché par les efforts de la cantatrice et accepta de l'épauler. Néanmoins, une question demeurait : de quelle façon ?

La fin du mois approchait et Bianca n'avait reçu aucune nouvelle de Ron depuis leur entrevue. Elle perdait espoir. Même ses forces semblaient l'abandonner. Par moments, la maladie se rappelait à elle de manière si violente qu'elle restait alitée de longues heures. Tout comme sa belle-mère à la fin de sa vie, Bianca tenait secret son état de santé et s'inquiétait pour les siens. Que deviendraient-ils après sa disparition ? Elle ne pourrait plus les soutenir, les consoler ou leur témoigner son amour infini. Bianca minimisait son mal afin de rassurer son entourage, mais elle en était parfaitement consciente : ses jours étaient comptés.

— Nous devrions racheter L'Amédoune, dit-elle à Alexis lors d'une promenade dans le parc, après huit jours de réclusion dans sa chambre. Ce serait pour nous l'occasion de repartir d'un nouveau pied, tu ne crois pas ?

— Ta santé m'inquiète davantage.

— Ce sont les aléas de l'âge, voilà tout.

— Tu veux dire...

— Je ne serai plus jamais mère.

— Vraiment ?

Alexis l'enlaça avec tendresse. Dans ses bras, Bianca retrouvait la douceur de leur première étreinte.

— Tu m'as offert trois merveilleux enfants, je ne te remercierai jamais assez pour cela.

Il n'en fallait pas plus à Bianca pour se sentir apaisée.

Pensive, Louise resserra les doigts sur le chèque qu'elle venait de trouver dans son courrier. Avait-elle pris la bonne décision en vendant le reste de ses parts dans La Cybiline sans en référer à personne ? Elle l'ignorait. Cependant, elle avait la certitude que de là-haut, son père aurait agi de la même façon. Gérer une entreprise comme celle-là lui paraissait inconcevable, d'autant plus avec Drac comme associé. Par ailleurs, la fortune qu'il venait de lui verser en échange des titres de propriété permettrait à Louise d'épauler son oncle lorsqu'il reprendrait goût à la vie. Alexis allait rebondir, elle en avait la certitude.

Comme Bianca, elle attendait avec impatience les enchères de vendredi, convaincue que L'Amédoune leur reviendrait. C'était dans cette demeure que tout avait commencé, là que l'histoire de sa famille était inscrite, là aussi qu'Alexis retrouverait son élan. Loin de ce lieu il végétait, désorienté comme un poisson hors de l'eau. La respiration qui l'animait venait de la vénérable bâtisse. Elle était son rempart. Louise adorait son oncle et ne supportait pas de le voir souffrir. À ses yeux, il était intouchable et elle était prête à tous les sacrifices. Le bruit de la porte dans son dos la fit tressauter.

— Tu es là ? lança Quentin. Je te cherchais.

Louise eut juste le temps de plonger l'enveloppe dans sa poche avant de se retourner.

— Qu'y a-t-il ?

L'avocat avait l'air soucieux. Il contourna la table de la cuisine et vint s'installer face à elle.

— La police vient de m'informer de la réouverture du dossier concernant la mort d'Arnaud, à la demande de sa famille.

Louise pâlit. C'était Quentin qui avait découvert Lombrage dans la serre. Sous le choc, elle avait eu du mal à lui raconter les faits, mais l'avocat avait cru à son innocence. Il avait alors conduit le cadavre à plusieurs kilomètres de la propriété, en bordure d'un champ où gisait une vieille herse rouillée.

— Pourquoi ? bredouilla-t-elle.

— Fournier-Lérel a relevé des anomalies dans le rapport d'enquête.

— Mais je croyais l'affaire classée, s'insurgea-t-elle. Ont-ils le droit ?

— Oui, s'il avance de nouvelles preuves. De plus, le général Fournier-Lérel a le bras long.

— Que va-t-il se passer ?

— Pour l'instant, je n'en sais rien. Nous verrons bien.

Louise se passa la main dans les cheveux. Son ex-mari venait la hanter depuis son tombeau. Elle s'en voulait d'avoir entraîné Quentin dans cette histoire.

— Nous n'aurions jamais dû déplacer le corps. C'était une erreur.

— Nous n'avions pas le choix ! Un meurtre dans la famille aurait ruiné les chances de libération d'Alexis. Il valait mieux faire passer sa mort pour un accident.

— Je sais.

Dans le parc du Clos des Agniel, Alexis jouait à cache-cache avec ses enfants sous le regard attendri de Bianca. Il vint rejoindre sa femme sur la balancelle de la terrasse.

— Je n'avais pas ri comme ça depuis longtemps, reconnut-il, heureux.

— J'en ai l'impression.

— Tu vois, reprit-il après un temps de réflexion, je crois que le bonheur est tout simple. Peu importent le lieu où nous habitons, et l'activité que nous exerçons. Être avec vous me suffit.

— Ne crains-tu pas d'éprouver un jour des regrets ?

— Non. Tant que nous sommes ensemble, le reste n'a aucune importance. J'ai été fou de ne pas m'en apercevoir plus tôt.

Bianca reposa sa tête contre l'épaule d'Alexis. Elle avait tant de choses à lui avouer, mais elle se sentait si faible. Il le fallait, pourtant. Elle respira profondément et ouvrit la bouche, mais aucun son ne parvint à s'échapper de ses lèvres. Soudain, elle eut du mal à respirer. Elle redressa son visage d'opale et fit une autre tentative, sans parvenir à reprendre son souffle. Paniquée, elle s'efforça d'inspirer, avant de s'effondrer, inconsciente.

— Louise ! LOUI-SE ! hurla Alexis, paniqué, appelle une ambulance ! VITE !

Durant le trajet qui les conduisait à l'hôpital, Bastide accrocha son regard à celui de Bianca. Leurs yeux, brouillés de larmes, exprimaient tout ce taisait que leur bouche. L'un et l'autre comprenaient de manière brutale que leur histoire s'achevait.

Bianca subit une intervention chirurgicale très lourde du larynx, puis fut placée trois jours en réanimation à l'abri des curieux, sous un nom d'emprunt. Alexis resta à son chevet, se sentant fautif d'avoir été absent trop longtemps de sa vie. Le cou bandé de pansements, Bianca gardait néanmoins cette fierté si particulière qui avait jadis séduit Bastide. Elle respirait avec difficulté sous les impulsions d'une effrayante machine. Alexis lui tenait la main, terrassé par la révélation du médecin. Il devait admettre l'impensable : sa femme allait le quitter.

— La tumeur est trop grosse pour être opérable, lui avait confié le chirurgien. Nous ne pouvons rien faire, si ce n'est poursuivre les soins palliatifs.

— Il n'existe aucun traitement ? s'était écrié Bastide, la voix étranglée.

L'homme en blouse blanche n'avait rien répondu. Il s'était contenté de secouer la tête. Louise se proposa de veiller sa tante le temps qu'Alexis se repose dans une chambre voisine.

— Je ne peux pas.

— Mais tu es épuisé. Tu ne tiendras pas.

— Si, répliqua-t-il d'une voix sourde. J'ai assez dormi.

— Et les enfants ? Tu dois les voir, leur parler. Ils ignorent totalement ce qui se passe.

Louise plaça ses mains de chaque côté du visage d'Alexis.

— Mon Lanou, c'est très dur pour toi et je ne sais pas comment t'aider. Mais tu dois penser aux petits. C'est ce que souhaite Bianca. Montre-lui que tu les aimeras pour deux et laisse-la partir en paix.

Alexis se redressa contre le dossier de son siège, terrassé de douleur. Louise avait raison, il devait se ressaisir et rassembler toutes ses forces pour ses enfants. Le jour de la vente de L'Amédoune, Louise avait persuadé Alexis de l'accompagner. Ils se tenaient au premier rang, bien décidés à offrir à Bianca un toit pour leur famille. Mais les enchères s'étaient envolées, dépassant de loin les limites du raisonnable.

— C'est assez, lança-t-il à sa nièce, allons-nous-en.

— Mais, mon Lanou, j'ai assez d'argent pour suivre. Cette maison est la nôtre.

— Arrête, Louise. C'est de la folie ! Et d'où tiens-tu une telle somme ?

Elle baissa la tête, telle une enfant prise en faute, et avoua s'être séparée des studios de La Cybiline.

— Pourquoi as-tu fait ça ?

— Pour t'aider ! Et parce que je ne voulais pas être l'associée de Drac.

— Tu aurais dû m'en parler, répliqua-t-il, autoritaire.

Puis il se radoucit, reconnaissant à contrecœur qu'elle avait le droit de disposer de son argent comme bon lui semblait. Mais il était trop tard, le marteau du commissaire-priseur s'était abattu sur la table. Alexis ne voulut pas connaître le visage du nouveau propriétaire. Cette bâtisse appartenait au passé, seul le sort de Bianca comptait à présent. Lui et Louise se levèrent et quittèrent précipitamment la pièce.

— Attendez ! s'écria un homme qui les rattrapa à l'entrée du parc. Pas si vite. Laissez-moi vous parler.

Alexis se retourna. Interloqué, il reconnut Howard qui lui faisait face.

— Je dois te dire, continua l'Américain, que c'est moi qui viens de racheter L'Amédoune. Pour toi.

— Pour moi ?

— Oui. Il y a quelque temps, Bianca a souhaité me voir. Elle tenait plus que tout à ce que vous récupériez cette maison. Votre bien. Mais, surtout, elle espérait que je pourrais l'aider à ce que vous fassiez enfin la paix, Tessa et toi. Accepte, au nom de notre amitié. Accepte, emménage ici et va vite chercher ta femme…

C'était un après-midi pluvieux. La lumière entrait timidement par les persiennes dans le salon de L'Amédoune. Louise s'activa à retirer les draps jetés sur les meubles, ranimant la pièce plongée dans le sommeil. Le matin même, Alexis avait signé l'acte de propriété chez le notaire et était aussitôt retourné à l'hôpital. D'autres formalités l'attendaient auprès des services administratifs, en vue du retour de sa femme. Les médecins étaient pessimistes, mais ils ne firent aucune difficulté pour la laisser sortir. Il n'y avait donc plus rien à faire, elle s'éteindrait.

Tandis que les enfants s'affairaient à l'étage, Louise s'occupait du rez-de-chaussée. Il restait à dégager le piano… Elle se souvenait de Bianca devant le clavier, enseignant son instrument favori à Clément, Julien ou Fanfan, ou chauffant sa voix en vocalises. Le Pleyel avait accompagné ses émotions tout au long de sa vie dans cette maison. Louise le caressa avec une tendresse particulière.

— Elle sera heureuse de voir que rien n'a changé, murmura Quentin, qu'elle n'avait pas vu entrer dans la pièce.

Louise lui répondit par un sourire triste.

— La musique représente tant pour elle.

Elle se réfugia dans les bras de son fiancé pour laisser éclater sa peine.

— Je lui en ai tant voulu, lorsque Lanou était en prison. Elle aussi souffrait. Je ne l'ai pas aidée. Si tu savais comme je m'en veux, à présent. Bianca est une femme de cœur.

— Je le sais. Tout comme toi.

Ils s'installèrent sur le sofa. Louise se remémora les « petits riens » du quotidien qui, au fond, étaient les souvenirs les plus merveilleux.

— Et toi ? Pourquoi es-tu là ? se ravisa-t-elle. Tu ne devrais pas être à ton cabinet ?

— Oui, mais j'avais une grande nouvelle à t'annoncer. L'enquête au sujet de la mort de ton ex-mari est close. Définitivement.

— Définitivement ? Comment est-ce possible ?

— J'ai rencontré le procureur. C'est un ami, nous étions à la fac ensemble. Je lui ai dit la vérité. Il en a conclu que les fameuses preuves brandies par Fournier-Lérel n'était pas suffisantes pour rouvrir le dossier. Tout est terminé, maintenant.

— Merci, Quentin. Merci à toi, souffla-t-elle, en posant sa tête contre l'épaule de l'avocat.

Le lendemain matin, Bianca fut installée dans la chambre où elle avait donné la vie. Chaque respiration la faisait souffrir atrocement, mais elle se garda de le montrer. Elle resterait digne jusqu'à son dernier souffle.

— J'ai eu une vie exceptionnelle, confia-t-elle à Alexis, le soir de la Pentecôte. De quoi me plaindrais-je ? J'ai aimé de toutes mes forces, je l'ai été en retour, par toi, les enfants, nos proches. Tu vois, mon chéri, je ne regrette rien.

Assis près du lit, Alexis serra la main de sa femme contre ses lèvres mouillées de larmes. Le courage de Bianca le submergeait d'émotion.

— Je te demande d'être fort, ajouta-t-elle. Promets-moi de cesser cette lutte contre Tessa. Notre famille a déjà assez souffert.

— Je te le jure. Pardonne-moi pour le mal que je t'ai fait.

— Je te pardonne. Je sais que tu m'as aimé.

Alexis se pencha sur elle et déposa un baiser sur son front. Quand il la regarda de nouveau, elle souriait. Mais, sous la clarté lunaire, sa peau était devenue diaphane, comme celle d'une fée de la nuit.

25

Nice, 1964

— Tu as fait quoi ?

Tessa n'osait pas croire ce que venait de lui annoncer Ron. Certes, depuis la visite inopinée de Bianca, ils s'étaient séparés et leur relation se bornait à l'indifférence. Par dépit, Tessa s'était offerte à Drac, mais elle le regrettait déjà. En son for intérieur, elle espérait le retour de son mari à de meilleurs sentiments, leur histoire ne pouvant se terminer ainsi. Plus qu'une situation définitive, elle voyait là un jeu où l'orgueil de chacun était éprouvé et, en séductrice expérimentée, elle pensait reconquérir son mari dès qu'elle le déciderait. Pourtant, en le dévisageant, elle douta de ses talents.

— J'ai racheté L'Amédoune, confirma-t-il.

Pourquoi avait-il fait cela ? Pour l'atteindre là où personne ne pouvait la blesser davantage ? Pas lui. Pas Ron. Le seul en qui elle avait toute confiance et avec lequel elle avait été sincère.

— Et que comptes-tu en faire ? demanda-t-elle d'une voix éteinte.

Ron la fixa. Dans ce regard bleu limpide, elle avait toujours su déceler la moindre contrariété. Là, il exprimait ce qu'elle redoutait d'entendre.

— Je l'ai rendue à Alexis, lui avoua-t-il avec franchise.

Tessa leva les yeux au ciel en signe d'impuissance. Son mari reconnaissait l'avoir trahie de la plus odieuse manière en gonflant le rang de ses ennemis. Jusque-là, elle n'avait rien eu à lui reprocher. Ron avait eu l'intelligence de se tenir à l'écart de ses manigances. Cette attitude l'avait même incitée à baisser les armes, convaincue que le bonheur se trouvait ailleurs. Mais comment devait-elle réagir à présent ? Une fois encore, elle découvrait la face sombre des hommes, leur lâcheté, leur ego surdimensionné et leur solidarité machiste. Par cet acte, Ron Howard rejoignait le « clan des maudits », Edgar Beaumont, François Valrins, sans oublier bien sûr Alexis Bastide, le responsable de ce nouvel échec.

— As-tu conscience de ce que tu as fait ?

— Oui. Je suis venu en aide à un ami après l'avoir lâché, il y a quelques années, dans notre projet de conquête des États-Unis.

Tessa le regarda de nouveau et comprit qu'elle le perdait pour avoir trop joué avec ses sentiments. Cette perspective la glaçait car, malgré les griefs qu'elle avait contre Ron, elle ne parvenait pas à le détester. Elle l'aimait encore, du plus profond de son cœur.

— Je devrais te maudire, mais je n'y arrive pas. Je t'aime, Ron, et je ne tiens pas à ce que nous nous déchirions.

— C'est un peu tard pour y penser, non ? Tu m'as privé de la seule chose que j'attendais de toi : ta confiance. Comment peut-on envisager un avenir ensemble ?

Tessa tendit la main dans sa direction, les yeux brûlants.

— Pardonne-moi.

Inflexible, Howard ajouta, l'air désolé :

— Adieu, Tessa.

Cette nuit-là, elle prit conscience d'avoir gâché la plus belle opportunité de sa vie. Seule dans l'immense maison de Mougins, le souvenir de Ron et Rudy la hantait. Que lui apportait le pouvoir par rapport à l'amour ? Certainement pas le bonheur ! Mais il était trop tard pour faire machine arrière.

Désabusée, elle réserva une suite au Négresco pour une période indéterminée. À quoi bon ressasser le passé dans un sanctuaire ? Elle devait tourner la page, aller de l'avant. N'était-ce pas ainsi qu'elle s'était construite ? Tour à tour, les hommes qui avaient traversé son existence lui revinrent à l'esprit. Benjamin Braunstein, dont elle avait été amoureuse dans le maquis. Il n'avait eu d'yeux que pour Apolline Bastide. Edgar Beaumont, son premier mari, un collaborateur corrompu qui s'était pendu dans sa cellule juste avant son procès. Alexis Bastide, son oncle si vertueux, puis François Valrins, le lâche de service, incapable d'assumer ses choix. Et maintenant Ron, le plus prometteur, qui la quittait. À l'exception de Ziggy, aucun n'avait su la comprendre. Et pourtant, même lui, elle l'avait trahi en déshonorant ses dernières volontés. Tessa se détestait. Après tout, elle était peut-être comme Drac : calculatrice, froide et insensible. Dans ce cas, pourquoi avait-elle si mal ? Pourquoi avait-elle l'impression de jouer un rôle qui ne lui correspondait pas ?

— Vous ici ? ironisa Drac en la croisant devant sa suite toute proche. Vous abandonnez votre *adorable* cocon familial ?

— S'il vous plaît, répondit-elle d'une voix suppliante, pas aujourd'hui.

Drac s'avança vers elle.

— Ne vous avais-je pas avertie que les raisons du cœur n'attirent que des ennuis ? Venez chez moi. Je vous invite à prendre un verre.

Il la saisit par le bras et voulut l'entraîner et, devant les réticences de Tessa, il crut bon d'ajouter :

— En tout bien, tout honneur !

Tessa se laissa tenter.

— Voyons, chère amie, dit-il en se servant un Martini dry, je ne vous ai jamais vue dans un état pareil.

— Aimer fait souffrir. Tellement souffrir...

— Dans ce cas, pourquoi aimer quand on peut se venger ?

Elle ne releva pas. Debout près du bar, Drac l'observait. Elle semblait en pleine déroute, et fort vulnérable après ce nouvel échec sentimental. À cet instant, il sut qu'il pouvait passer à l'offensive.

— Vous oubliez un détail, ma chère, dit-il en lui tendant son drink.

— Lequel ?

— Votre personnalité.

— Ma personnalité ?

— Oui. Vous n'appartenez pas à ce genre de femmes faibles qui au moindre chagrin baissent les bras. Vous avez toujours su vous faire respecter et aller au bout de vos engagements. Par ailleurs, je crois savoir que le pouvoir vous excite comme un puissant aphrodisiaque.

— Avant, peut-être. Aujourd'hui, je n'en suis plus certaine.

— Qu'en savez-vous ?

Il se pencha vers elle.

— En ce moment, vous vous sentez démolie. Ressaisissez-vous ! Vous n'avez plus rien à perdre et tout à gagner. Avez-vous oublié votre devise ?

Dans un demi-sourire, Drac murmura :

— Ne doutez plus. Vengeons-nous !

En trinquant avec lui, Tessa avait du mal à s'imaginer en train de nuire à Ron. Ses combats passés lui semblaient ridicules. Pourtant, que lui restait-il à présent des jours heureux ?

Non loin de là, sur la plage du Beau Rivage, Ron et Rudy étaient en rendez-vous avec un producteur de disques. Dans la profession, Félix Grindert s'était imposé en peu de temps comme la référence de la nouvelle génération. À trente ans, il avait été le premier à répondre aux attentes d'une jeunesse bouillonnante et à miser sur la nouvelle tendance yé-yé. De nombreuses carrières lui devaient leur réussite. L'« écurie Grindert » était devenue un label de succès.

— Je crois beaucoup en toi, Rudy, lança-t-il entre deux gorgées de cognac. Je veux que nous fassions quelque chose ensemble. Si tu es toujours d'accord, bien sûr…

— Waoouh ! Évidemment, s'enthousiasma l'adolescent.

— Super, dit Félix sur un ton amical, qu'il appuya par un clin d'œil.

Ron joua les trouble-fête en s'interposant d'un geste de la main. La proposition était alléchante mais méritait d'être examinée de plus près. Grindert tourna alors vers lui un visage aimable. Par expérience, le producteur savait les parents frileux de voir leur enfant accomplir un rêve qu'eux-mêmes n'avaient pas caressé, et souvent, la jalousie les poussait à décliner certaines offres.

— Avant tout, je veux que Rudy puisse terminer ses études. Il faudra donc que vos horaires se calquent sur son emploi du temps scolaire.

— Pas de problème. Rudy n'est pas le seul dans ce cas. Avez-vous d'autres conditions ?

— Oui. Nous comptons nous réinstaller aux États-Unis.

— Excellent ! Je mise sur un développement outre-Atlantique. Rudy a la chance d'être parfaitement bilingue et je veux promouvoir en Europe un artiste américain. Qu'en dites-vous ?

— Vous avez réponse à tout.

— Je sais ce que je veux. Et je l'obtiens toujours, sourit-il, malicieux. Si nous examinions le projet de contrat ?

Ron prit connaissance des clauses mentionnées sur la liasse. Entre deux questions, il lui arrivait de jeter un œil sur son fils. Inquiet, Rudy était suspendu à ses lèvres, tant il redoutait un différend entre les deux hommes.

— Très bien, conclut Howard après lecture. Je transmets ces papiers à mes avocats. Nous vous donnerons notre réponse dans quelques jours.

Ils se séparèrent sur la Promenade des Anglais, où une limousine blanche attendait Grindert. Ron et Rudy s'éloignèrent dans la direction opposée. En passant devant le Négresco, ils tombèrent nez à nez avec Tessa, qui les interpella tandis qu'ils s'apprêtaient à changer de trottoir.

— N'était-ce pas Félix Grindert, le producteur ? demanda-t-elle.

— Oui, pourquoi ? répondit Ron.

— Tu sais très bien que je ne veux pas que Rudy fréquente ce milieu.

— Parce que tu crois que le tien est mieux ? hurla l'adolescent. Mais de quoi te mêles-tu, hein ? Laisse-nous vivre en paix. Tu n'es pas ma mère. Tu n'es rien pour moi. Et m'avoir donné un rein ne rachète pas toutes tes années d'absence.

Bouleversé, Rudy traversa précipitamment la chaussée, au risque de se faire renverser. Ron s'élança derrière lui, puis revint vers Tessa lorsqu'il vit son fils en sécurité, de l'autre côté de l'avenue.

— Rudy a raison. Laisse-nous. Je m'occupe de cette affaire moi-même et tu n'as rien à dire. Adieu, Tessa. Je ne pense pas que nous soyons amenés à nous revoir un jour. Nous rentrons aux États-Unis.

Cette nouvelle eut l'effet d'une bombe. Tessa prit conscience que son histoire était terminée. Pour la première fois, elle ressentit de la haine envers Ron.

— Détrompe-toi, siffla-t-elle, tu n'as pas fini d'entendre parler de moi. Je vais te briser.

En rage, Tessa s'enferma ce soir-là dans sa suite luxueuse du premier étage. Elle arpentait le salon d'un pas saccadé, rassemblant ses idées autour d'un maître mot : la vengeance. Elle leur ferait mordre la poussière, à tous, Bastide, Valrins et Howard. Tous, sans exception, s'étaient joués d'elle, ils paieraient pour le mal qu'ils lui avaient fait. Tous sauf un, Edgar Beaumont.

— Misérable cloporte, grommelait-elle impuissante, tu as préféré te donner la mort. Mais je te hais tout autant.

Tessa n'avait pas été dans une telle colère depuis son séjour sur l'île de Stratos avec Alexis. Elle était révoltée d'être rejetée au moment où le sort s'acharnait contre elle. Victime de ses erreurs passées, lui avait-on tendu la main ? Lui avait-on laissé le choix de prouver qu'elle avait changé ? Non, bien sûr. Il était plus facile de la juger. Soudain, son attention fut attirée par un flash spécial, à la radio, annonçant le décès de la Cavaldi.

Bianca était morte.

Tessa s'immobilisa, attendant une confirmation de l'information. Sa colère s'estompa l'espace d'un instant. Bianca… Leur première rencontre… Mais, très vite, ses pensées la ramenèrent à Alexis, et elle se ressaisit.

— Je veux leur peau, s'écria-t-elle en faisant irruption dans l'appartement de son voisin.

Drac la considéra d'un œil amusé.

— Qui donc ?

— Valrins, Howard et Bastide. Je veux que nous frappions un grand coup.

Le financier comprit immédiatement que Tessa était prête.

— Soit ! J'ai une proposition à vous faire... Il va nous falloir des fonds conséquents.

— Soyez sans crainte, je sais comment me les procurer.

Trois jours plus tard, le *Stampida* mouillait au large de la baie des Anges. Les plus folles rumeurs animaient les soirées depuis l'arrivée du célèbre yacht et de son sulfureux propriétaire. Mais ce qu'ignoraient les curieux, c'était la nature de cette escale sur la Côte d'Azur. Par sa fortune, son charme et sa séduction presque animale, Yanis Stratolopoulos avait collectionné les plus belles créatures du monde. Pourtant, aucun mannequin, aucune actrice ni aucune princesse à l'âme romantique n'avait exercé sur le millionnaire grec autant de fascination que Tessa. De quinze ans son aînée, elle dégageait un charme envoûtant à l'insolent parfum d'indépendance. Elle alliait toutes les qualités qu'il recherchait, celles du corps et de l'esprit. Après des années de quête infructueuse, Stratolopoulos avait jeté son dévolu sur elle, prêt à toutes les folies pour la séduire. Il accepta de lui ouvrir un crédit illimité.

— En échange, lança-t-il, épousez-moi.

D'un délicat rire perlé, Tessa lui fit remarquer qu'il était marié et père de deux fils.

— Détail insignifiant, répliqua-t-il, je sais me rendre disponible. Je n'attends qu'un signe de votre part.

Elle lui saisit la main et se contenta de lui sourire aimablement.

— Tessa, pensez à ce que nous pourrions accomplir tous les deux !

— Non, Yanis. Nous pouvons être associés en affaires, amants occasionnels, mais je ne me remarierai plus jamais. Je suis désolée.

— Dans ce cas...

— Ce n'est pas grave, l'argent n'achète pas tout, Yanis. Merci de me le rappeler.

Sur le trajet du retour vers le port, Tessa se demanda si quitter le *Stampida* sans un centime en poche n'était pas un signe du destin. Peut-être devait-elle renoncer à cette vengeance ? Tout au long de sa vie, elle avait cherché à s'imposer et avait reproduit les mêmes erreurs. Avec Ron, elle avait découvert autre chose. Pourtant, une nouvelle fois, Drac se montra convaincant et la persuada de se ranger à son avis. Son plan était simple : il comptait lancer une offensive boursière sur les titres Valrins et Howard's.

Drac utilisa Tessa comme prête-nom afin de s'assurer une plus grande discrétion, et chahuta les valeurs pendant quelque temps avant de s'imposer dans le capital des deux sociétés. Tessa ne savoura pas cette victoire, découvrant la solitude du pouvoir. Pour devenir une femme puissante, elle avait sacrifié amis, famille, maris, et maintenant, elle ne comptait que des ennemis. Tôt ou tard, elle reprendrait sans doute les armes contre ses alliés d'aujourd'hui, qui à leur tour la trahiraient. Elle ne connaîtrait aucun répit. Le jeu en valait-il la chandelle ? Était-elle plus heureuse au bout du compte ? C'est à peine si elle tirait satisfaction de sa réussite, et elle hésitait encore sur la conduite à suivre avec Ron.

Elle plongea le menton dans la mousse de son bain. Elle avait la désagréable impression de s'être laissée guider sur un chemin qu'elle n'avait pas souhaité emprunter. Drac l'avait manipulée. Le téléphone, posé sur le bord de la baignoire, sonna. Tessa décrocha. En ligne, son avocat l'informait qu'une commission d'enquête venait de bloquer la transaction afin d'examiner les comptes, car les capitaux utilisés avaient une origine douteuse. Tessa n'était pas étonnée, Drac l'avait utilisée. À quelle fin ? Quel était son intérêt ? Elle se rendit en personne chez lui. Il n'était pas dans sa suite. À la réception du palace, on l'informa qu'il venait de partir pour Paris. Tessa n'aimait pas la tournure que prenaient les événements. Au moment où elle allait regagner ses appartements, elle aperçut dans le hall la silhouette de son complice. Tessa le suivit à l'extérieur. L'Aston Martin de Drac s'engagea sur la Promenade des Anglais.

— Suivez cette voiture, ordonna-t-elle au chauffeur du taxi dans lequel elle s'engouffra.

Le cabriolet emprunta une route escarpée, à l'est de la ville, avant de s'immobiliser devant le cimetière du Château. Le taxi se gara un peu plus loin. Tessa prit ses précautions afin de ne pas être surprise et suivit Drac sur la pointe des pieds. Il se dirigeait vers une allée, au fond du parc. Que venait-il faire à cet endroit ? Connaissait-il quelqu'un ? Avait-il rendez-vous ? Les situations se renversaient si facilement... Drac se recueillit devant un caveau, les mains jointes, impassible. Puis il se retira après s'être assuré que personne ne l'avait repéré.

Tessa se dissimula derrière un cyprès le temps qu'il s'éloigne. Puis elle quitta son poste d'observation et se rendit près du monument funéraire, certaine de découvrir le secret de son associé. En lisant le nom sur la pierre tombale, elle eut l'impression d'être aspirée dans le passé. Elle venait de comprendre...

26

Avignon, 1964

Je m'en irai seule et lointaine,
Comme l'écho de la pieuse clochette,
Là-bas, parmi les neiges blanches,
Je m'en irai seule et lointaine,
Là-bas, parmi les nuées d'or.

La dernière note s'évanouit dans les airs, saisissante. Dans le cimetière, un silence respectueux s'imposa, un silence fragile, dont la moindre respiration pouvait briser le charme. La foule recueillie confiait à Dieu la Voix des Anges, celle de Bianca. Avec cet enregistrement de *La Wally*, de Catalani, la Cavaldi se retirait à jamais.

Alexis se pencha sur le cercueil, le baisa délicatement, puis y déposa une rose d'un rouge profond, la couleur de la passion qui avait animé son épouse jusqu'au bout. La petite Norma imita son père sans vraiment comprendre la signification de ce geste. Clément et Julien, pour leur part, témoignèrent d'un courage exemplaire dont leur mère aurait été fière. Ils se postèrent sans un mot auprès d'Alexis qui, fidèle à sa promesse, enlaça ses enfants d'un ample geste protecteur. La famille puis les proches se recueillirent devant la petite chapelle des Bastide où, sur la stèle blanche, venait d'être gravée une nouvelle ligne en lettres dorées :

Bianca Cavaldi Bastide
1917-1964

Juste avant que le cortège s'éloigne, Alexis se retourna, ému, en direction des nombreux anonymes venus rendre un dernier hommage à leur diva.

— Bravo, Cavaldi ! clama une voix dans la foule, avant que résonne un tonnerre d'applaudissements comparable aux soirs de triomphe à la Scala.

Les Bastide regagnèrent L'Amédoune aussitôt après la cérémonie. Alexis se sentait à la fois démuni devant les responsabilités qui l'attendaient, et coupable de ne pas avoir dit plus souvent à Bianca à quel point il l'aimait. Elle lui manquait tant. Allait-il parvenir à élever leurs trois enfants avec autant d'amour que leur mère avait su leur en donner ? Saurait-il atténuer leur tristesse ? Qu'allait-il devenir sans elle ? Il ne tenterait rien contre Tessa, il l'avait juré à Bianca et son sens de l'honneur le lui interdisait. Ce soir-là, il réalisa combien ses nombreuses chimères l'avaient empêché de profiter davantage d'un bonheur simple. Désormais, Clément, Julien et Norma deviendraient sa priorité.

Il en était à ce point de ses réflexions lorsque des cris perçants lui parvinrent de la chambre voisine. Sur place, Alexis découvrit ses deux aînés en train de rouler sur la carpette en se battant à coups de poing et de pied.

— Qu'est-ce que vous faites, gronda-t-il en tentant de les séparer. Clément ! Julien ! Avez-vous perdu la raison ? Que vous arrive-t-il ?

— C'est lui qui a commencé, s'écria le cadet.

— Tu sais très bien pourquoi, rétorqua Clément.

Leur père les considéra d'un air sévère, puis s'attarda sur son fils aîné, dans l'attente d'une explication.

— Ce crétin vient de dire à Norma que maman est morte et qu'on ne la reverra plus jamais.

— Mes pauvres enfants...

Alexis s'agenouilla devant eux, ouvrit ses bras et les referma sur eux.

— Votre maman n'est plus là et ne reviendra pas. C'est très triste, mais c'est vrai. Cependant, de là-haut, je suis certain qu'elle nous voit, et comme nous l'aimons très fort, nous allons faire notre possible pour qu'elle soit fière de nous tous. Bien sûr, pour l'instant, nous avons tous du chagrin. Une peine immense que chacun manifeste à sa façon. Mais personne ici ne souhaitait la voir souffrir. Je me trompe ?

Les enfants dodelinèrent de la tête en signe d'acquiescement.

— Et croyez-vous que votre maman est heureuse de vous voir vous disputer comme des chiffonniers ? Non, comme vous venez de le dire. Alors montrez-vous plus indulgents les uns envers les autres. Pensez très fort à maman, et vous verrez, vous vous sentirez moins seuls.

Clément considéra son frère d'un œil critique puis décida de faire la paix.

— Je suis fière de toi, mon Lanou, confia Louise, dès que les enfants furent couchés. Tu as fait ce qu'il fallait.

Son oncle ne répondit rien et lui emboîta le pas.

— J'ai quelque chose à te montrer, poursuivit-elle, l'air embarrassé.

Louise lui tendit une enveloppe sur laquelle Alexis reconnut l'écriture de sa femme.

— Je l'ai trouvée dans les affaires de Bianca. Je ne sais pas ce qu'elle contient, ni même si je dois te la remettre.

Bastide prit connaissance des papiers qu'elle renfermait et trouva la lettre d'Alice. Il déplia lentement le papier et commença à lire.

J'ai aimé. J'ai haï. J'ai perdu. Ce soir, je ne sais pas si j'aurai la force de poursuivre la comédie, mais avant, je veux révéler mon histoire. Ma vraie histoire.

Tout a commencé pendant la guerre, en 1940. À cette époque, je vivais en Touraine et répondais au nom de Francette Journier. Un soir d'été où il faisait très chaud, je suis allée me rafraîchir au bord du fleuve. Et je l'ai rencontré, ce bel homme qui semblait sorti de nulle part. Il se prénommait Yves. Je suis tombée amoureuse de lui immédiatement. Il venait de Paris et avait fui la capitale au moment de la débâcle. Il m'a fait rêver. Après l'armistice de 1940, il m'a proposé de le suivre, et contre l'avis de mes parents je suis partie avec lui. Je l'aimais. Mais bien rapidement, j'ai compris que la grande vie qu'il me proposait n'était qu'une illusion. Yves vivait de petites combines. Moi, je n'avais d'yeux que pour lui. Il me disait que j'étais belle, désirable, comme jamais on ne me l'avait dit. Je l'ai cru. Par amour, j'aurais fait n'importe quoi pour lui. Il le savait. Un soir, il m'a demandé de l'accompagner à une fête chez des amis. Il y avait de nombreux officiers allemands. Yves m'a prié de leur être agréable. J'ai compris ce qu'ils attendaient de moi, ce que l'homme de ma vie n'osait pas me demander. Pour lui, je l'ai fait. Par amour. Puis, la période sombre de l'Occupation a rendu la vie plus difficile. En ces temps troublés, l'important était de survivre. Donner mon corps à des officiers était un moyen. Je me suis vendue. Un jour, Yves m'a entraînée dans une soirée avenue Montaigne, où vivait le général Kraïssler, un homme au physique repoussant et d'une violence inouïe. Pour me donner du courage, Yves m'avait invitée à dîner au Plaza Athénée, où nous avions beaucoup bu. J'étais ivre en arrivant chez Kraïssler. L'officier m'a traînée dans une alcôve, à l'écart de ses amis, et a commencé à me gifler avec brutalité. Ensuite, il a voulu me prendre mais n'y est pas parvenu. Hors de lui, il m'a accusée de lui résister. Malgré l'alcool, j'avais peur. Yves était reparti. Kraïssler a sorti un couteau et m'a menacée de m'éventrer si je ne m'offrais pas à lui. Je savais que je ne pourrais pas. La peur me paralysait. Dans un accès de colère, le monstre a tiré la nappe du guéridon pour me rouler dedans. Il pointait la lame dans ma direction et voulait me saigner comme une bête. Je lui ai jeté du champagne à la figure avant de récupérer son arme tombée à terre. Je voulais juste le menacer, mais cet imbécile est venu s'affaisser dessus. Je venais de tuer un officier allemand ! Par miracle, j'ai pu fuir. J'étais paniquée. Je me suis réfugiée dans un petit hôtel, à Montmartre. Yves s'était évaporé dans la nature. Par la suite, j'ai eu la chance de trouver un emploi dans une blanchisserie où je suis restée pendant cinq ans, sans que personne me reconnaisse. Je haïssais Yves de m'avoir utilisée. Ensuite, j'ai repris confiance et j'ai voulu fuir la capitale avec le petit pécule amassé pendant ces années. J'ai décidé de refaire ma vie sous le nom d'Alice Roussan, dans le Sud. C'est ainsi que j'ai trouvé un poste au sein des studios de La Cybiline. Dès que j'ai vu Benjamin, je l'ai aimé. Il était la chance de ma vie, un être d'une bonté extraordinaire. Avec lui, j'étais forte. Mais Bastide a ruiné ce bonheur en le tuant dans cet incendie. Je le hais de m'avoir ravi celui que j'aimais tant. Par sa faute, mon destin a croisé celui d'Henri Drac, un redoutable pervers. Je suis son jouet depuis des années parce que lui seul connaît mon secret. J'ai eu la faiblesse de penser qu'il pourrait m'aider à ruiner Bastide. Mais il s'est servi de moi, tout comme Tessa, sa réplique féminine. Ce sont eux les propriétaires de la Monte-Carlo Investissements. Et quand ils auront obtenu ce qu'ils veulent, L'Amédoune et les studios de La Cybiline, ils se débarrasseront de moi. Ce soir, je sais que j'ai aimé, que j'ai haï, mais que j'ai tout perdu.

Alexis referma la lettre. La pauvre Alice avait souffert sans pouvoir se confier. Il la plaignait. Mais ces aveux arrivaient trop tard. Il ne s'en servirait pas contre Tessa, une promesse restant une promesse.

— Mon Lanou, l'interpella Louise d'une voix blanche.

— Qu'y a-t-il ?

— C'est... une communication pour toi.

Louise hésita, considéra son oncle d'un air stupéfait, avant d'ajouter :

— C'est Tessa !

Alexis refusa tout d'abord de lui répondre. Puis, par curiosité, il s'empara du combiné.

— Que veux-tu ?

— Je dois te parler. De toute urgence. J'ai une révélation à te faire.

27

Nice, 1964

Certes, il l'avait détestée. Certes, il avait souhaité que Tessa paie au prix fort toutes ses manigances. Mais une promesse était une promesse et Alexis ne pouvait la renier. Sa haine envers sa nièce avait suffisamment contribué à faire le malheur de Bianca. Rétrospectivement, le combat pour reprendre les rênes de la manufacture Bastide lui semblait insignifiant au regard de son échec personnel. Tant d'acharnement... À quelles fins ? Aujourd'hui, il était trop tard pour revenir en arrière et Alexis se reprochait son manque de discernement. Néanmoins, il veillerait à épargner ses enfants, sa deuxième chance. Tessa avait gagné. Alexis déposait les armes.

— Attends un peu, s'écria-t-elle, inquiète qu'il reparte déjà.

Tessa s'agrippait à son bras plus qu'elle ne l'interpellait vraiment. Pour la première fois, Bastide crut lire dans les yeux de sa nièce une peur bien réelle. Mais il la connaissait suffisamment pour rester sur ses gardes. Peut-être s'agissait-il d'une nouvelle ruse de sa part, en vue de l'entraîner dans un nouveau tour de piste.

— Je dois t'apprendre certaines choses.

Impassible, Alexis écoutait, prêt à croire à la sincérité des propos de Tessa. Elle avait une expression d'animal traqué.

— J'ai été stupide, Alexis. Je le reconnais à présent. Je m'en suis prise à ceux qui comptaient le plus à mes yeux : toi et Ron. Par jalousie sans doute. Par caprice certainement. À l'époque, je maudissais l'idée que tu ne puisses jamais être à moi. La haine me semblait préférable à l'indifférence, car c'est le sentiment le plus proche de l'amour. Avec passion, j'ai voulu détruire tout ce qui pouvait t'empêcher de penser à moi. Ron m'a permis de le comprendre. Je sais qu'aujourd'hui, la grande perdante, c'est moi. Je n'ai que ce que je mérite. Néanmoins, je tiens à te révéler des informations qui te permettront peut-être de reprendre ta route d'un bon pied. Personne ne ramènera Bianca, mais toi, tu peux reprendre la manufacture.

— Tu n'as donc rien compris, la plaignit-il.

— Au contraire ! Je sais ce que représente cette entreprise pour toi, pour tes enfants. C'est la mémoire des Bastide, celle de Virgile et Tatiana, ainsi que le souvenir de Bianca. Pourquoi crois-tu que je voulais te l'arracher ?

Tessa fixait Alexis droit dans les yeux. Elle était sincère.

— Notre duel n'aurait jamais pris un tour pareil sans la complicité d'Henri Drac. Ce que j'ignorais, c'est qu'il n'est pas celui qu'il prétend. Son entrée dans ma vie n'était pas un hasard…

Alexis la dévisagea. Elle avait baissé les yeux, l'air vaincu.

— Comment ça ?

— Drac se nomme en réalité Henri Beaumont.

Après un silence lourd de sens, elle releva vers lui un visage grave.

— Il est le frère d'Edgar Beaumont, mon premier mari. Et tout porte à croire que, depuis notre première rencontre, il veut se venger de moi. Il s'est servi de ma cupidité et de ton honnêteté.

Bastide lâcha la poignée de porte et s'avança dans la pièce. Tous les éléments du puzzle se mettaient en place dans sa tête, l'association de Drac et Tessa, la perte des ateliers de L'Amédoune, puis des studios, la confession d'Alice...

— Crois-tu, demanda-t-il, qu'il irait jusqu'à... ?

— Tuer ? Un prédateur comme lui est capable de tout.

Tessa se rapprocha de son oncle.

— J'ai peur, Alexis. J'ai vraiment peur. Il ne va pas s'arrêter là.

Elle ajouta avec ironie :

— Avoue que c'est tout de même troublant. Edgar Beaumont... Pour une fois que j'agissais en suivant ma bonne conscience, c'est réussi ! En confondant un collabo responsable des pires exactions, j'ai lancé contre moi une machine redoutable. Suis-je donc condamnée à jouer les garces toute ma vie ?

Bastide lui fit face.

— Nous sommes toujours victimes de nos choix. Notre seule force consiste à savoir reconnaître nos erreurs.

— J'imagine combien tu dois me haïr. Et je ne te blâme pas de te moquer de ce qui peut m'arriver. Tu as toutes les raisons pour cela. Être malheureuse ne me donnait pas le droit de ruiner autant de vies. Je m'en rends compte aujourd'hui. Sans doute parce que le charme du pouvoir n'a plus d'emprise sur moi. Il m'a fallu du temps pour l'admettre, c'est certain. Peut-être devais-je aller au bout de mon erreur pour en mesurer toute la dimension. J'étais aveugle. Drac le savait et s'est servi de cette faiblesse. Mais quoi que tu penses de moi, sache que je ne suis pas une meurtrière. Et si tu acceptes de me donner une seconde chance, je déploierai la même énergie à te prouver que je peux être une alliée fiable.

Alexis hésitait, amusé malgré lui par ce discours de rédemption. Les nombreuses embrouilles de sa nièce lui avaient enseigné la prudence. De plus, il ne comprenait pas ce regain d'intérêt de la part de Tessa. Mais sans son appui, il ne parviendrait pas à ramener le calme dans leur famille. Avant qu'il ait donné sa réponse, des coups énergiques résonnèrent contre la porte.

— Police, ouvrez !

Tessa s'exécuta.

— Tessa Howard ? Police criminelle. Nous vous demandons de bien vouloir nous suivre dans le cadre de l'enquête sur la mort d'Alice Drac.

Pour Alexis, il n'y avait aucun doute. L'étau se resserrait autour de sa nièce suivant un plan savamment orchestré. Tessa était victime d'une machination. Bastide la savait capable du pire, mais il la croyait incapable de meurtre. Dès qu'elle fut libérée, après une garde à vue de deux jours, il décida de l'aider.

— Drac veut ma perte, lâcha-t-elle sitôt dehors. Cela ne fait aucun doute. Au moment même où je suis la plus vulnérable, surgissent comme par hasard des preuves accablantes qui relancent l'enquête sur la mort d'Alice. Selon les inspecteurs, un pendentif d'oreille avait été découvert sur son corps. Un seul. Ils ont d'abord pensé que l'autre avait été emporté en mer et, curieusement, hier matin, lors d'une perquisition chez moi, ils ont retrouvé l'autre boucle ! Avoue que la coïncidence est troublante... Dénonciation anonyme. Mon avocat a dû user de tout son talent pour me faire sortir de là.

— Que suggères-tu ?

— Drac est en déplacement à Paris. Nous allons essayer de fouiller sa suite. Il a forcément laissé des traces.

Tessa ne perdit pas de temps et charma le garçon d'étage afin qu'il lui ouvre la porte de l'appartement voisin. Alexis et elle ne trouvèrent rien.

— Il a forcément des preuves dans un carnet, une serviette ou je ne sais quel carton, ragea-t-elle, après avoir minutieusement fouillé le lieu.

C'est alors qu'elle pensa au bateau.

— Le voilier ! Drac possède un voilier ! Il est ancré dans la marina. Je suis certaine que ce que nous cherchons est à bord.

À la nuit tombée, Alexis et Tessa empruntèrent le ponton d'embarcation, en veillant à ne pas être repérés.

— C'est là ! s'écria Tessa en tirant une boîte en plastique dissimulée sous la banquette du coin repas. Regarde, je le savais bien. Tout est là.

Alexis se pencha sur l'épaule de sa nièce. Avec un soin méthodique, le financier avait noté chaque détail de ses opérations dans un cahier, les transferts, les acquisitions. Il avait tout gardé, des clichés de son frère Edgar aux reconnaissances de dettes contractées par différentes personnalités de la Côte. Avec un tel trésor, il pouvait faire chanter les éminences de la région. Un craquement suspect attira leur attention.

— Qu'est-ce que c'est ? murmura Alexis, aux aguets.

Le cliquetis du mât retentit à nouveau. Rassurés, ils poursuivirent leur investigation. Tessa découvrit dans une pochette des documents qui prouvaient la complicité de Drac dans différentes opérations de blanchiment d'argent.

— Avec ça, nous le tenons !

À peine avait-elle terminé sa phrase que la porte de la cabine se referma d'un coup sec. Alexis tenta de l'ouvrir, mais celle-ci était fermée de l'extérieur.

— Tu es certaine qu'il n'est pas là ?

— Oui. Il est à Paris. Enfin, normalement…

Soudain, l'habitacle vibra, le moteur venait de se mettre en route. À hauteur de la ligne de flottaison, ils devinaient les remous de l'eau contre la coque.

— Il est à bord ! pesta Alexis. Nous devons sortir de là.

Mais aucune issue ne le leur permettait, les hublots étant trop étroits pour passer la tête.

— Qu'allons-nous faire ? s'inquiéta Tessa.

— Attendre. Et improviser au moment opportun.

À travers les petites ouvertures, ils distinguèrent les lumières du port qui s'éloignaient, puis la tour du phare que leur embarcation dépassa pour gagner le large. Par moments, une forte houle à tribord heurtait de plein fouet les flancs du voilier. La cabine tanguait à soulever le cœur. Soudain, le moteur Diesel s'arrêta, laissant place à un silence inquiétant. Les deux captifs se serrèrent l'un contre l'autre, craignant l'issue de cette promenade improvisée. À l'extérieur, une nuit d'encre les empêchait de deviner la côte, pourtant toute proche. Ils entendirent le son étouffé de pas furtifs sur le pont, puis le craquement d'une marche d'escalier menant à la cabine. Ils virent la poignée de la porte s'abaisser doucement.

— Comme le tableau est touchant ! lança Drac d'un air sardonique en pointant son revolver dans leur direction. Les amants maudits dans les bras l'un de l'autre !

Avec son arme, il arrêta le geste d'Alexis qui tentait de l'affronter.

— Veuillez vous asseoir bien sagement sur la banquette, leur ordonna-t-il.

Devant la résistance de Tessa, il insista.

— Allez, très chère amie... Ou devrais-je plutôt dire très chère belle-sœur !

Il se pencha vers elle et lui lança un regard haineux.

— Si tu savais depuis combien d'années j'attends cet instant, sale garce ! Tu vas payer pour le suicide de mon frère.

Drac se redressa, révélant une expression étrangement calme.

— À la mort de nos parents, Edgar m'a élevé comme un père. Il était toujours en train de veiller sur moi, de me consoler, d'anticiper mes désirs. Moi, je pouvais compter sur lui sans réserve, tant le lien qui nous unissait était fort. Lorsque la guerre a éclaté, j'avais dix-sept ans. Edgar a jugé préférable de m'envoyer à New York, loin du conflit. Dans ses lettres, il me faisait rêver avec sa carrière et les formidables opportunités que lui procurait la France occupée. En échange de la véritable fortune qu'il me faisait parvenir chaque trimestre, il exigeait de moi que je me montre brillant dans mes études. Tout allait pour le mieux. Puis il s'est entiché de toi. Je l'avais mis en garde, mais il n'a pas écouté. Tu t'es servie de lui, tu lui as volé des documents confidentiels, et quand le vent a tourné, tu les as utilisés afin de passer pour une héroïne, sans aucun état d'âme. Tu l'as traîné dans la boue. Souviens-toi, à la Libération, quand on l'a jeté en prison par ta faute. Tu es responsable de sa mort ! Ce jour-là, tu triomphais à L'Amédoune, vertueuse, au milieu des tiens.

Il ajouta avec dédain :

— Les Bastide ! Je me suis juré d'avoir votre peau à tous. Benjamin Braunstein, le juif maquisard, Alexis, le héros valeureux. Et toi, Tessa, l'anguille qui se tire de toutes les situations, sans remords pour les gens qu'elle détruit sur son passage. Vous avez tous une part de responsabilité.

Drac poursuivit son récit avec plus de haine encore.

— Je me suis arrangé pour entrer en contact avec toi, chère belle-sœur. Très vite, j'ai décelé tes faiblesses et réveillé ta cupidité. Le plus drôle, c'est que je n'ai pas eu beaucoup de mal. Tu vivais dans la haine de ton oncle car il t'avait gentiment éconduite. Il m'a suffi de suivre le mouvement. Tu travaillais contre toi, Tessa, sans même le savoir. Et puis est arrivée Alice... Je connaissais son passé. Très bien. Mon frère me l'avait raconté. Elle était pétrifiée.

— C'est toi qui l'as tuée, espèce de salaud ! rugit Tessa.

— Toujours pressée... Attends un peu. D'abord, il y a eu Benjamin.

Drac se tourna vers Alexis.

— Votre fidèle ami devenait gênant. Il suspectait Alice de lui mentir et avait demandé une enquête à un privé. Mais comme j'ai pour habitude de me renseigner sur mes ennemis, j'ai pu maîtriser la situation. Lorsque tous les Bastide se sont retrouvés à L'Amédoune pour la communion de la fille de Louise, il y a cinq ans, votre chère nièce, qui devait me tenir informé des agissements de Braunstein, m'a téléphoné juste avant que vous ne vous rendiez dans les anciens ateliers avec lui pour lui montrer votre nouvelle chaîne de fabrication.

— L'incendie, c'était vous ? gronda Alexis.

Le financier fut secoué par un rire sonore.

— Voyons, vous me prêtez trop de talents !

Puis ses lèvres se pincèrent comme deux lames de rasoir.

— Non, il y a des gens beaucoup plus qualifiés que moi pour accomplir ces basses besognes. Il m'a suffi de passer un coup de téléphone à un homme de main sur place pour qu'il sabote le compteur électrique et provoque un court-circuit. Vous connaissez la suite...

Alexis bondit de son siège. Drac le menaça de nouveau de son revolver. Bastide se ravisa.

— Voilà qui est mieux, reprit Drac. Maintenant, venons-en au cas d'Alice. La mort de son mari a déclenché chez elle une haine contre vous, Alexis. En la menaçant de laisser éclater la vérité sur son passé, je l'ai manipulée. Mais cette traînée est devenue incontrôlable. Au fil du temps, elle s'est crue capable de me supplanter. J'ai dû agir. Elle venait de faire le lien entre Edgar et moi et s'apprêtait à tout te révéler, Tessa. Au cours de la soirée qui me servait d'alibi, il m'a été facile d'emprunter la porte de service devant laquelle était garée ma voiture, et de faire un saut à Château Braun. Alice était ivre. Elle s'est mise à me menacer. Quand je lui ai révélé que j'étais à l'origine de la mort de Benjamin, elle est devenue folle. Elle m'a poursuivi dans le jardin. Nous nous trouvions au bord de la falaise quand elle a voulu me sauter dessus. Je me suis déporté sur le côté, elle est tombée. Tout ce qui restait d'elle, sur le bord du précipice, c'était un de ses pendentifs. Je l'ai ramassé, sachant qu'il me servirait tôt ou tard. Ensuite, je suis retourné à la soirée où personne n'avait remarqué mon absence, qui n'avait duré qu'une vingtaine de minutes. La suite, Tessa, tu l'as interprétée avec brio, me livrant sur un plateau des occasions inespérées.

Une vague plus violente que les autres fit tanguer le voilier. La porte de la cabine claqua deux fois de suite. Au deuxième coup, le loquet de sécurité pivota, verrouillant la porte. Ils se retrouvaient prisonniers tous les trois, tandis que le bateau dérivait vers les côtes.

— Où en étions-nous ? poursuivit-il. Ah oui, à Tessa ! Après le départ de ce cher Yankee, tu étais l'ombre de toi-même. Je t'ai manipulée sans effort. Les fonds qui ont servi à l'acquisition de Valrins et Howard's proviennent du blanchiment d'argent. Ton nom figure sur chaque transfert, ce qui devait te donner l'occasion de goûter aux délices de la prison. Par ailleurs, je t'impliquais comme responsable dans la mort de mon épouse regrettée. D'autres preuves accablantes devaient arriver. Mais vous imaginez bien qu'avec ce que vous savez, vous ne rentrerez pas vivants au port.

Le courant, à cet endroit, était plus fort et secouait l'embarcation comme une vulgaire coque de noix. Alexis choisit un instant d'inattention de Drac pour lui bondir dessus. Tessa en profita pour se ruer vers la porte, mais elle découvrit que celle-ci était condamnée. Derrière elle, les deux hommes se débattaient à bras-le-corps sur le sol. Un coup de feu retentit. Quelques secondes plus tard, le voilier du financier se fracassait contre les récifs d'un îlot.

Le lendemain matin, tandis que le soleil pointait par-delà la ligne d'horizon, un grand-père et son petit-fils relevaient leurs derniers filets avant de rentrer au port après une pêche honorable.

— Papé, lança le jeune garçon, la poulie est bloquée.

— Vé ! Pitchoune, laisse-moi t'aider.

Ils se mirent à deux pour tourner la manivelle.

— Té, souffla le vieil homme, mais tu nous as cueilli une baleine ? Crénom de nom ! Qu'est-ce que c'est que ça !

Au milieu des écailles scintillantes apparaissaient, entre les mailles du filet, les doigts d'une main humaine...

Épilogue

Avignon, 1969

Dès les premières mesures de l'*Ave Maria*, le silence enveloppa les rangs de la chapelle des Pénitents gris. Comment ne pas être ému par la voix de la Cavaldi en un tel lieu ? Les notes emplissaient l'espace, saisissantes. La mélodieuse prière charmait l'assistance autant qu'elle la troublait. Était-ce possible ? Le doute s'empara des esprits, peu habitués à ce qu'un simple enregistrement puisse retranscrire une telle émotion. Bianca était si présente… Jusqu'à la dernière respiration, ils crurent au miracle ; elle allait sortir de l'ombre pour apparaître en pleine lumière. Louise baissa les yeux, ce n'était qu'un rêve, malheureusement. La reine du jour se consola en pensant que de là-haut, tous les absents, Benjamin, Tatiana et Bianca, veillaient sur elle en ce jour particulier. Celui de son mariage avec Quentin, l'homme de sa vie.

Une main gantée se glissa dans la sienne. Louise releva le visage vers son témoin. Avec le temps, l'espiègle Fanfan était devenue une belle jeune femme, tout juste majeure. Intuitive et sensible, elle n'en demeurait pas moins une personne volontaire, pourvue d'un tempérament bien trempé. Mais Louise connaissait les cicatrices de sa fille, dont la plus profonde remontait à l'époque de l'Algérie. Les événements l'avaient arrachée à l'enfance beaucoup trop tôt. Louise lui sourit avec une infinie tendresse.

Après la dernière bénédiction du prêtre, Quentin souleva la voilette de sa femme, l'embrassa avant de lui proposer son bras pour remonter l'allée. Louise prit appui sur lui, comme elle s'était habituée à le faire depuis leur rencontre. Quentin, le solide roc sur lequel elle pourrait se reposer pour toujours...

Les premiers sourires que reçut la mariée furent ceux de ses petits cousins, Clément et Julien. Rivalisant en taille, les deux adolescents se ressemblaient comme des jumeaux, à un détail près : l'aîné se distinguait par son élégance dans son costume de velours ras, tandis que le cadet essayait d'ôter le nœud papillon qui lui enserrait le cou. Entre ses deux frères, ses deux gardes du corps, la petite Norma trônait en véritable princesse. Sa personnalité avait conquis tout le monde. Tour à tour charmeuse, énergique et tendre du haut de ses neuf ans, elle régnait en maître chez les Bastide, très fière d'avoir hérité du caractère volcanique de son illustre mère.

Tant de visages familiers étaient rassemblés dans cette chapelle... Certains venaient de loin. Ils avaient en commun d'avoir marqué l'histoire de cette famille à un moment ou à un autre, et surtout d'être restés fidèles par la suite. Louise reconnut Medhi et sa sœur Raïssa, venus pour l'occasion de Sidi El Ker. Plus loin, il y avait Rudy Howard, maintenant une star du yé-yé, dont la renommée avait nécessité un cordon de sécurité. À ses côtés, son père, Ron, à nouveau installé sur la Côte d'Azur avec sa femme... Louise porta son attention sur sa cousine. Après ses nombreuses manigances, Tessa avait enfin trouvé une place chez les Bastide. Depuis quatre ans, la séduisante Mme Howard servait la cause de cette famille avec la même énergie qu'elle avait mise à la détruire. Ce changement de comportement s'était opéré lors de cette terrible nuit en mer où elle avait failli périr avec Alexis.

Lorsque le bateau de Drac s'était fracassé contre les rochers, l'eau s'était infiltrée dans la cabine par la proue éventrée, condamnant la seule porte d'accès. Tessa avait repris connaissance quelques minutes après le choc et avait découvert Drac et Alexis inconscients. Ne cédant pas à la panique, elle avait tenté de les faire sortir de la cabine, en vain. L'eau avait fini par arriver à mi-hauteur. De rage, elle avait frappé de toutes ses forces sur la coque à l'aide d'un extincteur, et était parvenue à se hisser sur le pont endommagé. Le voilier menaçait de sombrer d'un instant à l'autre. La rescapée s'était alors saisie d'une hache puis, à la force de ses bras, avait dégagé un passage vers l'intérieur.

— Ne meurs pas, Alexis. Je t'en supplie !

Elle avait pu l'atteindre au moment où son visage allait être englouti par les flots. Au prix d'un effort surhumain, elle l'avait extrait de la cabine et placé en sécurité sur un monticule rocheux. Il s'en était fallu de peu que le destin ne change de trajectoire.

Derrière eux, l'embarcation était aspirée par le fond, entraînant Drac dans les ténèbres. Alexis et Tessa étaient restés sans voix devant ce tragique spectacle, sans bien se rendre compte de la chance qui les avait épargnés. En attendant les secours, Tessa avait posé un garrot sur le bras de son oncle qui, blessé par une balle, perdait abondamment son sang.

En remontant l'allée au bras de son époux, Louise sourit à Tessa. Elle lui serait éternellement reconnaissante d'avoir sauvé « son Lanou ». La mariée tourna la tête sur la gauche et fut surprise de découvrir la chaise d'Alexis inoccupée. Où était-il ? Louise reconnut enfin la haute stature de son oncle au fond de l'église. Il se tenait à l'écart, de dos, la tête inclinée en avant dans une main. Et, comme s'il eût deviné l'arrivée du cortège à sa hauteur, il se redressa d'un coup. Derrière son sourire de circonstance, Louise devina son émotion contenue. Lui aussi, sûrement, avait cru, en écoutant la voix sublime de son épouse bien-aimée, qu'elle allait apparaître. Tendrement, il la rassura d'un mouvement de tête.

À quarante-neuf ans, Alexis Bastide avait fière allure. Il avait la même chevelure argentée que celle de Virgile, son père. Il semblait indéracinable et pouvait se prévaloir de deux succès. Le premier, celui d'avoir tenu promesse à Bianca en ramenant le calme dans la famille. Il avait signé la paix avec Tessa et se montrait attentionné avec ses enfants. Le second était la percée fulgurante des ateliers de

L'Amédoune. Après la mort de Drac, Tessa avait rétrocédé ses dernières acquisitions à leurs propriétaires respectifs, en échange d'un abandon des charges retenues contre elle. Elle avait concentré son énergie sur le développement de La Cybiline, dont le premier film, *Le Témoignage de Ziggy*, venait d'être sélectionné pour Cannes. Grâce à elle, Alexis, Ron et Valrins avaient fait des affaires fructueuses. Et, en quatre ans, le fondateur de L'Amédoune avait hissé sa marque au plus haut niveau.

Arrivée à sa hauteur, Louise lui souffla un baiser d'un geste de la main. Un jour, elle en était persuadée, « son Lanou » allait retrouver le bonheur…

À l'extérieur, le soleil éclaboussait d'une lumière dorée les marches du perron de la chapelle. Le photographe pria les invités de se réunir autour des nouveaux époux, puis se plaça derrière son objectif. Une nouvelle photo allait compléter l'album de famille, un événement de plus dans la mémoire des Bastide.

Remerciements

Pour des raisons diverses, je tiens à remercier Frédéric Anthoine, Janine Boissard, Jacques Brachet, Françoise Bourdin, Mireille Calmel, Lazhar Chaman, Paule Coudert, Alain Darne, Annie Degroote, Brigitte-Claire Delaunay, Jean-François Derec, Alice Dona, Maxime Fontanier, Aurélien Le Blé, David Lelait, Jean-Paul Malaval, Dominique Marny, Raoul Mille, Nadine Monfils, Louise Monot, Geneviève Perrin, Pia Petersen, Frédérique Polet, Michel Quint, Theresa Révay, Tatiana de Rosnay, Pierre Santini, Laurent Scalese, Jean Siccardi, Danielle et Raymonde Tolinos, et Catherine Velle.

Enfin, je rends hommage à Nathalie Dessay, Maria Callas et Géori Boué, dont les voix m'ont accompagné au fil des pages.

En toute amitié.

Achevé d'imprimer par N.I.I.A.G.
en novembre 2008
pour le compte de France Loisirs, Paris

N° d'éditeur : 53318
Dépôt légal : novembre 2008
Imprimé en Italie